KB124735

인문학, 사랑을 비틀다

* 이 도서의 국립중앙도서관 출판시도서목록(CIP)은 e-CIP홈페이지(http://www.nl.go.kr/ecip)와
국가자료공동목록시스템(http://www.nl.go.kr/kolisnet)에서 이용하실 수 있습니다.
(CIP제어번호: CIP2015031005)

스토리텔링으로 힐링하라 제1강

인문학, 사랑을 비틀다

안하림 지음

마인드 트리

프롤로그

인문학, 사랑을 비틀다!

책 제목에서도 알 수 있듯이, 이 책에는 사랑에 대해 갖고 있던 그동안의 고정관념을 깨고 낯선 사유를 통해 진정한 사랑이 무엇인지 알아 가는 방법을 담았습니다. 본질적이고 묵시적이며 형이상학인 사랑을 인문적으로 해체시켜 누구라도 배우고 알 수 있도록 비튼 내용이라 할 수 있습니다.

요즘 많은 사람들이 곳곳에서 인문학을 논하고 있습니다. 그만큼 시대적으로 인문학의 필요성이 절실하다는 뜻이겠지요. 하지만 입시 위주의 교육과 사지선다형 사고에 익숙한 사람들에게 인문학적인 생각이나 성찰은 뭔가 어렵고 복잡한 것으로 느껴질 수 있습니다. 특히 자기 아집에 빠진 사람들이 인문적 사유를 통해 자신을 재발견한다는 건 결코 쉬운 일이 아닙니다.

어떻게 사는 것이 인문적인 삶이며, 어떻게 해야 인문학을 통해 현재의 내 삶을 바꿀 수 있는지 알게 됨으로써 진정한 내면의 변화가 일어나기를 바라면서도 혼란스러워하는 것이지요. 바로 그럴 때 낯선배 한 척이 안개 자욱한 항구에 들어오듯이 인문학이 우리의 생각 속으로 들어옵니다. 단순한 호기심에 모여든 사람들은 낯선 배에 실려있을 그 무엇과 함께 타고 온 이방인들을 궁금해합니다. 배에는 인문서적들이 가득하고 인문학자들이 손을 흔들며 내리고 있지요. 하지만내면의 갈증을 느껴 찾아온 사람들의 관심은 다른 곳에 가있습니다.

사랑입니다.
잃어버린 마음입니다.
아니 어쩌면 한 번도 본 적 없는 사랑이라는 얼굴을 인문학을 통해보고 싶고, 찾고 싶고, 알고 싶어 하는 마음입니다.

인류의 생존 본능은 단순히 살아남는 데서 그치는 게 아니라 사랑을 찾으려는 마음에까지 연결되어 있습니다. 그런데도 낯선 이방인들은 배에 가득 실려 있는 책 이야기만 합니다. 자신이 습득한 지식만을 말하고 있습니다. '사랑'에 대해, 자신의 '마음'에 대해 알고 싶은데,인문학자들의 강의를 들으면 오히려 아리송해집니다. 사랑도, 마음도숨바꼭질하듯이 더 깊이 숨어 버리고 맙니다. 술래가 자기 자신을 찾으려고 온종일 헤매고 사는 격입니다.

사람의 마음은 사랑이라는 순백의 여백 속에서만 비치는 형상입니다. 사랑을 잃어버린 사람들에게 나와 상대의 마음이 보일 리 없습니다. 사랑은 정말 인간의 내면에서 사라져 버린 걸까요? 우리의 마음은 골방 구석에 꼭꼭 숨어 버려 더 이상 찾을 수 없는 걸까요?

사랑은 어떠한 고난 속에서도 우리를 버리지 않고 자신을 희생하면서 우리 안에서 발견되기를 희망하고 있습니다. 마음 역시 조금만 관심을 기울여도 자신의 존재에 대해 속삭이고 있는 게 들립니다.

우리 안에서 우리의 본질을 이루고 있는 사랑과 마음을 볼 수 있는 길, 그것이 '인문적 사유'의 길입니다. 그 길을 통해서만이 사랑과 마음이 사는 곳으로 갈 수 있습니다.

《인문학, 사랑을 비틀다》는 인간의 심연 속에 형이상학으로 머물고 있는 사랑과 마음에 대해 알아 가게 도와주는 함축된 안내서입니다. 부정의 비틂이 아닌 긍정으로 다가섬, 바로 그것입니다.

차례

1장

별이 빛나는 이유

사람은 무엇으로 사는가

톨스토이는 스스로에게 묻고 또 대답합니다.

"사람은 무엇으로 사는가?"

"사랑으로 산다!"

사람과 사랑과 삶은 동의어입니다.

사람은 사랑으로 살아가는 존재라는 말입니다.

사랑으로 살아갈 때 비로소 사람이라는 뜻입니다.

러시아의 대문호 톨스토이는 귀족으로 수많은 영토를 가진 대지주였습니다. 젊은 나이에 이미 성공한 작가였던 그는 러시아 상류사회에 진출해 방탕한 삶을 살았습니다. 하지만 만족할 수 없었고, 결국 가정에 충실하기로 마음먹습니다.

그는 사랑하는 아내를 만나 열세 명의 자녀를 낳았고, 최선을 다해 그들을 양육합니다. 아내와 자녀들에게 최상의 삶의 질을 제공하며, 가정을 위해 혼신의 힘을 다해 헌신했습니다.

누가 봐도 자신의 모든 야망을 이루고 완벽한 행복에 둘러싸여 있던 그였지만 한 가지 질문이 그를 자살 직전까지 몰아갑니다. 어차피 죽음으로 끝날 인생인데 여기서의 일들이 무슨 의미가 있는가 하는 죽음의 문제를 해결하지 못한 것입니다.

그래서 그는 철학과 과학을 파고듭니다. 하지만 해답을 찾지는 못했지요. 그러다가 그의 영지에 속해 있는 농노들에게서 그 해답의 실마리를 찾게 됩니다.

매일 노예처럼 혹사당하는 농노들, 그들의 쓰러져가는 오두막에서 밝은 웃음소리가 흘러나오는 걸 듣고 톨스토이는 의아했습니다. 창틈으로 안을 엿보니 가족들이 호롱불 밑에 모여 앉아 조악한 음식을 놓고 감사의 기도를 올리고 있었습니다.

도대체 그들이 감사할 게 뭐가 있단 말인가?

자기는 영주로서 그들을 사람 취급도 하지 않았는데 그들은 도대체 뭘 감사한다는 것인가?

그런 감사의 기도를 드리게 만드는 힘은 어디서 나오는 것인가?

그것은 바로 하늘에 계신 신의 사랑 때문이라는 걸 톨스토이는 진심으로 깨닫게 됩니다. 그래서 자신의 땅을 농노들에게 나누어 줍니다. 그리고 비로소 제대로 된 인생을 살게 됩니다. 자기 자신도 신의 사랑에 깊이 빠져든 것이지요.

《사람은 무엇으로 사는가》는 이렇게 태어난 작품입니다.

오늘도 스스로에게 묻고 또 대답합니다.

사람은 무엇으로 사는가?

사랑으로 산다.

사랑으로…….

자신을 사랑한다는 것

우리는 매일 한 번쯤은 거울을 봅니다. 거울을 보는 행동 속에는 어떤 의미가 숨겨져 있을까요? 단지 외모를 확인하려는 단순한 욕구가 전부일까요?

훌륭한 군주와 지도자는 거울을 통해 자신을 보듯 끊임없이 자기성찰을 해야 합니다. 고대부터 위대한 인물들은 거울을 상징으로 삼아 자기 자신을 들여다보았습니다. 세상을 바꾼 스티브 잡스 또한 그랬습니다. 그는 이런 말을 했습니다.

"나는 지난 33년 동안 매일 아침 거울 앞에 서서 나 자신에게 물었습니다. '오늘이 내 인생의 마지막 날이라 해도 오늘 하려고 했던 일을 하고 싶은가?' 만일 그 대답이 며칠간 연이어 '아니오.'라면 무언가를 바꿀 필요가 있다는 뜻입니다."

그의 말을 곰곰이 되짚다 보면, 스티브 잡스가 매일 아침마다 거울 앞에 서서 자기 자신을 바라봤다는 것을 새삼스럽게 깨닫게 됩니다.

그렇게 날마다 자신에게 묻고, 자기 내면의 소리에 귀를 기울였던 것입니다. 그리고서 오늘 자신이 할 일이 아니라고 결론이 나면 하지 않았다는 것입니다. 어쩌면 그는 거울을 통해 자기 자신을 성찰하고, 존중하고, 사랑하는 법을 알고 있었는지도 모릅니다. 우리가 매일 거울을 봐야 하는 이유로 충분하지 않을까요?

거울은 무엇일까요? 우리에게 모범이 되는 인물들입니다.

'군주의 거울(Mirrors for Princes)'은 9세기에 만들어진 서양 리더십에 대한 교본입니다. 크세노폰은 군주의 거울을 대표하는《키루스의 교육》을 집필했습니다. 키루스라는 인물을 통해 '리더의 덕목'을 제시한 것이지요.

페르시아의 왕 키루스는 메데아와 최후 결전을 앞둔 시점에서 적에 비해 숫자가 적어 떨고 있는 자신의 병사들에게 이렇게 연설했습니다.

"나는 승자에게 주어지는 상을 얻기 위해서는 적을 추격하고, 타격하고, 죽여야 한다는 것을 그대들이 알고 있다고 생각합니다. 승자는 모든 좋은 것을 차지하고, 고귀한 말을 듣게 되며, 자유민이 되고, 지배하게 될 것입니다. 그러나 패자는 그 반대의 결과를 얻게 될 것입니다."

그런 다음 이렇게 말합니다.

"따라서 자기 자신을 사랑한다면 나와 같이 싸웁시다!"

자기 자신을 사랑하면 승자가 되어 모든 좋은 것을 차지하게 될 것이고, 그렇지 않으면 반대의 결과를 얻게 될 것이라고 말한 것입니다.

'자기를 사랑한다'는 말이 여기서 등장했는데, 이것을 두고 많은 사람들이 고민하기 시작했습니다. 아리스토텔레스도 이에 대해 깊이 고민합니다. 그는 "나를 사랑하는 것은 정당한 것인가?"라고 질문합니다. 자기를 사랑하는 것이 정말 정당한 것인지, 이기적인 것은 아닌지 묻는 것이지요. 그는 이렇게 말했습니다.

"자신을 제일 아끼는 사람을 '필라우토스(philautos : 이기적인 사람)'라고 부르는데, 창피한 말로 낮춰 부른다. 열등한 사람은 늘 자기를 위해서 행동하며, 못된 인간일수록 이기적이다. 반대로 훌륭한 사람은 고귀함을 이유로 모든 것을 행하며, 친구를 위하여 행하고, 자기 자신의 것은 미루어 놓는다. 따라서 일반적인 '자기애'는 열등한 것이며, 이런 방식으로 자기를 사랑하는 사람들을 비난하는 것은 정당한 일이다."

소중한 선물

세상에서 가장 아름다운 선물 이야기, 그건 아마도 미국의 단편소설 작가 오 헨리가 쓴 《현자들의 선물》 이야기가 아닐까요.

가난한 부부 짐과 델라에게 크리스마스가 다가오고 있었습니다. 사랑하는 이를 위해 선물을 살 형편이 안 되는 이 부부는 각자 고민합니다. 아내 델라는 마침내 자신의 유일한 자산이요, 자랑이었던 금발머리를 팔아 남편의 선물을 살 돈을 마련합니다. 그것으로 남편이 유산으로 간직하고 있던 금시계에 달아 줄 시곗줄을 사게 됩니다. 한편 남편 짐 역시 고민을 하다가 아내의 아름다운 금발머리를 빗겨 줄 멋진 머리빗을 사기 위해 보물처럼 아끼던 유산인 금시계를 팔게 됩니다.

크리스마스이브에 어떤 일이 벌어졌을까요?

아내 델라는 멋진 머리빗을 받았지만 그녀에게는 이미 빗어 내릴 금발머리가 없어졌고, 남편 짐은 고급스러운 시곗줄을 받았지만 그에게는 이미 시곗줄을 달아 줄 금시계가 없어졌지요. 하지만 선물을 주고자 했던 사랑하는 마음 하나로 슬프지만 행복했던, 어느 크리스마스이브에 벌어진 아름다운 부부의 이야기입니다.

이 이야기의 본래 제목은 '동방박사들의 선물'입니다. 《성경》에 나온 일화를 작가가 현대적인 이야기로 담아낸 것이지요. 《성경》에 보면, 멀리 페르시아에서 천문학을 연구하던 박사들이 아기 예수 탄생에 관한 징조를 발견하고는 황금과 몰약과 유황, 이 세 가지 선물을 들고 인류의 메시아가 될 아기 예수를 찾아 베들레헴으로 가는 이야기가 나옵니다. 오 헨리는 바로 이 동방박사들에게서 제목의 힌트를 얻었다고 하지요.

《성경》은 이 아기 예수가 이 땅에 선물을 주기 위해 왔다고 가르칩니다. 이 세상 모든 사람들에게 가장 소중한 선물을 주기 위해 하나님의 아들에서 사람의 아들이 되어 아기의 모습으로 이 땅에 온 것입니다. 마리아가 예수를 잉태했을 때 그녀의 정혼자였던 요셉에게 천사는 이런 메시지를 전달합니다.

"아들을 낳으리니 이름을 예수라 하라. 이는 그가 자기 백성을 죄에서 구원할 자니라."

예수란 말은 본래 '구원자'라는 뜻입니다. 이는 그가 이 땅에 구원자로 오실 것임을 예시한 것입니다. 구원자인 아기 예수가 이 땅에 가지고 온 선물이 바로 구원이라는 말입니다.

구원을 성경적으로 풀이하면 소극적 의미로는 '우리가 죄를 범해 하나님의 심판과 저주를 피할 수 없는데 그 죄 속에서 용서받고 건짐을 받는 것'이고, 적극적 의미로는 '우리가 용서받을 뿐만 아니라 하나님의 영원한 생명을 받아 새로운 인생을 살게 되는 것'입니다. 그것이 바로 구원이라는 선물의 특성입니다.

짐과 델라의 선물이 주는 교훈 역시 소중한 그 무엇 하나를 잃어버리지 않고는 아름다운 선물이 될 수 없다는 진리를 말해 줍니다. 사랑하는 사람에게 내가 소중하게 생각하는 그 무엇을 내어줄 용기를 가져야겠습니다.

사랑으로 박은 못

1992년 미국 마이애미에 허리케인 앤드류가 덮쳐서 12만 채의 집이 날아가 버렸습니다. 쑥대밭이 되고 초토화되었습니다. 그런데 이상한 일이 벌어졌습니다. 다 쓰러지고 아무것도 남아 있지 않을 것 같던 지역에 27채의 집이 온전하게 남아 있었습니다. 엄청나게 큰 집들도 다 날아가 버렸고, 해변가의 호화 주택도 모두 사라졌는데 가난한 동네의 27채만은 그대로 남아 있었습니다.

이 집들은 바로 가난한 사람들에게 집을 지어 주는 해비타트운동본부에서 지어 준 집들입니다. CNN 기자가 해비타트 운동 창시자 밀러드 풀러에게 물었습니다.

"멀쩡히 서 있는 집들은 당신네 해비타트에서 지은 집들뿐인데, 이 현상을 어떻게 설명하시겠습니까?"

그러자 풀러가 말했습니다.

"첫째, 우리들은 기독교 기관으로서 반석 위에 집을 지었습니다. 둘째, 우리들은 이웃에 대한 사랑으로 집을 지었습니다."

이 말은 무슨 말일까요? 집 장사의 집들은 겉은 그럴듯해 보이지만 한 뼘마다 못을 박은 데 비해, 해비타트에서는 3센티미터마다 못을 박았습니다. 눈에 보이지는 않지만 무너지면 안 되기에 그들에 대한 사랑으로 못을 박은 것입니다. 그렇게 지은 집이니 허리케인 앤드류도 절대 무너뜨릴 수 없다는 게 풀러의 대답이었습니다.

타인을 사랑하려면 정직해야 합니다. 그 일이 무엇이든지 사랑이 들어 있지 않은 노력과 성실은 아무 의미가 없습니다. 모래성을 쌓는 데 노력과 성실이 무슨 필요가 있을까요?

사랑이라는 기초가 없으면 모든 것은 결국 무너지게 되어 있습니다. 그러므로 우리는 늘 기도하는 마음으로 살아야 합니다.

사랑을 위해서…….

사랑의 방정식

소와 사자가 있었습니다.

둘은 깊이 사랑하게 되었습니다. 그래서 같이 살게 되었지요. 그들은 사랑하는 마음으로 서로에게 최선을 다했습니다. 소는 날마다 싱싱하고 맛있는 풀을 모아 사자에게 열심히 대접했습니다. 사자는 싫었지만 그래도 참았지요. 사자도 갓 잡은 맛있는 살코기를 날마다 소에게 대접했습니다. 소는 괴로웠지만 그래도 참았지요.

그 참을성에는 한계가 있었습니다. 어느 날부터인가 둘은 서로에 대해 불평하기 시작했고 심하게 다투게 되었습니다. 마침내 둘은 헤어지게 되었지요. 헤어지면서도 서로에게 못내 할 말이 남아 있었습니다. 그건 바로 이 말이었습니다.

"난 지금까지 너에게 최선을 다했어."

이들의 문제가 무엇일까요?

상대방이 좋아하는 방식으로 상대방을 사랑한 게 아니었다는 점입니다. 내 방식대로, 내가 좋아하는 대로 상대방을 사랑했던 것이지요. 그러니 분명 최선을 다했는데도, 아니 최선을 다하면 다할수록 상대방은 자꾸만 화가 났던 것입니다.

사랑할 때 우리는 어떻게 합니까? 아내가 원하는 대로 아내를 대합니까? 남편이 원하는 대로 남편을 사랑합니까? 자녀를 사랑할 때는 또 어떻습니까? 진정 자녀가 원하는 방식대로 자녀를 사랑하고 있습니까?

혹시 이런 말을 들어 보지 않았나요?

"당신은 좋지만 난 싫다."

그렇지요. 당신 식대로 사랑하지 말고 내 방식대로 사랑해 주면 좋겠다고 말하는 것입니다.

우리 삶의 구석구석 갈등의 현장 속에는 늘 이 소통의 문제가 길러 있습니다. 소통이 안 되는 가장 큰 이유는 가치관의 차이 때문이지만, 가치관이 비슷해도 소통의 방식 때문에 서로 통하지 못할 때가 많습니다.

우리 삶의 구석구석 만남의 현장 속에서 이렇게 해보는 건 어떨까요? 내 방식이 아닌 상대방의 방식으로 사랑하는 것 말입니다. 아, 물론 나쁜 남자 나쁜 여자 방식의 사랑법은 빼고 말이에요…….

그대는, 그런 사람인가

어떤 사람이 정신과 의사에게 상담을 요청했습니다. 그는 근엄한 얼굴로 진지하게 말했습니다.

"나는 사회적으로 명망 있는 사람이오. 사람들에게 존경받는 자리에 있는 그런 사람이오. 그런데 최근 들어 죄의식과 자책감 때문에 도무지 견딜 수가 없소."

정신과 의사를 찾아온 환자답게 괴로운 표정을 지으며 그는 다시 말을 이었습니다.

"나는 최근에 젊은 여자들을 희롱하며 놀고 싶은 충동을 못 이겨서 끝내 일을 저지르고 말았소."

힘겨운 고백이라도 한 듯 고개를 떨군 남자에게 의사는 상냥한 미소를 지으며 위로의 말을 던집니다.

"저런, 그런 몹쓸 충동을 없애는 데 제가 도움을 드리겠습니다. 제가 바로 그런 문제의 전문가입니다."

그러자 듣고 있던 그 남자가 아주 불만스러운 말투로 의사에게 이렇게 말합니다.

"이봐요, 선생! 내가 언제 그런 충동을 없애 달라고 했소? 내가 없애 달라고 한 것은 바로 죄책감이오."

그대는 어떻습니까?

우리에게는 이런 마음이 없을까요?

아무도 보지 않으면, 죄책감이 들지 않으면 육체의 욕망대로 하고 싶은 것이 숨겨진 모습은 아닌가요?

신앙을 갖는 것도 어쩌면 죄책감 없는 허가증을 받고 싶어 스스로 면책 특권을 요구하는 것은 아닐까요?

많은 사람들이 죄는 그대로 두고 죄책감만 들지 않기를 바라고 있습니다. 죄를 짓고 싶은 충동은 즐기면서 도덕과 윤리로부터 자유롭기를 원하는 사람들……. 양심마저 스스로의 입맛에 맞게 바꿔 버린 사람들이 세상을 제멋대로 살아가고 있습니다. 언제까지 자신의 양심마저 저당 잡히고 살 수 있을까요?

죽음을 눈앞에 둔 순간이 오면 문득 이런 생각을 하게 될지 모릅니다. 나에게 다시 한번 새롭게 살 수 있는 기회가 주어진다면 정녕 후회하지 않는 삶을 살겠다는 생각 말입니다.

지금 깨달아야 합니다. 그때는 이미 늦습니다. 소중한 것들을 모두 잃어버린 불쌍한 인간만이 초점 잃은 눈빛으로 창밖을 바라볼지 모릅니다. 하염없이 눈물만 흘리면서…….

지금 깨달으십시오.

인생은 나를 기다려 주지 않습니다.

지금 결정하십시오.

적어도 한 인간으로 왔다가 간 흔적을 남겨야 합니다. 욕심과 이기심으로 가득한 외로운 늑대나 하이에나로 살지 마십시오. 우리는 인간입니다. 적어도 누군가를 진정 사랑했다는 흔적은 남겨야 합니다. 사랑의 흔적이 무엇입니까? 그대를 좋아하는 사람들이 많은 것입니다. 그대와 함께 있으면 많은 사람들이 행복한 것입니다.

그대는, 그런 사람인가요?

약속

우리 중에는 한창 뜨겁게 사랑하고 있을 이십대가 있습니다.

그 열정의 한가운데에서 삼십대가 된 이들도 있습니다.

뜨거운 열정을 넘어 헌신의 사랑을 경험하고 있는 사십대도 있습니다.

지금 맞이하고 있는 순간은 저마다 다르지만, 인생은 누구에게나 공평하게 그 나이 때의 경험을 줍니다. 생로병사로 이어지는 과정을 어느 누구도 피할 수 없습니다.

젊을 때의 열정을 지금도 지니고 있나요? 세월에 실려 그 열정, 그 설렘 다 사라지고 없는 건 아닌가요? 행여 몸에서 나오는 사랑의 호르몬이 이제 다 떨어지진 않았나요? 그런데도 그 사랑의 호르몬만으로 상대를 사랑하려고 든다면 얼마나 힘들겠습니까?

젊은 부부들이 다투는 광경을 지켜보다 보면 그들이 각각 부모의 사랑을 많이 받고 자란 커플들이라서 문제가 되는 경우를 종종 보게 됩니다. 그들은 서로에게 불가능한 요청을 합니다.

아버지 사랑을 많이 받고 자란 딸들은 남편에게 "당신은 왜 우리 아버지처럼 날 사랑하지 않는 거야? 아버지는 날 그렇게 예뻐하며 사랑했는데 도대체 당신 사랑은 왜 요것밖에 안 되는 거야?"라고 다그칩니다.

어머니 사랑을 듬뿍 받고 자란 아들들은 아내에게 "우리 어머니는 나를 위해 얼마나 많이 헌신했는지 알아? 당신 나하고 결혼했으면 헌신적인 사랑을 해야 하는 것 아니야?"라고 어머니의 엄청난 사랑을 요구합니다.

그게 가능한 것일까요?

아버지의 사랑, 어머니의 사랑은 내리사랑이었습니다.

그러나 남편과 아내의 사랑은 내리사랑이 아닙니다. 일방통행의 사랑도 아닙니다. 그것은 쌍방의 사랑입니다. 서로를 위해 함께 이해하고 섬기는 사랑, 그것이 부부의 사랑입니다.

결혼 후 세월이 지나가면 누구나 경험하게 되는 몇 가지 사실이 있습니다. 사랑의 힘이 다 소진되고 에너지가 다운되지요. 사랑의 충전이 필요한데 충전이 잘 안 되어 아내를 사랑하고 싶어도 사랑할 마음이 안 생깁니다. 남편을 정말 귀하게 여기고 싶어도 마음이 동하지를 않습니다. 휴대폰처럼 코드를 꼽기만 하면 저절로 충전되면 좋을 텐데 사랑의 마음은 도대체 충전될 줄 몰라 고통받을 때가 있습니다.

젊을 때는 에로스적인 뜨거운 사랑으로 살았습니다. 그래서 사랑은 저절로 되는 것처럼 여겼습니다. 그런데 어느 날 어느 순간에 이 사랑이 저절로 되는 것이 아니라는 사실을 깨닫게 됩니다. 에너지가 필요합니다. 헌신해야 하는데 헌신하기가 싫습니다. 사랑하기가 싫습니다. 귀찮습니다.

이런 문제도 발생합니다. 상대방에 대해 너무나 잘 알아서 생기는 문제입니다. 생각도 알고, 말도 알고, 습관도 알고, 몸도 알고, 얼굴도 알고, 모든 것을 머리끝에서 발끝까지 다 알고 있습니다. 그래서 설렘이 사라졌습니다. 그냥 그러려니 하고 살아가고 있습니다. 신선함을 잃어버리고 만 것입니다.

그것만이 아닙니다. 남편이나 아내나 세상일에 너무 피곤합니다. 아침부터 저녁까지 일하고 집에 돌아오면 모든 것이 귀찮습니다. 그래서 남자들이 집에 오면 시작하는 것이 뭘까요? 텔레비전 켜는 것입니다. 그것도 아내가 보고 싶은 프로그램이 아닙니다. 스포츠 게임이나 뉴스를 틀어 놓고 그냥 멍하니 있습니다. 아내도 마찬가지입니다. 하루 종일 쳇바퀴 돌듯 집안일에 시달리다 보면 어느새 날이 저뭅니다. 그런 일을 1년 365일 반복해서 합니다. 이제 모든 것이 다 싫증이 납니다. 이것이 많은 사람들이 겪고 있는 삶의 현장입니다.

어떻게 해야 잃어버린 사랑을 회복할 수 있을까요? 젊을 때 나누었던 알콩달콩한 그런 사랑은 아니라고 해도, 어떻게 넉넉한 사랑으로 아내와 남편 그리고 이웃을 포용할 수 있을까요?

나이가 들면 부부의 사랑 방법이 바뀝니다. 연인의 사랑에서 친구의 사랑으로 변하는 것입니다. 그냥 멀리서 바라봐도 '저기 내 남편이, 내 아내가 있구나.' 하는 것만으로도 마음에 족하게 바뀝니다. 지금까지 내 옆에 함께 있어 준 것에 감사하며 육체적인 사랑의 파트너를 넘어 대화하고 공감하는 파트너가 되는 것입니다.

《어린 왕자》를 쓴 생텍쥐페리가 이런 이야기를 했습니다.

"사랑이란 서로 마주 보는 게 아니라 함께 같은 곳을 바라보는 것이다."

부부의 사랑이 친구의 사랑으로 바뀌는 것이 그렇습니다. 젊을 때는 마주 봤습니다. 나이가 들면서 마주 보는 시간이 조금씩 줄어듭니다. 그 대신 함께 보는 것입니다. 함께 앞을 보는 것입니다. 함께 인생의 비전과 꿈과 목적을 바라보는 것입니다. 그러면서 때때로 필요할 때 마주 보면서 격려하는 것이 부부의 인생을 살아가는 삶의 모습입니다.

어떤 분들은 사랑을 회복하고 싶어 하면서 이런 불평을 합니다.

"사람이 사랑스러운 구석이 있어야 사랑할 수 있지."

말하면서 상대에게 느낌이 안 온다는 것입니다. 젊을 때는 그냥 보기만 해도 느껴졌는데 감정으로 못 느낀다는 것입니다. 그래서 감정이 생기면 그때 사랑하겠다고 말합니다.

과연 그때가 올까요? 오지 않을 겁니다. 나이가 들어 가고 육체가 늙어 가는데 그런 감정은 더 사라지면 사라졌지 생겨나지는 않지요.

한 남자와 한 여자가 만나 사오십 년을 함께한다는 것은 위대한 일입니다. 인생의 파도가 높이 치고 모진 바람이 불었을 텐데 어떻게 그렇게까지 올 수 있었냐고, 때로는 상처를 주고받기도 했을 텐데 어떻게 그 모든 걸 극복하고 여기까지 왔느냐고 물으면 한결같이 돌아오는 대답이 있습니다.

"그냥 서로 함께 살기로 내가 '약속'했으니까 미울 때도 고울 때도, 슬플 때도 기쁠 때도 그냥 이 사람과 함께 살아야지 하는 마음으로 오다 보니 여기까지 왔습니다."

내가 아내를 사랑했기 때문이라거나 남편을 사랑했기 때문이라는 말이 아니라 그 '약속' 때문에 그 모든 것을 이겨 낼 수 있었다는 고백입니다.

지금 자신의 나이 때를 살아가는 우리의 '약속'도 함께 나이 들어가는 부부처럼 같은 곳을 바라보는 사랑이어야 합니다.

사랑이란

브라운이라는 시인이 쓴 글이 있습니다.

"그대 사랑의 진실을 확인하고 싶은가.
그러면 다가오는 사랑의 요구에 반응하지 말라.
그래도 그래도 그래도
물러가지 않는 사랑 그 사랑으로 그대 앞에 무릎을 꿇는 사랑이라면
이제 말하라 그 사랑에 응답하라."

때론 무조건적인 사랑에 대해 테스트를 해야 한다고 시인은 말하고 있습니다. 사랑에도 진실이 필요하다고 강조합니다.

나는 그렇게 생각하지 않습니다. 사랑은 테스트를 해서는 안 됩니다. 행여 그 사랑이 가짜라 해도 진짜로 믿어 주는 것이 사랑이기 때문입니다. 누군가 나에게 진실이 아닌 모습으로 다가선다 해도 나는

그를 진실로 믿어 줘야 합니다. 가짜 사랑도 내가 진실한 사랑으로 믿어 주면 그 순간 진짜 사랑으로 변합니다.

사랑은 결코 상대성이 될 수 없습니다. 사랑은 어느 한쪽이 진짜라면 거짓도 수용하고 포용하는 것입니다. 그래서 짝사랑이라는 말은 언어적인 허구입니다. 사랑은 본래 혼자서 하는 것입니다. 그 혼자가 둘이 되고 셋이 되며 수많은 사람들을 살릴 때 참사랑이 되는 것입니다.

따라서 사랑은 외롭지만 불꽃이 되어 타오를 수 있습니다. 나를 태워 누군가를 사랑할 때 비로소 사랑은 영원히 꺼지지 않는 불멸의 존재가 되는 것입니다.

나는 그대들에게 그런 사랑이고 싶습니다.

부부 사랑의 원칙

결혼 후에 부부 싸움을 한 번도 안 해 본 사람이 있을까요? 아마 없을 겁니다. 성장 배경은 물론이고 성별이 다른 두 사람이 함께 사는데 어떻게 갈등과 다툼이 없을 수 있겠습니까?

한 결혼정보회사에서 미혼 남녀 약 700여 명에게 결혼 후에 가장 많이 싸울 것 같은 문제가 무엇인지 물었습니다.

남자들이 첫 번째로 꼽은 것은 생활비, 적금 등 금전적인 문제였습니다. 그러니까 '돈 때문에' 싸우게 될 거라는 대답이 45.2퍼센트였고, 그다음 '아내의 친정 식구들 때문에'가 33퍼센트, '회사 동료나 관계 때문에'가 11퍼센트였습니다.

여성들은 '시댁 식구들과의 관계 때문에' 싸우게 될 거라는 대답이 52퍼센트였고, '금전적인 문제 때문에'가 30퍼센트, '자녀 육아 문제 때문에'가 13퍼센트 정도로 나왔습니다.

한국보건사회연구원에서 실제로 결혼했다가 이혼한 사람들에게 이혼한 이유를 물어봤더니 '경제적인 문제 때문에' 이혼했다는 대답이 26퍼센트로 가장 높았습니다. 그러니까 요즘은 경제적인 이유로 이혼하는 부부가 훨씬 많아지고 있습니다. 그다음에 '배우자의 외도 때문에'가 24퍼센트, '성격 차이 때문에'가 22퍼센트, '학대받고 폭력을 당해서'가 13퍼센트로 나왔습니다. 그중 20년 이상 결혼생활을 한 여성의 가장 큰 이혼 사유는 경제문제였고, 10년 미만 결혼생활을 한 여성은 남편의 외도 때문에 이혼한 경우가 참으로 많았습니다.

SBS의 한 퀴즈쇼에서 이런 문제를 하나 냈습니다. 50대 남편이 부부 싸움을 한 다음에 어떻게 화해하는지 실제로 조사한 결과를 맞추는 문제였는데, 보기가 세 가지였습니다.

첫 번째, 적극적으로 아내의 집안일을 돕는다.

두 번째, 현찰을 줘서 화를 가라앉힌다.

세 번째, 아무것도 하지 않는다.

답은 무엇일까요? 세 번째였습니다. 아무것도 하지 않고 가만히 있기. 그 이유가 뭔지 아세요? 말 한마디라도 하면 성난 아내의 화를 더 돋울 수 있기 때문에 그냥 아무것도 안 하는 것이 상책이라는 겁니다.

부부 사랑의 원칙이 뭘까요? 함께 사는 데 가장 큰 원칙이 무엇입니까? 중요한 것이 하나 있습니다. 남편과 아내 사이에 무엇이 끼어들면 문제가 생기기 시작한다는 겁니다. 때로는 자식이, 때로는 부모가, 때로는 돈이, 때로는 취미가, 때로는 세상 친구가 아내와 남편 사이에 끼어들면 부부 관계에 금이 가기 시작합니다.

　자식을 돌본다는 이유로 아내에게서 밀려나면 남편들은 섭섭하고 기분이 나빠집니다. 아무리 자식이 소중해도 아내가 자식만 쳐다보고 남편을 바라보지 않으면 문제가 발생합니다. 직장을 핑계로 아내를 무시하고 소홀이 여기면 아내의 속이 타들어 가고 썩어 갑니다. 때로는 취미가 끼어듭니다. 낚시, 골프, 게임에 미쳐서, 때로는 친구에 빠져서 아내와 남편을 소홀하게 대하면 그 가정은 흔들리기 시작합니다.

　지금 혹시 부부 싸움을 하고 있나요?

　한번 체크해 보세요. 분명 둘 사이에 뭔가가 끼어들었을 겁니다.

사랑, 그 신비의 물질

"Love is bond!"

어느 영미권 시인의 말입니다. 사랑은 접착제라는 말이지요. 사람과 사람이 사랑하는 데는 사랑이라는 접착체가 있어야 한다는 뜻입니다.

누군가를 사랑하면 우리는 마치 자기가 사랑인 것처럼 말합니다. '내가 너를 사랑한다!' 언뜻 보면 내가 사랑 자체인 것처럼 느껴지고, 그로 인해 마치 모든 것을 주는 것처럼 생각됩니다.

사랑이 무엇인지 정확히 모르면 이처럼 엄청난 착각이 발생합니다. 사랑은 본래 내게는 없었던 것입니다. 그런데 누군가를 좋아하게 되면 바로 그 순간부터 만들어집니다. 내 안에는 전혀 없었던 보이지 않는 신비한 물질이 만들어지는 것입니다. 이 물질의 신비는 그 어떤 생물학도 밝히지 못했습니다.

사랑이 접착제라고 표현한 시인은 그 보이지 않는 물질을 접착제에 비유한 것입니다. 사람과 사람 사이에는 물론이고, 만물과 나 사이에도 사랑이라는 접착제가 필요하다고 노래한 것입니다.

내가 누군가를 사랑한다는 것은 내 안에 신비한 물질이 분비되고 있다는 뜻입니다. 그리고 그 물질이 사라지면 사랑도 멈추게 되는 것입니다. 그 물질은 우연히 생겨나는 것일까요? 그럴 수도 있겠지만, 그 물질이 지속적으로 내 안에서 만들어지려면 부정을 버리고 긍정해야 합니다. 나 아닌 타인들과 공감해야 합니다.

아주 쉬운 방법이 있습니다. 사랑하고 싶지 않은 사람에게도 사랑한다는 말을 자주 해 보세요. 어느 날 알게 됩니다. 내 안에서 깊은 샘물이 터지듯이 신비한 사랑의 물질이 끝없이 솟아나는 것을.

별이 빛나는 이유

　지금 살고 있는 곳에는 작은 호수가 있습니다. 나는 그 호수 이름을 시온 호수라고 지었습니다. 사람들이 잠든 밤이면 밤하늘을 올려다보며 호숫가에 앉아 깊은 사색을 합니다. 알알이 박힌 수많은 별들이 저마다의 눈동자처럼 나를 내려다봅니다. 그 선명하고 아름다운 별들을 보며 '나는 어디서 왔을까?' 물으면 별들은 친절하게 대답해 줍니다.

　"우리들 역시 그대가 살았던 그 땅 그 하늘 아래 살았노라……."

　나는 이렇게 묻습니다.

　"그렇다면 나도 별이 될 수 있단 말입니까?"

　한동안 깊은 침묵이 흐릅니다.

　마침내 동쪽 하늘에 있는 별 하나가 긴 침묵을 깨고 밝은 빛을 내며 말합니다. 그 순간 하늘의 모든 별들이 일제히 그 별에게 시선을 집중합니다. 숲 속 나무와 나무 사이를 지나며 실바람은 아름다운 선율을 만들어 냅니다. 나는 더 이상 서 있지 못하고 그대로 땅바닥에 누워 그 별을 향해 눈과 귀를 집중했습니다. 너무도 아름다운 목소리가 천상의 아리아처럼 온 세상과 나를 향해 이렇게 말합니다.

"그대여 인생이라는 것은 별이 되는 연습이라네.
그대가 슬프고 아프고 고통스러운 것은
빛나는 별이 되기 위한 몸부림이며
가벼워야 하늘에 오를 수 있는 버리는 연습이라네.
별이 빛나는 것은
지금도 자신을 태우며 사랑을 만들기 때문이며
잊지 못한 사람들을 향한 미소라네.
그대는 별이 되는 것이 아니라 처음부터 빛나는 별이었네.
단지 세상에서 겪어야 하는 슬픈 이야기들을 모아
세대와 세대에게 전하기 위한 것이며
이별이 아쉬워 눈물짓는 이들에게 희망을 들려주기 위함이라네.
그대가 훗날 우리 사이의 별이 되는 날 다른 이가 그대를 올려다보며 지금 그대처럼 고독과 허무한 마음으로 깊은 사색에 잠겨 있을 때 그대는 무슨 말로 그를 위로하겠는가.
별이 인간에게 아름답게 보이는 건
별이 인간이 되어 살다가 다시 별이 되었기 때문이라네."

나는 눈을 감았습니다. 그리고 혼잣말을 했습니다.
"나는 별이었구나. 우리는 별이었구나. 누군가를 위해 빛나려고 서글픈 몸부림을 치고 있구나."

얼마가 지나 눈을 떴을 때 서쪽 하늘에 쏜살같이 떨어지는 별 하나를 보았습니다. 인간이 되기 위해, 나와 같은 사람이 되기 위해, 더욱 빛나는 별이 되기 위해 떨어지고 있음을 알았습니다.

우리는 언젠가 돌아갈 것입니다. 그대가 지금 힘든 건 빛나는 별이 되기 위한 몸부림입니다. 하늘에서 자신을 태우며 사랑을 말해 주려는 연습입니다.

인생을 사는 동안 외롭고 아플 때는 하늘을 올려다보십시오.

먼저 왔다 간 별들이 그대를 지켜 줄 것입니다.

내 마음의 앨범

    내 마음에는 앨범이 하나 있습니다. 어린 시절부터 지금까지 수많은 사진들이 빼곡히 저장되어 있습니다. 때로는 슬픈 표정으로, 때로는 행복한 미소로, 때로는 조금은 어색한 브이 자를 그린 모습으로 담겨 있습니다. 아빠가 돌아가시던 날 집 모퉁이에서 흐느껴 울던 어린 내 모습은 유난히 슬퍼 보입니다. 입관하던 날 절규하던 젊은 엄마의 모습도 숨어서 찍은 사진 한 장에 담겨 있습니다.

    나도 모르게 외로움이 찾아오면 습관처럼 앨범을 펼쳐 봅니다. 그때마다 매번 발견하는 것이 있습니다. 이상하게도 앨범 속 사진들에는 어린 시절의 나와 지금의 내가 뒤섞여 있다는 사실입니다. 가장 슬펐던 그날의 사진 한 장은 왜 그리도 많은지 어른이 되어 가는 길목마다 꼭 그 모습을 드러냅니다. 종이 사진이라면 모두 빼내어 찢어 버리고 말았을지도 모릅니다.

    때때로 나를 슬프게 하는 그 사진 한 장이 바로 나입니다. 아무리 행복한 사진들이 있어도 그 사진 한 장이 옆에 없다면 내가 없는 것이며, '나'를 구성해 준 과거는 모두 사라지고 말 것입니다.

누구에게나 그런 사진 한 장이 있습니다. 시절은 달라도 누구에게나 세상에서 가장 슬픈 사진 한 장이 있습니다. 새로 찍은 사진 옆에는 항상 그 사진이 자리하지만 우리는 마치 아무것도 없는 것처럼 살아가지요.

인생은 사진입니다. 아니 어쩌면 우리는 모두 인생의 사진기자들입니다. 다만 타인은 결코 찍을 수 없는 '자신의 인생'을 기록해야 하는 셀프 카메라맨입니다.

그런데 우리의 앨범 속에는 누가 찍었는지 알 수 없는 사진이 살짝 들어와 있습니다. 이루 헤아릴 수 없이 많은 그 사진들 속에 때로는 커다란 한 장으로, 때로는 여러 장으로 자리를 차지하고 있습니다.

사랑은 그런 것입니다. 내가 찍을 수 없는 유일한 사진이 사랑입니다. 나를 사랑하는 사람들이 내 가슴에 넣어 주는 것입니다. 그대에게도 사랑을 찍을 수 있는 카메라가 있습니다.

사랑 앞에서 셀프 사진을 찍지 마십시오. 그대 스스로를 찍는 순간 빛바랜 슬픈 사진이 됩니다. 다른 누군가를 찍어 보십시오. 예술이 되고, 동영상이 되고, 사랑의 불꽃이 되어 영원히 사라지지 않을 것입니다. 누군가에게 잊히지 않는 존재가 되는 것은 내가 사랑이 되어 다른 누군가의 앨범에 저장되는 것입니다.

찰칵!

세상에서 가장 아름다운 단어

세상에서 가장 아름다운 단어는 무엇일까요? 전 세계 사람들에게 묻는다면 아마도 믿음, 소망, 사랑을 가장 많이 언급하며 그중에 제일 은 사랑이라 꼽겠지요.

그런데 그 사랑이 명사가 아니라 동사라는 사실을 알고 있나요? 사 랑이 동사라면 우리가 사는 세상에서 가장 동사적인 의미를 내포하고 있는 단어는 무엇일까요?

그건, 엄마……입니다.

세상에서 가장 동사적인 의미를 내포하고 있는 단어, 내가 세상에 서 가장 아름다운 단어로 꼽는 그것은 바로 '엄마'입니다.

언어학자 예스페르센은 인간의 공통적인 첫 발음은 조음하기 쉬운 입술소리([m])라고 말한 바 있습니다. 아기가 처음 내는 이 소리는 인 간의 가장 원초적인 것과 깊은 관계가 있습니다. 바로 '엄마'와 '맘마'

사랑이라는 기초가 없으면 모든 것은
결국 무너지게 되어 있습니다.

를 가리키는 세상 모든 아기들의 공통된 말입니다. 그렇게 '엄마'라는 말은 아빠라는 말보다 훨씬 더 원초적인 말이고, 엄마의 젖, 아기가 바로 먹을 수 있는 유일한 양식인 '맘마'라는 말은 바로 그 '엄마'를 뜻하는 말입니다.

아기가 언어를 습득하는 과정을 보면 참으로 신기합니다. 언어가 없이 처음에는 그저 옹알대는 소리로 울기만 하다가 조금씩 '암암', '엄엄', '음음' 같은 음성으로 옹알이를 합니다. 그런 본능적인 습득을 통해 '엄마'라는 말을 하게 됩니다. '엄마'라는 말을 배워야만이 생명 줄, 그러니까 자신의 생존과 직결된 관계성을 터득하는 것입니다. 아기와 엄마가 배 속에서 탯줄로 이어져 있던 관계성이 엄마라는 단어로 회복되는 것입니다.

아기가 자궁 밖으로 나온다는 것은 엄청난 모험이자 두려움입니다. 엄마와 하나로 연결되어 있던 탯줄이 끊어졌다는 건 아기에게 공포 그 자체입니다. 아기가 태어나 우는 까닭은 바로 그 때문입니다. 아기가 엄마와 분리되는 그 고통을 어떻게 설명할 수 있을까요? 다행히도 아기는 엄마의 심장 소리를 섬세하게 기억합니다. 그런 까닭에 젖을 무는 순간 엄마가 자신을 버리지 않았다는 것을 알게 되는 것이지요. 그렇게 엄마와 아기의 관계성은 삶과 죽음의 관계처럼 연결되어 있는 것입니다.

우리는 태어나는 순간 죽음을 향해 갑니다. 아기가 태어났다는 것은 엄마의 죽음을 예고하는 것입니다. 아기가 자란다는 것은 엄마의 죽음이 조금씩 가까워지고 있다는 뜻입니다. 그렇게 '엄마'라는 단어는 생명줄인 동시에 죽음이요, 세상에서 가장 아름다운 단어인 동시에 가장 슬픈 단어입니다.

연어는 알을 낳고 죽습니다. 세상의 모든 어미는 새끼를 낳고 죽는 것입니다. 한 세대는 가고 한 세대가 오는 것이 '엄마'라는 단어 속에 묵시적으로 들어 있습니다. 엄마는 나를 낳은 그 순간부터 모든 걸 주며 죽어 갑니다. 엄마가 되는 순간 알 수 없는 릴레이가 성립되었다는 걸 여자들은 저절로 알게 됩니다. 그래서 엄마를 보면 마음이 짠한 것입니다.

어디 여자만 그 느낌이겠습니까? 세상의 모든 남자들도 탯줄로 이어져 하나였던 엄마와의 관계를 무의식적으로 기억하고 있습니다. 제아무리 한 나라의 제왕이라도 엄마가 없는 순간 원초적인 평안을 잃어버리고 마는 것입니다. 그래서 남자는 여자 없이는 행복할 수 없습니다. 남자에게 아내가 필요한 이유는 알고 보면 엄마의 젖을 대신하고 심장 소리를 듣기 위해서입니다.

여자는 조금 다릅니다. 자신이 바로 그 엄마가 되기 때문입니다. 엄마는 점점 늙어 죽어 가고, 자기가 그 엄마를 닮아 가며 조금씩 엄마를 대신하는 분신이 되어 갑니다.

딸과 아들의 차이점이 바로 여기에 있습니다. 아들은 다른 여자를 통해 엄마를 대신하지만 딸은 오직 자신을 낳아 준 엄마의 뒤를 이어 갑니다. 그러니 고부간의 갈등은 본질적으로 예고된 것일지도 모릅니다. 며느리는 결코 시어머니를 닮을 수 없으니까요. 세상은 모계혈통, 즉 엄마가 엄마를 낳는 방식으로 돌아가고 있습니다. 엄마가 딸을 낳아야 세상이 돌아가는 것이지 아들을 낳으면 대가 끊어지는 것입니다.

지금 그대의 엄마는 살아 계십니까? 돌아가셨나요?

지금 살아 계시든 안 계시든 '엄마!'라고 한번 소리를 내어 불러 보십시오. 하루 세 번 그 이름을 부르는 사람은 이 세상을 악하게 살아갈 수 없습니다. 세상에서 가장 많이 사랑을 행한 사람이 바로 세상의 모든 엄마이기 때문입니다.

그래서입니다, '엄마'라는 그 원초적인 발음만으로도 슬퍼지는 까닭…….

그래서입니다, 탯줄이 잘리는 운명적인 그 순간부터 숙명적으로 엄마를 그리워하는 까닭…….

변하지 않는 삶의 원칙

이 땅에는 두 가지의 삶의 원칙이 있습니다. 창조의 원리와 은혜의 원리입니다.

첫 번째, 창조의 원리는 심은 대로 거둔다는 원리, 수고하고 땀 흘려야 먹고 마실 수 있다는 원리입니다. 모든 인간은 처음부터 일을 하도록 설계되어 있습니다. 창조의 원리 속에서는 열심히 일하는 자는 더 가지게 되고, 일하지 않는 자는 잃게 되어 있습니다. 놀고먹는 것은 죄악이며, 게으름은 인간의 불의한 모습이라는 것이 창조의 원리 안에 들어 있습니다.

그런데 이 창조의 원리를 인간의 욕심에 맡겨 두면 문제가 발생합니다. 있는 자는 더 많아집니다. 없는 자는 더 없어집니다. 세상은 빈익빈 부익부 현상이 고착되고, 갈수록 가속화되어 그냥 내버려 두면 사회적 갈등이 계급 대립으로 표출되는 위기 상황으로 내몰리게 됩니다.

여기서 두 번째 원리가 적용됩니다. 은혜의 원리입니다. 이것은 인간이 만들고 쌓은 것을 뒤바꾸는 역전의 원리이기도 합니다. 높은 산들은 깎이고, 깊은 구렁은 메워지는 원리입니다. 낮은 자가 세워지고 높은 자는 낮은 자의 자리에 함께 참여하게 되는 원리입니다. 연약한 자를 강하게 해 주고 상한 자는 연약한 자를 돌아보게 하는 원리입니다. 교만하고 강한 자는 강제로 낮추고, 낮고 천한 자는 높여 주는 원리, 고아와 과부를 돌봐 주는 원리, 가난한 자와 애통하는 자가 복이 있다는 원리, 이 세상이 만들어 놓은 삶의 극단적인 모습을 뒤집어 버리는 원리, 그것이 은혜의 원리입니다.

그런 일은 아무 때나 발생할까요?

그렇지 않습니다. 그렇게 되면 창조의 세계가 무너지기 때문입니다. 언제 그런 일이 발생했을까요? 역사를 돌아보면 이 땅에서 인간의 존엄성이 파괴되었을 때 그렇게 되었습니다. 누군가 억압받고 고통받을 때였습니다.

인간의 절망을 희망으로 바꾸고, 인간의 좌절이 소망으로 바뀌는 것이 은혜입니다. 작은 것이 큰 것을 이길 수 있는 원리가 바로 사랑의 원리입니다. 창조의 원리와 은혜의 원리가 하나로 합해지면 비로소 사랑의 원리가 되는 것입니다.

새는 알을 깨고 나온다

시인이자 소설가이며 화가였던 헤르만 헤세가 쓴 불멸의 작품 《데미안》에는 읽어 본 사람이라면 누구든 단번에 매료되는 명문장이 나옵니다.

"새는 알을 깨고 나온다.
알은 새의 세계이다.
태어나려는 자는 한 세계를 파괴해야만 한다.
새는 신에게로 날아간다.
그 신의 이름은 아브락사스이다."

새가 알에서 깨어나는 과정을 보기는 어렵지만 병아리가 부화하는 건 한 번쯤 봤을 겁니다. 솜털도 제대로 나지 않은 어린 병아리가 자신의 부리로 안에서 알을 깨고 나오는 장면은 감동 그 자체입니다. 그래도 새의 새끼에 비하면 병아리는 아무것도 아닙니다. 새들이 알을 낳는 곳은 대부분 인간의 손이 닿지 않는 곳입니다. 사람이 접근할 수 없는 곳은 위험한 곳이며, 날지 못하는 새끼 새에게 알의 바깥은 새로운 세계, 그러니까 가장 위험한 세계입니다.

알은 새의 새끼에게 하나의 세계입니다. 그것도 가장 안전한 세계입니다. 그럼에도 때가 되면 알을 깨고 나와야만 살 수 있습니다. 바깥 세계에 이처럼 온갖 위험이 도사리고 있다 해도 세상의 모든 새는 알이라는 세계를 부리로 깨고 나오지 않으면 죽습니다.

'에밀 싱클레어의 청년 시절의 이야기'라는 부제가 붙어 있는 《데미안》은 1919년에 초판이 나왔습니다. 처음에는 익명으로 발표하여 에밀 싱클레어라는 사람의 작품으로 알려지기도 했던 이 소설은 제1차 세계대전에서 중상을 입은 싱클레어라는 청년의 수기(手記) 형식으로 되어 있습니다. 싱클레어는 연상의 친구인 데미안의 인도를 받아 정신착란 상태를 벗어나게 됩니다. 곧이어 그는 '이 세상의 인간에게 자기 자신이 인도하는 길을 가는 것보다 어려운 일은 없다.'는 사실을 깨닫고, 오로지 내면의 길을 파고듭니다. 바로 그 과정을 담아낸 이 소설은 제1차 세계대전 직후 패전으로 말미암아 혼미 상태에 빠져 있던 독일의 청년들에게 깊은 감명을 주었으며, 세계 문학계에도 일대 센세이션을 불러일으켰습니다.

헤세는 자기만의 통찰력으로 새와 알을 비유하여 인간의 내면을 파헤치며 육체의 세계를 넘어 정신의 세계를 그려냈고, 나아가서는 선과 악의 세계, 죽음과 영혼의 세계까지 접근했습니다.

모든 사람은 알이라는 작은 (나만의) 세계에 갇혀 있다가 미지의 세계로 나올 때 두려움을 느끼고 날고 싶은 욕망도 갖게 되지만, 가장 중요한 건 그만큼 정신적인 면에서 자신이 성장해야만 알을 깨려는 의지를 갖게 된다는 점입니다. 그 의지를 갖고 알을 깨고 나왔을 때에야 비로소 자신이 갇혀 있던 알이 얼마나 작은 세상이었는지 되돌아볼 수 있는 것입니다. 그렇게 인간은 더 성숙한 하나의 인격체로 발전해 나가는 것입니다.

지금 알에서 죽어 가고 있는 사람들이 사랑의 이름 아래 모이고 있습니다. 알을 깨야 합니다. 지금 안주하고 있는 자신의 세계를 스스로 깨트려야 합니다. 그리고 사랑이라는 이름으로 새로운 세계를 만들어야 합니다. 우리는 연약한 새끼 새들이 푸른 창공을 향해 날아오를 때까지 지켜 줘야 합니다. 헤르만 헤세가 말한 아브락사스(Abraxas)는 결국 자신이 신이 되는 걸 의미하지만, 그건 다시 '새로운 세계로 향하다' 또는 '실천하다'라는 말로도 해석되니까요.

사랑의 몰입

이런 말이 있습니다.

"아름다운 음악을 들으면서 맛있는 요리를 먹는 건 음악과 요리를 모독하는 행위다!"

그만큼 무엇엔가 집중하지 않고 몰입하지 않으면 그 의미를 발견할 수 없다는 뜻입니다. 사람들은 음악을 들으면서 커피 맛이 참 좋다고 말합니다. 그런 사람은 어쩌면 음악을 이해 못 하든지 커피 맛을 잘 모르는 사람일 것입니다.

음악에는 그 음악이 탄생하기까지 작곡가의 모든 이야기가 들어 있습니다. 커피 역시 그렇습니다. 그래서 음악은 오직 음악의 세계에 집중하고 몰입할 때 그 세계를 경험하게 됩니다. 커피의 맛과 향 역시 미각과 후각을 총동원해서 음미할 때 그 진가를 알게 됩니다.

사람도 마찬가지입니다.

자신만의 세계가 있는 사람이어야 합니다.

사랑도 그렇습니다.

순도 백 퍼센트만이 사랑입니다. 어떤 이유를 대는 순간 그 사랑은 가짜가 됩니다. 누군가를 진실로 사랑한다면 사랑의 이유를 말하지 마십시오. 무엇 때문에 그대를 사랑한다고 말하는 순간 진짜 사랑도 가짜가 되고 맙니다. 사랑은 단 1퍼센트의 불순물만 섞여도 그 가치를 상실해 버리기 때문에 사랑이라고 말할 수 없습니다. 조건은 사랑을 알지 못하는 사람들이 갖다 붙이는 욕망입니다. 세상이 융합과 공유의 시대로 치닫고 있지만 본연의 맛과 향이 없는 융합은 맛없는 짬뽕에 불과합니다.

사랑의 연금술은 쇠를 황금으로 바꾸는 그런 기적이 아닙니다. 오직 자신의 희생을 통해 새로운 생명이 사는 것입니다. 한 알의 씨앗이 죽어야 새싹이 돋아나는 것처럼 사랑은 나를 소멸시킬 때 다른 누군가가 나 대신 사는 것입니다.

사람들은 '사랑'이라는 말을 쉽게 내뱉습니다. 능숙한 거짓말처럼 사랑이라는 말을 욕망의 도구로 사용합니다. 어쩌면 사랑이라는 말을 아침 인사 정도로 생각하는지도 모릅니다. 만일 사랑이 그렇게 가벼운 것이었다면 인류는 벌써 멸망해 버리고 말았을 겁니다.

사랑은 내 모든 것을 한 곳으로 집중하는 것입니다. 활시위를 놓으면 화살은 오로지 한 곳을 향해 날아갑니다. 그리고 한 번 날아간 화살은 돌아올 수 없습니다. 어딘가에 꽂혀 멈추는 것입니다. 그것도 영원히 그렇게 멈추는 것이 사랑입니다.

어떤 이들은 사랑은 움직이는 것이라 말합니다. 이 여자 저 여자, 이 남자 저 남자 그리고 아무나 사랑할 수 있다고 생각합니다. 그건 사랑을 모독하는 말입니다. 사랑은 수십 년을 기다렸다가 단 한 번 움직이고 멈추는 것입니다. 그러나 호수에 던진 돌이 잔물결을 만들 듯이 사랑이 멈춘 곳에는 끝없는 물결이 일며 주변을 행복하게 합니다.

우리는 누군가의 가슴에 화살이 되어 날아가 꽂혀야 합니다. 그러면 그 사람은 나 대신 또 다른 누군가에게 사랑이 되어 날아갈 것입니다. 그리고 그 역시 움직이지 않을 것입니다. 단지 잔잔한 물결이 일 듯이 사랑이라는 몰입을 선사할 것입니다.

사랑의 티켓

어제는 가고 오늘이 왔습니다. 반복되는 일상, 어제나 오늘이나 크게 달라지는 것 없이 또 하루가 갈 것입니다. 사람들은 대부분 어제처럼 오늘을 삽니다. 표면적으로는 그렇습니다.

그러나 오늘을 살지 못하고 어제 세상을 떠난 사람도 있고, 어제보다 더 심한 고통으로 오늘을 사는 사람도 있습니다. 어제 죽은 사람보다 오늘의 태양을 본 사람이 감사해야 합니다. 감사를 모르면 어제나 오늘은 같은 날의 연장일 뿐입니다.

어떤 사람들은 감사할 것이 없는데 어떻게 감사하냐고 말합니다. 지금 상황이 너무 힘들고 고통스러운데 무엇을 어떻게 감사하냐는 것입니다. 감사의 비밀은 바로 거기에 있습니다. 주어진 환경과 상황은 도무지 감사라고는 찾아볼 수 없게 열악하지만 그래도 감사하다고 생각하면 행복해지게 됩니다. 돈이 많고 가진 게 많다고 해서 감사가 나오는 것이 아닙니다.

감사하는 사람의 얼굴은 밝습니다. 따뜻합니다. 그 모습에는 기쁨이 있습니다. 그 마음의 영혼에는 넉넉함이 있습니다. 그러나 감사가 사라진 얼굴을 보면 참으로 바라보기가 힘듭니다. 자기 스스로도 힘들 것입니다.

그렇다면 감사할 수 없을 때 어떻게 해야 할까요?
고난 속에서도 우리는 감사할 수 있을까요?
고통을 받더라도 감사할 수 있을까요?

'요나'라는 사람은 놀랍게도 고난에 처해서야 깊은 감사의 노래를 부릅니다. 그는 구약의 선지자입니다. 자신의 신을 피해 숨바꼭질하듯이 도망간 못된 인물입니다. 그는 니느웨로 가서 그 백성을 회개하게 하라는 신의 명령을 거부합니다. 니느웨 백성은 자기 민족의 적대국 백성인데 그들이 회개하면 그것은 자기 민족에게 도움이 안 된다고 생각했습니다. 회개하지 않아야 천벌을 받으니까요. 그는 그렇게 적국의 사람들이 다 죽어야 한다는 마음을 가지고 있었습니다. 그래서 거꾸로 다시스로 도피하다가 항해 중에 큰 풍랑을 만나게 됩니다. 결국 배가 침몰하고 요나는 커다란 물고기 배 속으로 들어가게 됩니다.

그런 일련의 사건은 그에게 감사를 깨닫게 하고 영혼의 기쁨을 되찾게 하려는 신의 배려였습니다. 스올의 배 속, 즉 지옥과 같은 배 속에 들어가서야 요나는 기도하기 시작했고 감사를 찾게 됩니다.

혹시 고난을 좋아합니까?

고난을 애써 찾는 사람이 있을까요?

요나는 물고기 배 속이라는 고난에 들어가 비로소 기도하기 시작했습니다. 이상하지 않은가요? 하지만 그게 우리의 모습입니다. 고난에 들어가지 않으면 기도를 잘 하지 않습니다. 고난에 들어가지 않으면 지금까지 살아온 내 인생에 감사할 것이 얼마나 많았는지 잘 알지 못합니다.

그래서 신은 우리의 인생을 종종 뒤흔듭니다. 제발 좀 깨닫고 감사하라는 뜻입니다. 그리고 묻는 겁니다. 어떻게 잘나갈 때 감사를 안 하고, 잘나갈 때 기도를 안 하냐고 묻는 겁니다. 어째서 오히려 교만해지고 완악해졌냐고 책망하는 겁니다.

인생은 고난의 연속입니다. 슬프고 가슴 답답한 일의 반복입니다. 칠흑 같은 어둠과 천 길 낭떠러지 같은 절망이 우리를 죽고 싶게 만듭니다. 바로 그때 고난의 건너편, 벼랑 저쪽에 있는 영원의 세계를 보아야 합니다. 지금의 이 고통은 연습이라고 생각하십시오. 훈련이라고 생각하십시오. 감사를 배워 아는 사람만이 고난 저편에 있는 사랑의 세계에 들어갈 수 있는 티켓을 얻을 수 있습니다.

사랑과 감사는 하나입니다. 감사를 알면 사랑하게 되고, 누군가를 사랑하게 되면 감사하게 됩니다. 사랑은 주는 것이고, 감사는 받는 것입니다. 사랑과 감사가 합해지면 비로소 참사랑이 되는 것입니다.

2장

사랑의 영역

희망을 선택으로

'희망(hope)'의 동의어는 '선택(choice)'입니다.

뜨거운 한증막에서 사람들은 잘 참고 견딥니다. 만일 그런 상태로 며칠이고 계속 기약 없는 시간을 보내야 한다면 어떨까요? 상상만 해도 끔찍한 고통일 것입니다. 그런데 한증막에 있는 사람들은 그런 생각은 하지 않습니다. 그건 자신이 언제든 그곳에서 나갈 수 있기 때문입니다. 희망이란 그런 것입니다. 스스로 선택할 수 있는 것입니다. 그래서 희망을 잃은 사람들은 우울한 세계에 갇혀 내면의 고통에서 좀처럼 벗어나지 못합니다.

위에서 분명히 희망과 선택은 동의어라고 했는데 알고 보니 선택은 인생과 관계되는 모든 단어와 동의어라는 사실을 발견합니다. 절망 속에서도 어떤 사람은 죽음을 선택하고, 어떤 사람은 새로운 삶을 선택합니다.

여기서 또 하나의 재발견은 선택이란 희망과 동의어가 되어야만 본연의 빛을 발한다는 사실입니다. 어떤 선택을 하는지에 따라 운명이 바뀌고, 희망만이 우리의 삶을 풍요롭게 합니다. 누군가를 사랑하는 것도, 가족이 행복하게 사는 것도 희망의 선택이어야 실현할 수 있습니다.

판도라의 상자에 남겨진 희망이 모든 사람을 향해 날아다니고 있습니다. 우리는 그 희망을 붙잡아야 합니다. 선택하면 누구나 잡을 수 있습니다. 희망은 선택되는 순간 마술을 부립니다. 어둡고 칙칙한 어둠의 그림자를 형체가 분명한 밝은 빛의 세계로 바꿉니다.

그뿐인가요, 희망은 우리를 행복의 세계로 안내합니다. 작은 것에도 감사하게 하고, 가난도 족하게 받아들일 줄 알게 합니다. 결정적으로 눈과 마음에 보이지 않았던 사랑이 보이기 시작합니다. 많은 것들이 흑백에서 형형색색의 아름다운 색상으로 변하게 됩니다. 그리고 어디선가 이런 소리가 들려옵니다.

"인생은 살 만한 가치가 있다!"

눈에 보이는 세상과 보이지 않는 세상

'죽으면 끝'이라고 말하는 사람들이 있습니다. 또 어떤 이들은 '죽음은 새로운 시작'이라고 강변하기도 합니다. 어떤가요? 시작인가요, 끝인가요? 나는 이렇게 대답합니다. '시작도 끝도 아니며 그냥 눈에 보이지 않을 뿐'이라고……

너무 추상적인가요? 그렇지 않습니다. 이 세상은 눈에 보이는 세상과 보이지 않는 세상으로 존재합니다. 분명히 실존하는데도 하나의 세계는 알고 하나의 세계는 모릅니다. 이를 알기 위해서는 형이상학과 형이하학이 무엇인지를 알아야 합니다.

형이상학이란 모양이나 색깔이나 소리가 없는 본질을 말하는 것이고, 형이하학이란 현상적으로 눈에 보이고 귀에 들리는 물질이나 사회현상을 말합니다. 사람으로 보면, 눈에 보이지 않는 정신이 본질로서 형이상학이 되고, 눈에 보이는 물질현상인 육체는 형이하학이라고 할 것입니다. 학문으로 보면, 유교의 성리학이나 기독교의 신학이 형이상학에 해당되고, 인문·사회과학을 비롯한 대부분의 학문이 형이하학에 해당된다고 할 것입니다.

기독교에서는 하나님은 스스로 존재한다고 하여 하나님을 알고, 믿고, 만나는 것을 궁극의 목표로 삼고 있으며, 불교에서는 우리 정신의 불생불멸한 허공성을 불성이라고 하여 이를 깨닫는 것을 형이상학의 궁극으로 봅니다. 따라서 인간의 죽음도 있다가 없어지는 소멸이 아니라 눈에 보이다가 보이지 않는 현상으로 볼 뿐입니다.

죽음을 눈에 보이는 세상에서 보이지 않는 세상으로 이동하는 거라고 믿는다면 두렵거나 슬프지 않을 것입니다. 만일 눈에 보이지 않는 세계가 더 행복한 곳이라면 떠나는 사람이 오히려 남겨진 사람을 안타까워할지 모릅니다. 미국에 한 번도 가 본 적 없다면 그 역시 보이지 않는 세계 아닌가요? 그동안 만나고 헤어졌던 사람들이 어딘가에 살아 있지만 그들 역시 내 눈에 보이지 않는 세계에 살고 있는 것입니다. 이처럼 누구나 보이지 않는 세계와 함께 살고 있습니다.

죽음 역시 그렇게 생각하면 위안이 됩니다. 누구나 보이는 세상에서 보이지 않는 세상으로 이동합니다. 우리 눈에 보이지 않는다고 소멸한 것이 아닙니다. 따라서 인식을 바꾸면 보이지 않는 세계가 보입니다. 삶과 죽음은 동시에 우리 곁에 있습니다. 그걸 깨닫고 인식할 때 눈에 보이는 모든 것의 소중한 가치 또한 알게 됩니다. 사랑은 형이상학과 형이하학이 동시에 작용하는 신비의 세계입니다.

누구나 한 번쯤은

물밀듯이 밀려오는 고통의 바람을 맞아 본 적이 있습니까?

어디로 가야 할지 몰라 갈 곳을 잃고 비를 맞으며 미친듯이 걸어 본 적이 있습니까?

아무것도 먹을 수 없어서 입안이 하얗게 말라 버린 채 절망을 느껴 본 적이 있습니까?

눈부신 햇살이 낯설고 모든 풍경들이 나와는 상관없는 오직 혼자뿐인 외로움에 빠진 적이 있습니까?

사람이 싫어 방안에 꼭꼭 숨어 은둔해 본 적이 있나요?

가장 가까운 사람에게 배신당해 뭔가를 잃어 본 적이 있나요?

어제까지도 함께 웃었던 사람과 갑자기 믿어지지 않는 이별을 한 적이 있나요?

슬픔에 못 이겨 울어도 울어도 끝이 없는 대성통곡을 해 본 적이 있나요?

아무도 없는 산속을 헤매다가 목을 매달고 싶었던 적이 있나요?

가까운 누군가에게 얼마를 부탁했는데 그가 전화를 받지 않은 적은 없습니까?

소중한 물건을 들고 전당포를 찾아 얼마의 돈을 들고 나오며 슬픔과 기쁨을 동시에 느낀 적은 없습니까?

어딜 뒤져도 십 원짜리 하나 없어 아이의 빨간 돼지 저금통을 떨리는 손으로 찢은 적은 없습니까?

교통사고나 갑자기 찾아온 질병으로 이제 나도 죽는구나 하고 죽음에 직면한 적은 없습니까?

이 모든 순간들은 인생이라는 길을 가다가 만나게 되는 고비입니다. 그런 순간들이 왔을 때 우리는 이렇게 말해야 합니다.

"그래도 나는 길을 걸어가야 한다!"

도저히 건널 수 없는 절망의 벼랑 앞에서 두려움에 떨며 서 있다면 그대로 눈을 감으십시오. 깊은 심호흡을 한 뒤 절망이라는 죽음을 향해 당당하게 발걸음을 내딛어 보십시오. 바로 그 순간 기적이 일어납니다. 감았던 눈을 떴을 때 도저히 건너지 못할 것 같던 천 길 낭떠러지는 사라지고 내가 걸어가야 할 길이 펼쳐집니다.

사랑을 잃고 단 하루도 살 수 없을 것 같은 그 칠흑 같은 슬픔의 늪에서도 남겨진 내 자신이 사랑이라는 걸 발견해야 합니다. 그것이 우리가 인생을 사는 이유인 것입니다.

존재란 무엇인가

실존철학의 대변자이며 포스트모더니즘의 선구자로 평가받는 하이데거를 좋아합니다. 그의 저서를 보면 '존재'와 '존재자' 그리고 '세계-내-존재', '거기-있음[현존재]' 등의 개념이 나오는데 하이데거만의 독특한 철학 용어라고 볼 수 있습니다.

하이데거는 고대는 물론 근대의 많은 철학자들이 '인간 존재란 무엇인가?'라는 문제에 대해 고민은 많이 했지만 깊게 파고들지는 못했다고 지적합니다. 즉 '존재는 가장 보편적이며 내용이 텅 비어서 정의할 수 없는 것, 그러나 자명한 것'이라는 틀에 박힌 사유에서 벗어나지 못했다는 것입니다.

'존재'는 정말 무엇이라고 정의내릴 수 없는 것일까? 보이진 않지만 숨을 쉬게 해 주는 공기처럼 그저 보이지 않지만 느낄 수 있는 자명한 것일까? 하이데거의 물음은 여기서 시작하는 것 같습니다.

철학은 이렇듯 '우리가 일상적으로 알고 있는 듯하지만 실제는 모르고 있는 것'(비트겐슈타인)을 문제 삼는 것부터 시작합니다. 우리는 이 세계 안에 내던져진 존재이며 이미 존재의 목적이 완성된 사물과는 다르다는 것, 인간은 어차피 죽음을 맞이하기 때문에 태어나는 순간부터 시간 속에 존재할 수밖에 없다는 것, 인간은 자신의 '있음'을 존재해 나가야 한다는 것 등에 질문하기 시작하는 것이지요.

하이데거는 인간을 '가능 존재'라는 개념으로 설명하면서, 중요한 건 우리들 스스로가 '자신의 존재 가능성을 무엇으로 보고, 그 가능성을 어떻게 미래로 던지며, 그 가능성과 어떻게 관계 맺으면서 현재의 나를 바꾸어 나가는가'라고 말합니다. 쉽게 말하면 나의 존재를 내가 판단하고 존재의 가능성을 찾아나가며 살아야 한다는 것입니다. 무엇인가 용기를 주는 듯하면서 무한한 책임감을 안겨 주는 실존주의 철학입니다.

하이데거는 "인간은 그가 되려고 마음먹은 바로 그것이다!"라고 말했고, 또 다른 실존주의 철학자 사르트르는 "인간은 자유로 단죄받았다!"라는 유명한 말을 남겼습니다. 인간은 어떤 형태로든 자신의 존재를 떠맡고 선택해야 함을 의미하는 말입니다.

자유가 무서운 이유는 자유가 우리를 이끌어 주지 않는다는 데 있습니다. 황무지에 내던져진 자유는 안락한 도시의 통제보다 훨씬 험난할 수 있습니다. 따라서 인간은 무한한 자유에서 오히려 불안과 초조를 느낍니다.

하이데거가 주목하는 지점이 바로 이곳입니다. 불안, 고독, 초조, 고민 등 어두운 감정들을 겪는 순간이 존재에 대한 방향을 찾아가는 시

사랑이란 서로 마주 보는 게 아니라 함께 같은 곳을 바라보는 것입니다.

작점이라고 그는 말합니다. 하이데거 식으로 생각하면 불안이 닥쳐올 때 슬퍼할 것이 아니라 오히려 기뻐해야 합니다. 그리고 조용히 자신의 존재 의미를 생각하며 '존재할 수 있음'이라는 '가능성'으로 넘어가면 됩니다.

하이데거는 이 존재 가능성으로 넘어가는 시점에는 반드시 '양심'이 필요하다고 했습니다. 그리고 양심을 "나 자신 안에서 나 자신을 나 자신 앞으로 불러 세우는 침묵의 소리"라고 묘사했습니다.

어떻게 살아갈 것인가?

조금은 어려운 질문 앞에서 자신이 왜 존재하고 있는지, 무엇을 구하고 있는지, 어떻게 사는 것이 존재의 이유가 되는지 생각해야 합니다. 존재와 사랑이 하나로 소통할 수 있을 때 어떻게 살아야 하는지가 비로소 보일지도 모릅니다.

다소 무겁고 조금은 어려운 주제일 수 있지만 존재란 우리가 왜 사는지, 왜 사랑해야 하는지 알면서도 모르는 나 자신의 정체성이기에 반드시 알아야 합니다.

몸을 바라보는 두 가지 관점

　역사를 살펴보면 인간의 신체를 바라보는 시각은 극단적으로 양분
되어 왔다는 걸 알 수 있습니다.

　고대에는 몸에 대한 인식이 매우 부정적이었습니다. 고대 그리스의
철학자 플라톤은 인간의 육체를 영혼의 감옥이라고 표현했습니다. 신
체에 대한 부정적인 생각은 아마도 우리 육체가 부패하기 쉬운 물질
로 구성된 데서 비롯된 것 같습니다. 탄생과 소멸, 섭취와 배설의 사
이클은 단백질의 합성체인 이 생명체가 결국은 분비물과 배설물로 상
징되는 비극을 피할 수 없기 때문입니다. 모든 생명체가 그런 것처럼
우리의 몸은 신진대사를 멈추는 순간 우리를 구성했던 모든 물질들이
부패하기 시작합니다. 그리고는 가장 보기 흉하고 추한 상태를 거쳐
박테리아에 의해 분해되어 흙으로 돌아갑니다.

　현대미술은 이런 고깃덩어리로서의 육체 혹은 배설물의 생산 공장
으로서의 신체나 성기를 노골적으로 표현하기에 이르렀고, 역사를 통

해 면면히 이어져 온 몸에 대한 부정적인 인식은 몸을 소중히 여기기보다는 전쟁이나 살해를 통해서 남의 몸을 아무렇지도 않게 파괴하는 결과를 초래하기도 했습니다. 또 자신의 몸을 자해하는 풍조를 낳기도 했습니다.

이와 반대로 인간의 몸을 지나치게 이상화하려는 노력도 역사적으로 꾸준히 진행되어 왔습니다. 미학과 철학, 예술과 문화 운동을 통해 이런 노력이 지속되어 왔습니다.

산드로 보티첼리의 〈비너스의 탄생〉을 감상한 적이 있나요?

인간의 육체가 얼마나 아름다운지를 보여 주는 오귀스트 르누아르의 누드화를 본 적이 있나요?

몸은 더 이상 억압되어야 할 정신의 감옥이 아니라 이 세계를 인식하는 창문이자 자기 주체의 정체성을 대표하는 가장 소중한 마당으로 인식되어 온 것입니다.

프로이드는 인간의 몸 안에 감추어진 성 의식이야말로 인간의 성취에 가장 중요한 동기가 된다고 선언했습니다. 몸에 대한 이러한 인식은 오늘날 우리 사회에서도 여전히 유효하게 통용되고 있나요? 얼굴을 몸의 거울로 믿는 우리 시대의 사람들에게 일어나고 있는 과도한 성형 열풍과 몸을 도구로 사용해 권력을 거머쥐는 것들을 통해서도 우리의 몸이 지나치게 이상화되는 경향을 볼 수 있습니다.

이 두 가지 관점, 몸을 추하게 보는 관점과 몸을 지나치게 이상화하는 관점 사이에서 우리가 알아야 하는 것은 우리 몸이 신의 거룩한 선물이라는 사실입니다. 선물이라는 것은 원래 내 것이 아니라는 뜻입니다. 내 것이 아니라는 것은 보내온 곳으로 돌려보내야 한다는 의미이기도 합니다. 흙에서 흙으로 돌아가는 것이 아니라 눈에 보이는 세상에서 눈에 보이지 않는 곳으로 돌아가는 것입니다.

어느 누구에게나 육체는 소중합니다. 그러나 지나치게 신봉하다가는 스스로 육체의 감옥에 갇힌 불쌍한 영혼의 소유자가 되고 맙니다. 자유로운 영혼의 소유자만이 사랑을 발견할 수 있습니다.

마음이 아프다는 것은

사람에게는 영과 혼과 육이 있습니다. 이 세 가지가 하나로 합하여 내가 되는 것이 마음입니다. 영은 우주나 신의 세계와 교감하는 나를 말하는 것이고, 혼은 내 이름은 무엇이며 타인이 누구인지 아는 것과 같이 대상을 이해하고 사물의 이치를 아는 것입니다. 육체는 또 무엇입니까? 영과 혼이 살고 있는 집입니다.

따라서 인간의 마음이란 스스로가 집주인으로 살고 있는 나를 말하는 것입니다. 마음은 형이상학적이라 잘 알 것 같으면서도 막상 접근해 보면 잘 알지 못합니다. 바람이 어디서 부는지 알 수도 없고 눈에 보이지도 않지만 분명 바람이 존재하는 것을 느끼고 아는 것처럼 마음 역시 그렇습니다. 분명 내 마음이고, 확실히 마음이 존재한다는 것을 알고는 있는데 뭐라고 설명할 수는 없습니다.

그런데도 사람들은 '내 마음이 아프다'고 말합니다. 이상하죠? 마음에 대해 잘 알지도 못하면서 아프다고 표현하거나 좋아하는 대상을 향해 자기 마음을 보여 주려고 하는 것이 잘 이해되지 않습니다. 그런 걸 보면 사람은 뭔지는 모르지만 마음이 바로 자기 본성이라고 알고 있는 것 같습니다.

사실 잘못 알고 있는 것입니다. 마음은 주인이기는 하지만 본성이나 본질이 아닙니다. 마음에도 두 개가 존재하는데 바로 본질과 현상입니다. 본질이 변화가 없는 정적인 것이라면, 현상은 어떤 대상에 의해 언제든 변할 수 있는 동적인 것입니다.

물론 사람들은 본질적인 마음보다는 현상적인 마음을 자기 마음으로 생각합니다. 그러다 보니 환경에 따라 마음이 수시로 변하는 것을 경험합니다. 때로는 슬프다고, 때로는 화가 난다고, 때로는 마음이 너무 아프다고 말하지요.

그런데 정말 마음이 아프다는 것은 맞는 걸까요? 도대체 마음이 어디 있는데 아프다는 걸까요? 눈에 보이지 않는 마음을 아프다고 말하고, 어디 있는지도 모르는 마음을 누군가에게 주었다고 말하는 게 가능한가요? 얼마든지 가능합니다. 메커니즘을 이해하지는 못하지만 마음은 아프면서 어딘가로 가기도 하고, 다른 사람에게 실제로 빼앗기기도 합니다.

그런데 마음은 왜 아픈 걸까요? 어딘가에 가 있던 마음이 자기 자신에게 돌아와 움직이지 않을 때 바로 마음이 아프게 됩니다. 우울증도 현상적인 마음을 본질로 착각할 때 일어나는 '마음이 아픈 증상'의 하나입니다.

마음이 아프다는 것이 무엇인지를 아는 사람은 사랑할 수 있는 조건을 갖춘 사람입니다. 왜냐하면 사랑은 마음의 본질과 현상이 하나로 합해질 때 태어나는 신비이기 때문입니다.

사랑을 하고 싶은가요?

그러면 마음이 아픈 걸 경험해 봐야 합니다. 아무것도 먹을 수 없는 고통을 겪어 봐야 합니다.

알잖아요, 사랑이 아프고 슬픈 이야기라는 것을…….

그대에게는 벗이 있는가

벗이라는 말을 들으면 가슴이 따뜻해지고 다정해집니다.

우리가 살아 있다는 것, 살아간다는 것은 곧 사람을 만나고, 관계를 맺는다는 뜻이기도 합니다. 혹시 어떤 사람을 만나도 흔쾌히 내 친구, 내 동료, 나의 벗으로 사귈 수 있나요? 우리는 그것이 쉽지 않은 일이라는 걸 매일 경험하고 있습니다. 그래서 인간관계를 잘하는 것이야 말로 삶의 비결이라고도 하고, 인복이 많은 사람을 부러워도 하지요. 사람 만나는 것에 따라 삶이 풍요로워지기도 하고 위태로워지기도 하는 까닭입니다.

부모를 잘 만난 사람들을 종종 부러워하기도 합니다. 하지만 부모를 만난 것은 내 결정이 아닙니다. 주어진 것이지요. 그러나 친구를 만나고 좋은 배우자를 만나는 것은 내 결정입니다. 우리에게 필요한 것은 어떤 사람은 계속 만나고, 또 어떤 사람은 그만 만날 것인지 사람을 분별할 줄 아는 능력입니다.

옛사람들은 그래서 사람을 들여다보고 분별할 수 있는 네 번의 기회가 있다고 가르칩니다. 사람을 판단할 준거를 말하는 것이지요.

첫째는 어떤 사람이 갑자기 큰 재물을 얻었을 때 그 재물을 가지고 어떻게 사용하는가?

둘째는 갑자기 어려움이 닥쳤을 때 어떤 반응을 보이는가? 마냥 슬퍼하는가, 아니면 뭔가 새롭게 도전하는가?

셋째는 어느 누구도 자기 자신에게 관심 갖지 않을 때, 인기가 사라졌을 때 어떻게 대처하는가?

넷째는 특별히 남자들의 세계에서 술을 먹고 난 후에 어떤 태도를 취하는가? 자기 절제를 하는가, 주정을 부리고 있지는 않은가?

청나라 시대에 서예가였던 정판교가 스승에게 물었습니다.

"친구란 무엇입니까? 친구란 어떤 사람들입니까?"

그의 스승이 이렇게 말합니다.

"네 가지 친구가 있네.

첫째는 꽃과 같은 친구가 있지. 꽃이 아름답게 피면 그것을 품에 안고 좋아하지만 꽃이 시들면 가차 없이 내버리는 그런 사람이라네.

둘째는 저울과 같은 친구가 있네. 무거운 물건이나 중요한 사람을 만나면 고개를 금방 숙인다네. 그러나 가벼운 물건이나 평범한 사람을 만나면 고개를 빳빳하게 세우는 이중적인 인물이지.

셋째는 산과 같은 사람이라네. 기꺼이 관계를 맺으면 능력을 받아 높은 곳이라도 오를 수 있는 사람이라네. 조그만 묘목을 심은 것 같았는데 어느 날 보니 큰 나무 그늘을 능히 만들 수 있는 그런 멋진 무리라네.

네째는 땅과 같은 친구가 있네. 묵묵히 때론 어려운 일도 마다하지 않고 부담을 지고 인내할 줄 아는 사람이라네. 그러나 하나의 씨앗을 잘 심으면 그것이 백 배의 결실을 맺을 수 있게 키우는 그런 인물이라네. 소박하지만 가슴에 원한을 품지 않는 그런 친구라네."

우리네 모습을 보여 주는 이야기입니다.

우리는 꽃과 같이 있을 때는 탐하다가 없을 때는 내버리는 그런 친구가 될 수도 있고, 저울과 같이 높낮이가 다른 친구가 될 수도 있으며, 산이나 땅과 같이 자기에게 주어진 일들을 감당하는 그런 친구가 될 수도 있습니다.

그렇다면 수많은 사람들을 어떻게 분별할 수 있을까요? 사람을 차별하라는 뜻이 결코 아닙니다. 분별할 줄 알지만 차별하지 않을 수 있는 방법은 무엇일까요? 이 세상의 흐름을 꿰뚫어 보면서 세속적인 것과는 다른 가치와 기준으로 사람을 택하는 것입니다.

세상은 돈과 재물과 사회적인 지위를 기준으로 삼아 그 사람이 얼마나 많은 능력을 갖고 있는가에 따라 사람을 선택하려고 합니다. 그러나 사람을 볼 때는 겉모습이 아닌 내면을 봐야 합니다. 멋진 치장이나 소유물로 전체를 평가해서는 안 됩니다. 마음과 영혼이 무엇을 향해 있고, 어떤 마음으로 인생을 살아가는지 내면의 세계를 들여다봐야 합니다.

'이 사람은 내 친구'라고 쉽게 말하지 마십시오. 먼저 나는 이 사람에게 누구인가를 생각해야 합니다. 나의 내면을 들여다보며 내가 저 사람의 친구가 될 수 있는가를 고민할 때 그 역시도 그런 내면으로 다가설 것입니다.

그런 벗이 있습니까? 그렇다면 그대는 성공한 사람입니다. 후회 없는 인생을 살아온 사람입니다. 친구란 바로 나 자신이기에 모든 것을 내어줄 수 있어야 하기 때문입니다.

친구라는 말, 함부로 사용하지 마십시오. 그저 단순한 호칭이 아닙니다. 사랑은 친구가 되지 않으면 성립되지 않는 완벽한 불변의 공식이기 때문입니다.

그대는 사랑을 아는가

사랑은 나로부터 시작되지만 반드시 누군가의 마음에 머물다가 돌아옵니다. 때로는 그 시간이 너무 오래 걸리는 탓에 기다림에 지쳐 혼자라는 걸 느끼게 되지만 바로 그 순간들이 있어 사랑의 소중함을 알게 됩니다.

사랑은 스스로를 사랑할 줄 압니다. 그래서 의미를 부여하는 곳에 존재감을 드러내며 때로 내게 돌아오기를 거부합니다.

이처럼 누군가에게 간 사랑이 나를 아프게 할 때마다 우리는 사랑이 돌아올 자리를 만들어야 합니다. 마음을 깨끗하게 하고 그 자리에 꿈과 희망과 열정이 있는 집을 지어야 합니다. 어느 순간 아침 햇살이 눈부시게 아름답고 하루가 소중하게 느껴지거나 낯선 타인들을 볼 때 어디선가 본 듯한 느낌이 든다면 사랑이 돌아온 것입니다.

사랑은 나로부터 혼자 떠나갔지만 돌아올 때는 꼭 누군가를 데리고 옵니다. 거울을 보듯이 내 마음에 사랑이 보이고, 사랑이 데리고 온 사람이 보인다면 비로소 누군가를 사랑하는 것입니다. 사랑은 그렇게 나를 떠났다가 누군가를 데리고 오는 방랑의 여행객이며 동반의 보헤미안입니다.

만일 그대가 사랑을 떠나보낸 적이 없다면 사랑할 대상도 없게 됩니다. 사랑은 반드시 나를 떠났다가 돌아와야 합니다. 사랑은 본래 아픈 것이며, 눈물을 머금은 솜 같은 것입니다. 그런데도 세상에서 가장 행복하게 울 수 있는 것은 그것이 바로 사랑의 속성이기에, 나와 사랑이 태초부터 하나라는 것을 아는 까닭입니다.

만일 그대가 외로움을 느끼지 않는다면 누군가를 사랑하지 않는 것이며, 어쩌면 단 한 번도 사랑을 떠나보낸 적이 없는 사람일지도 모릅니다. 사랑을 가둔 사람, 사랑이 자기 안에만 머물게 하는 사람은 사랑할 줄 모릅니다. 사랑은 애완견처럼 키우는 것이 아닙니다. 사랑은 세상에서 가장 소중한 것들을 보는 것이며, 추하고 더러운 곳에서는 단 한 순간도 견딜 수 없어 소멸되고 마는 것입니다.

그대여, 사랑하고 싶은가요?

방종의 문을 열고 사랑을 떠나보내십시오. 굳게 채워진 자물쇠를 풀고 마음의 문을 열어 사랑에게 자유를 주십시오. 사랑이 떠나갈 때 사랑을 알게 되고 내가 주인이 아니라 사랑을 섬겨야 한다는 것을 발견하게 됩니다. 바로 그 순간 내 안에 갇혀 있었던 것이 사랑이 아니라 바로 나였음을 깨닫게 됩니다.

그대여, 자유를 느끼나요?

비로소 사랑할 준비가 된 것입니다. 비록 사랑이 누군가를 데리고 돌아오기까지 외롭고 슬프고 때론 가슴이 아파 견딜 수 없어도 참아 내야 합니다. 그 고통의 눈물을 흘리지 않는다면 그대는 깨끗해질 수 없습니다. 사랑은 눈물로 깨끗하게 정화된 곳에 돌아와 주체할 수 없는 감동으로 영원이 됩니다.

이런 사랑을 아는 사람만이 죽어도 좋은 사랑 안에 삽니다.

사랑은 침묵의 언어

그대가 나에게 사랑을 묻는다면 나는 해 줄 말이 없습니다. 사랑은 누군가로부터 듣는 것이 아니라 깊은 침묵 속으로 들어가는 것이니까요. 우리는 침묵의 언어를 배워야 합니다.

누군가에게 사랑한다고 말하고 싶다면 말 대신에 침묵의 언어를 사용하십시오. 목소리나 입술과 혀가 만들어 내는 말이 아니라 마음 깊은 곳에서 용암이 뿜어져 나오듯이 솟구치는 열정으로 빚은 침묵의 언어를 사용하십시오. 그 침묵 속에서 불덩이 같은 뜨거움과 수천 길 낭떠러지에서 쏟아지는 폭포의 장엄함으로 상대를 느끼십시오. 침묵의 소리는 청각으로 전해지는 것이 아닙니다. 내 마음에서 상대의 심장으로 전해지는 것입니다.

누군가 침묵의 언어로 사랑한다고 말한다면 그대는 심장이 터질 듯한 감동으로 전율할 것입니다. 사랑은 침묵의 세계에서 주체할 수 없는 열정으로 살기를 바랍니다. 사랑은 말없이 다가가서 불처럼 타오르다 물이 되어 흐르기를 원합니다. 그래서 침묵의 강에는 사랑을 아는 사람만이 배를 타고 떠갑니다. 사랑은 멈추지 않고 영원히 배와 하나가 되어 흐를 것입니다.

그대가 진짜 사랑을 하고 싶다면 배가 되십시오. 그것도 아무도 태우지 않은 빈 조각배가 되어야 합니다. 때로는 바위에 부딪혀 상처가 나고 구멍이 난다 해도 두려워하지 마십시오. 그것은 사랑과 하나가 되는 과정입니다.

사랑은 침묵입니다.

소리 나지 않는 오열입니다.

바로 우리들 가슴속에서 한 척의 조각배가 되어 심장 깊은 곳으로 들어가는 것입니다. 어느 날 그대의 심장이 멈추는 순간, 배는 그대를 태우고 그대들과 내가 떠나온 사랑의 바다로 돌아갈 것입니다.

사랑은 나를 울리는 것이다

사랑은 누군가를 울게 하는 것이 아니라 나를 울리는 것입니다.

그대는 사랑 때문에 울어 본 적이 있나요?
어느 봄날 아지랑이를 보면서 문득 한 사람이 그리워 눈물이 볼을 타고 흐르던 그런 날이 있었나요?
깊어 가는 여름날 잠 못 이루며 소리 없이 흐느낀 적은 없었나요?
낙엽 떨어지던 가을날 바람 소리에도 혹시나 하고 창밖을 내다보고 대문 밖을 서성인 적이 있나요?
손이 시린 그 겨울날 더 차갑게 얼어붙은 마음을 안고 뜨거운 눈물로 새벽을 맞이한 적은 없었나요?

사랑은 나를 울게 하는 것입니다.
만일 그대가 누군가를 울게 하였다면 사랑한 것이 아닙니다.

사랑은 나 자신이 목 놓아 울 때 비로소 목소리를 내고 참았던 아픔을 토해 내며 모습을 드러냅니다.

그대는 사랑을 본 적이 있나요?
눈을 떠도 눈을 감아도 애틋한 그 형체,
그러나 조금만 욕심을 내도 사라지는 눈물의 언어.
그대는 사랑의 목소리를 들어본 적이 있나요?
빗소리 같기도 때로는 바람소리 같기도 혹은 별이 떨어지면서 이름 없는 새가 되어 내는 소리 같기도 한…….
그대여!
사랑은 슬픈 그림자가 되어 내 곁에 머물기에 다른 누군가를 울리는 것이 아니라 바로 내가 우는 것입니다.

그대에게 사랑이 있나요?
다른 사람을 위하여 통곡하며 울어 보세요.
바로 그 순간 사랑은 황혼이 깃든 하늘처럼 그대의 가슴에 환상의 색깔로 스밉니다.
그때 자신도 모르게 눈물 한 방울이 볼을 타고 입안으로 흘러들어 갈 것입니다. 그 맛, 그 눈물의 맛이 사랑입니다.

현상과 본질을 알아야 사랑할 수 있다

얼마 전에 친구를 만난 자리에서 앞으로 30년은 뭐하면서 살 거냐고 물었습니다. 그랬더니 그 친구가 그러더군요. 내가 십 년 전에도 그렇게 물었다고……. 돌아보면 어느 누구를 만나도 그렇게 묻곤 했습니다. 그건 지금도 마찬가지입니다.

그대는 앞으로 30년을 뭐하면서 살 건가요?

30년이라는 세월은 길다면 길고 짧다면 정말 짧은 세월입니다. 돌아보면 지난 시간들이 나도 모르게 훌쩍 가 버린 것을 느끼게 됩니다. 문득 바라본 거울에서는 변해가는 내 모습만 발견하게 됩니다. 시간이 흐른다는 것은 그렇게 늘 아쉬움을 남깁니다.

그런데 가만 보면 사람들은 시간의 흐름에 사실 큰 의미를 부여하지 않고 삽니다. 별로 민감하게 반응하지 않고 산다는 뜻입니다. 그냥 이렇게 살다가 생로병사의 순리에 따라 사라지는 유전자가 우리 몸속에 있기 때문입니다. 그래서 체념하거나 무디게 인식하는 것입니다.

마음은 우리 내면의 위대한 정원입니다.
꽃을 심지 않으면 잡초만 무성할 뿐입니다.

여기에는 비밀이 하나 숨겨져 있습니다. 대부분의 사람들이 아무 생각 없이 살고 있다는 사실입니다. 누군가의 죽음에도, 자신이 늙어가고 있다는 것에도 커다란 충격을 받거나 엄청난 사건으로 인식하지 않는 것입니다. 반면에 당장 배고픈 것과 아픈 것은 견디기 힘든 사건으로 극대화시킵니다.

그 이유가 무엇일까요?

자신이 배고프고 아픈 것만 현실로 인식하는 뇌의 인지능력 때문입니다. 우리의 뇌 입장에서 보면 자신 이외의 환경은 3차원 허상에 불과합니다. 얼마든지 만들어 낼 수 있는 가상 사건일 뿐이라는 뜻입니다. 따라서 인간이 자신의 뇌를 알지 못하면 타인과 올바른 관계를 형성한다는 건 어려운 일입니다. 뇌에게는 자신만이 유일한 현실이고 실존이며 타인은 자신이 만들어 낸 사건에 불과한 것입니다.

조금 어려운 말처럼 들리겠지만 사실이 그렇지 않은가요? 남편 혹은 아내와 아이들 그리고 부모님이나 친구와 이웃들은 누구입니까? '나' 없이 그들이 존재합니까? 내가 빠진 현상은 아무 의미가 없습니다. 본질이 바로 나이기 때문입니다.

그러므로 우리의 뇌는 오직 나 이외에는 3차원 홀로그램으로만 인식합니다. 그것도 내가 만들어 낸 것으로 인식하는 것이지요. 그런데 어찌보면 또 그것이 사실입니다. 내가 만들지 않으면 나와는 아무 관계가 없는 사람들이죠.

서두에서 앞으로 30년을 뭐하고 살 것인지 물었습니다. 질문을 이해했다면 지금쯤 어떻게 살 것인지를 구체적으로 계획해서 자신의 생각을 말해야 합니다. 그러나 아무도 그런 구체적인 계획이나 생각을 말하지 않을 것입니다. 그 이유는 말했듯이 그대의 뇌는 내 질문에는 관심이 없기 때문입니다. 그대 스스로 만들어 낸 질문이 아니면 단지 허상에 불과한 것으로 인식하는 것입니다. 즉 전혀 심각하지 않은 현상적인 질문에 지나지 않는 것이지요.

그래서 스스로 질문하고 답을 구하는 방법을 알아야 하는 것입니다. 그렇지 못하면 바보상자 같은 뇌 속에 매일 똑같은 비디오 화면만 반복해서 재생될 뿐이니까요. 새롭게 사는 것 같지만 출연진과 엑스트라만 다르지 자신이 만들어 내는 3차원 홀로그램에 불과한 것입니다.

앞으로 30년을 어떻게 살 것입니까?

지금까지 살아온 방식으로 살 건가요?

어느 순간 작동 스위치가 꺼질 것입니다.

끝.

배고프죠? 어디 아픈가요? 돈이 필요하죠?

이런 건 질문하지 않아도 스스로 압니다. 그러나 사랑은 질문하지 않으면 안 됩니다. 나타나는 현상이 아닌 본질이기 때문입니다.

사랑의 영역

베네치아의 오래된 골목길을 걷다가 문득 이런 생각이 들었던 기억이 납니다. '인간을 인간답게 하는 본성은 시간과 상관없이 항상 똑같은 것이다!' 그 거리를 걸었던 그 옛날 사람들도 같은 의문이 들었을 것입니다.

왜 인간은 생각하고 감정을 느끼는가?

무엇이 우리를 인간답게 하는가?

수천 년이 지났지만 인간 본성에 관한 미스터리는 여전히 풀리지 않고 있습니다. 사라질 육체보다 영혼이 고귀하다는 믿음은 항상 있어 왔습니다.

숱한 의문 속에서 우리는 결국 뇌를 탐험해야 합니다. 인간을 인간답게 만드는 것은 결국 우리의 뇌이기 때문입니다. 공포, 분노, 사랑, 믿음, 생각 등 모두 머릿속에 있는 세계입니다. 우리 삶의 모든 것이 뇌 속에 들어 있다고 해도 과언은 아닙니다. 신과 우주를 연결하는 통로가 뇌에 있다는 것이 언젠가는 검증될 것입니다.

누군가는 그 길을 이미 알고 있는지도 모릅니다. 사실 과학자들은 뇌의 기능에 대해 많이 알고 있습니다. 따라서 인간이란 어떤 존재인지 실질적인 검증이 필요합니다. 이전에는 과학이 갈 수 없었던 영역이 정신세계입니다. 이제는 가야 할 시점이 온 것이죠. 수천억 개의 신경세포가 그물처럼 얽혀 움직이고 있는 뇌 속에서 지금 무슨 일이 일어나고 있는지 알아야 합니다. 의사들이 해부학으로 신경세포를 설명할 수는 있어도 정신세계를 설명하기는 쉽지 않습니다.

이처럼 우리의 정신세계에 대해서는 아는 것보다 모르는 게 훨씬 더 많습니다. 도대체 머릿속 어디에서 감정이나 생각이 나오는지도 알지 못합니다. 그러나 적어도 뇌의 한 부분만큼은 정신적으로 특별한 기능이 있다고 말합니다. 바로 뇌 속에서 몸을 인지하고 있다는 느낌입니다. 팔과 다리는 많은 정보를 뇌에 전달합니다. 누군가와 악수를 하면 감각을 통해 뇌가 느끼는 것입니다.

환지증 환자들의 경우, 팔이 잘린 후에도 여전히 그 팔이 있다고 느낍니다. 절단한 걸 깜박 잊어버리는 현상으로, 우리의 뇌는 과거에 경험한 대로 팔이 있다고 느끼는 겁니다. 이는 뇌가 그 관계를 버리지 않는 것입니다. 사실 인간의 뇌는 우리의 신체 지도를 가지고 있습니다. 따라서 언젠가는 로봇 속에 뇌만 있으면 스스로 팔다리를 완전하게 움직일 날이 올 것입니다.

그렇다면 뇌 속에서 사람들의 성격 하나하나를 추적하는 것이 가능할까요?

과학자들은 우리의 뇌가 각각 자신의 역할을 하는 고유한 영역이 있다고 말합니다. 실음악증 환자들은 언어 기능은 정상인데 오직 음악을 듣는 기능이 손상된 사람들입니다. 청각도 정상인데 오로지 음악만 처음 듣는 소리처럼 인식하는 걸 보면서 도대체 어떤 영역이 어떻게 손상되었기에 이런 현상이 나타나는지 알지 못합니다. 이 하나의 예만 보더라도 음악을 듣는 뇌의 세계가 따로 있다고 말할 수 있습니다.

사랑은 어떨까요? 분명 우리 뇌 속 어딘가에 사랑을 관장하는 정신 영역이 따로 있겠지요. 조심하세요. 사랑이 무엇인지 모른다면 그 부위가 손상되었거나 돌연변이로 태어났을지도 모를 일입니다. 설마 그런 환자는 아니겠죠?

사랑! 우리 인간의 뇌 속에서 꼭 찾아야 하는 영역입니다.

사춘기와 오춘기

 사춘기는 누구나 한번쯤은 겪어야 하는 성장과정입니다. 컴퓨터로 말하면 업데이트해야만이 속도와 성능 면에서 탁월해지는 것과 같고, 로봇으로 말하면 변신 단계에서 기능이 추가되는 걸 말합니다.

 사춘기가 오면 먼저 신체적인 변화가 나타납니다. 성호르몬 영향으로 남자는 목소리가 변하는 변성기가 오고, 여자는 에스트로겐 호르몬 영향으로 유방 봉오리가 형성되는데 이를 유방 사춘기라고도 부릅니다.

 이런 신체적인 사춘기와 함께 정신적인 사춘기도 함께 나타나는데 이 역시 성호르몬이 정신세계에까지 크게 영향을 준다는 걸 알 수 있습니다. 남자의 경우는 이성에 대한 호기심이 생기고 자신과 다른 엄마의 신체 구조를 탐닉하게 됩니다. 그러나 심리적으로는 그걸 숨기려고 하는 윤리적인 혼란에 처하게 되어 부정적인 말투로 자신을 위장합니다. 특히 엄마나 누이 그러니까 여자들에게 신경질적으로 반응하는 것입니다.

그러다가 호기심의 대상이 가족이 아닌 다른 여자에게 옮겨 가면서 긍정적인 생각으로 변화되고 배려가 무엇인지를 인식하게 됩니다. 여기서 배려를 인식한다는 건 다른 이성을 유혹하기 위해서 행해야 하는 행동 양식을 본능적으로 깨닫는 걸 말합니다.

이때쯤이면 엄마들은 우리 아들이 철들었다며 감동합니다. 그러나 이때 이성에 대한 지나친 호기심을 이기지 못해 포로노 같은 것에 지속적으로 노출되면 중독될 수 있다는 걸 주의해야 합니다.

남자들이 이성에 대한 적극적인 정신적 변화를 겪는 것에 비해 여자들은 좀 다른 정신적인 성장통을 겪습니다. 자신의 신체에 대해 관심이 집중되는데, 특히 초경이 시작되면서 최고조에 다다릅니다. 그러면서 누군가 가르쳐 주지 않아도 스스로 자위행위를 알게 됩니다. 그러다 보니 혼자만의 세계를 즐기게 되고 비밀을 만들기 시작하면서 가족들에게도 퉁명스럽게 대하는 위장술을 펴게 되지만, 진심은 아니기에 후회하면서도 반복합니다. 물론 이런 자연스러운 변화의 과정을 거치면서 여성으로서 알아야 하는 신체적 또는 정신적 성숙을 깨닫게 되는 것입니다.

따라서 사춘기를 제대로 거치지 않으면 미성숙아로 아무것도 모르는 청년이 될 수 있습니다. 실제로 통계를 보면, 미성숙 대학생들이 너무 많습니다. 이러한 현상은 사춘기를 그냥 뛰어넘는 데서 비롯됩니다. 사춘기를 겪어야 하는 시기에 게임이나 공부에 중독된 아이들에게서 주로 나타나고 있습니다. 사춘기를 겪는다는 것은 인간이 되는 신비로운 과정이기에 참으로 멋진 일입니다.

사춘기는 이쯤하고 오춘기로 넘어가 볼까요.

오춘기가 있다는 말은 처음 들어 볼지 모르지만 새로운 개념을 만들어 내는 특기를 살려 오춘기를 통해 현재 우리 모습을 말해 볼까 합니다.

남자 나이가 사십이 넘으면 조금씩 오춘기가 찾아옵니다. 육체적으로는 조금씩 자신감이 없어지고 특히 성적인 문제에 예민하게 집착하게 되어 대중목욕탕에서 다른 남자와 심볼을 비교하는 훔쳐보기에 돌입합니다.

이런 행동에는 두 개의 심리가 작동하는데, 하나는 자기만족을 위한 비교이고 다른 하나는 위축된 현재의 자기 모습에서 오는 비교입니다. 이런 심리는 곧바로 물질적인 과시로 나타나게 되고 아내보다 조금 젊은 여자에 대한 집착까지 보여 허튼짓을 하는 경우가 많습니다. 그리고 정력에 좋다는 건 물불을 안 가리고 먹어 대려는 거지증후군이 나타납니다. 남자가 가장 이기적이고 욕심 많은 때가 이 시기입니다.

여자도 역시 오춘기를 겪습니다. 생식능력이 사라지는 갱년기에 맞이하는 여자의 오춘기는 남자보다 훨씬 더 큰 육체적·정신적 고통을 겪는 혼란기입니다. 정신없이 보냈던 육아가 끝나고 자신을 돌아보는 시기에 남편까지 밖으로 나도는 것을 보면서 정체성의 혼란을 경험합니다. 이 시기에 여자 또한 바람나기 쉽습니다. 가정이 파탄에 이르는 방종을 자유라고 착각하는 시기입니다.

사실 오춘기 또한 새로운 성장통입니다. 다만 육체적인 성장기가 아닌 정신적으로만 성장해야 하는 중대한 변화의 시기입니다. 오춘기를 거치면 인간은 육체의 역할이 줄어듭니다. 반면에 정신적인 세계는 확장되어 많은 걸 깨닫고 아는 시기가 됩니다. 그런데 그런 정신적인 적응과 변화를 거치지 못하게 되면 젊은 시절만을 생각하고 모든 정신이 그 시대에 머물러 현실 적응 능력이 떨어지고 혼란을 겪습니다.

인간은 육체의 시기에서 정신적인 시기로 이행해야만 행복한 노후를 맞이할 수 있습니다. 물질의 시대에서 정신의 시대로 급변하는 시대를 맞이하면서 오춘기를 모르고는 추한 인간 즉 젊음만을 탐하는 비굴하고 추한 늙은이로 살 수 있습니다. 존경받는 인간으로 사는 길은 반드시 사춘기와 오춘기를 거쳐 자신이 아닌 누군가를 사랑하며 사는 것입니다.

슬픔이라는 아이

누군가 내게 슬픔에 대해 묻는다면, 나는 우리 안에 살고 있는 한 아이라고 말하겠습니다. 아이는 언제나 엄마를 부릅니다. 엄마가 없으면 늘 불안해하다가 막상 엄마를 보면 떼를 쓰던 아이가 우리 안에 살고 있는 것입니다. 아이는 우리 마음 구석진 곳에 쭈그리고 앉아 오늘도 엄마를 기다리고 있습니다.

아이에게 홀로서야 한다는 것은 엄마를 포기해야 하는 무서운 선택입니다. 엄마를 떠나야 한다는 것은 세상에서 가장 두려운 이별입니다. 그래서 아이는 자라기를 거부합니다. 그저 사탕 하나로만 살고 싶어 합니다. 돈도 명예도 사랑도 필요 없다고 말합니다. 그냥 울기만 합니다. 자기 이름이 어린아이라고 우겨 대기만 합니다. 오직 엄마와 아이라는 그 관계만 있으면 행복하다고 말합니다.

그렇습니다.

내 안의 슬픔이란 곧 자라기를 거부하는 어린아이가 살고 있다는 것의 다른 말입니다. 겉모습은 나이를 먹어 가며 어른으로 살지만, 마음속에는 엄마를 찾는 아이가 있습니다. 슬픔이란 그런 것입니다. 자라기를 거부하며 내 안에 살고 있는 아이가 우는 것입니다. 단지 엄마를 찾는 소리가 곧 슬픔이 내는 소리입니다.

그러니 지금 그대 마음이 슬프다면 어서 위로해 주십시오. 사탕 하나로 달래 주십시오. 언제나 그 자리에서 자라기를 거부하며 울고 있는 그 아이를 말입니다.

나는 가끔 그 아이를 데리고 깊은 사색 속으로 여행을 갑니다. 그리고 밤하늘을 가리키며 이별에 대해 말해 줍니다. 이별은 헤어지는 것이 아니라 서로 다른 별이 되어 빛나는 것이라 말해 줍니다.

아이는 고개를 끄덕입니다. 시간을 달라고 말합니다. 조금만 더 자라기를 기다려 달라고 말합니다. 나도 고개를 끄덕입니다. 우리는 그렇게 서로를 이해하며 이별 연습을 하고 있습니다.

누군가를 사랑한다는 건 내 안에 살고 있는 슬픈 아이를 안다는 것입니다. 그 아이와 이별하지 않으면 다른 이를 결코 사랑할 수 없습니다. 아이의 울음소리가 커질수록 그대에게 사랑받는 그 누군가는 행복합니다.

슬픔은 그런 것입니다.

나를 버리고 다른 누군가를 한없이 사랑하는 것입니다.

모든 사랑은 짝사랑이다

어떤 사람들은 사랑은 '서로' 사랑하는 것이라고 말합니다. 그러나 사랑은 본질적으로 서로가 서로를 동시에 사랑할 수 없습니다. 나는 상대를 사랑하는데 상대는 다른 대상을 사랑합니다. 자식을, 부모를 혹은 친구와 물질을 더 사랑하기에 동시에 서로 사랑하는 것은 불가능합니다.

또한 "서로 사랑하라."에서 서로는 교차 사랑을 의미합니다. 즉 엑스적인 교차를 의미하므로 그렇게 서로 사랑하게 되면 모두가 사랑하게 되는 원리입니다.

그러나 여기서 말하는 '서로'를 '두 사람이 주고받는 사랑'이라고 생각하는 순간 둘 사이에는 이기심이 태어나고, 사랑은 저울추가 되어 작동하게 됩니다. 누가 더 사랑하는지 묻게 되고 그 비교를 통해 욕심이 태어납니다. 지금 우리가 하고 있는 사랑이 바로 이 사랑에서 비롯되어 욕망과 분노로 바뀌고 있는 것입니다.

앞서 말했듯이 사랑은 서로가 서로를 동시에 사랑할 수 있는 원리가 아닙니다. 누군가를 사랑하면 누군가는 사랑을 받는 대상이 됩니다. 사랑을 받는 대상은 자신을 사랑하는 대상을 향해 고마움과 감사는 느낄 수 있지만 그렇다고 해서 사랑의 감정이 생겨나는 것은 아닙니다. 왜냐하면 사랑은 릴레이이기 때문입니다. 전해진 사랑은 전하고 싶어 합니다. 따라서 무의식적으로 다른 대상에게 자신의 사랑을 주고 싶은 것입니다.

그래서 사랑은 철저히 짝사랑입니다. 신은 인간에 대한 무한의 짝사랑으로 이 땅에 왔습니다. 신은 인간이 스스로 자유의지를 통해 자신을 사랑하기를 바라지만 인간은 인간을 사랑하는 한계에 머무르고 있습니다.

이처럼 사랑이란 본질적으로 한쪽에서 일방적인 관계를 맺는 것에서 시작됩니다. 그렇다고 옆집 여자와 옆집 남자를 사랑해야 한다는 뜻이 아닙니다. 여기서 말하는 서로는 교차를 의미하고 교차는 우리의 이웃을 말하는 것입니다.

한 사람을 스토킹하듯이 생각하는 걸 짝사랑으로 오인하지 마십시오. 짝사랑은 분명한 사랑의 대상이 있는 것을 말하는 것입니다. 그 대상이 자신이 사랑받고 있는 걸 아는 것입니다.

우리가 아이를 사랑하는 것이 짝사랑입니다. 그 아이는 부모가 자신을 사랑한다는 걸 알지만 그렇다고 부모를 반드시 사랑해야 한다는 논리는 맞지 않습니다. 사랑은 스스로 깨달아 알게 되어 그 대상이 정해지는 순간 짝사랑으로 시작되는 것입니다.

누군가를 사랑하고 있다면 사랑받기를 원하지 마십시오.

사랑은 일방적으로 주는 것입니다.

그래서 사랑은 슬픈 것입니다.

그러나 서글픈 짝사랑이 세상을 아름답게 하고 있습니다.

사랑은 주고받는 것이 아닙니다.

오직 정해진 대상을 향해 자신을 주는 것입니다.

안다는 것.

나를 알고 사랑의 대상을 안다는 것처럼

아름다운 삶이 어디 있겠습니까?

자기 마음속에 자신을 향해 던지는 질문이 있는 사람은

세상에서 가장 아름답고 행복한 사람입니다.

가장 쉬운 질문으로 시작하는 인문학

우리는 지금 인문학의 세상에 살고 있습니다. 그런데 아직도 인문학하면 어렵게 느껴지고 철학적이라고 인식하고 있습니다. 르네상스가 어떻고, 그리스 로마시대가 등장하고, 플라톤과 아리스토텔레스가 등장하기에 그럴 것입니다.

그러나 그런 건 인문학이 아닙니다. 역사적 고증이며 배경일 뿐입니다. 그런 역사적인 사실은 몰라도 됩니다. 서가에 꽂힌 책에는 물론 그런 것들은 스마트폰 안에 얼마든지 들어 있습니다. 필요하면 언제든 끄집어 낼 수 있는 것입니다.

인문학은 전혀 어려운 것이 아닙니다. 필요한 것은 오직 질문 하나입니다. 일반인들의 뇌는 단순한 것에 쉽게 반응하고 복잡한 것은 피하려고 합니다. 따라서 인문학에 접근하기 위해서는 언제든 단순한 질문 하나에서 시작해야 합니다.

나는 누구인가?

지금 어떻게 살고 있는가?

어떻게 죽을 것인가?

화장실에 앉아 있다면 이런 질문도 괜찮습니다.

인간은 왜 먹어야 하고 싸야만 하는가?

이렇게 되면 또 다른 질문이 따라붙습니다.

살기 위해 먹는가, 먹기 위해 사는가?

인간만이 질문을 할 수 있습니다. 인간만이 자신의 질문에 스스로 답을 찾아갈 수 있습니다. 다시 말하면 인문학은 인간이 들여다봐야 하는 자신의 마음입니다. 질문 하나를 통해 보이지 않는 세계의 문을 열고 들어가 성찰하는 것입니다.

우리는 매일 다른 사람들의 마음을 열지 않으면 안 되는 삶을 살고 있습니다. 영업을 하는 분들은 이 말이 금방 가슴에 와 닿을 것입니다. 꼭 영업이 아니라 해도 모든 사람들과의 관계가 동일합니다. 상대의 마음을 들여다보고 그 마음에 무엇을 심는지에 따라 뭔가를 얻을 수도 있고 잃을 수도 있습니다. 어디 그뿐인가요? 상대를 아프게 하고 상처를 주는 것도 상대의 마음에 뭔가를 잘못 심은 탓입니다. 이렇듯 세상은 인문학으로 돌아가는 것입니다.

그러나 가장 중요한 자기 자신에게는 질문하지 않고, 자신이 누구인지도 모르면서 상대를 들여다보고 있는 게 사실입니다. 자신이 가짜인지 진짜인지 알지 못하면서 상대를 향해 던지는 말들이 온전하겠습니까?

　그래서 우리는 반드시 나는 누구인지 질문해야 합니다. 그것이 바로 인문학입니다. 여기서 소크라테스를 논하지 마십시오. 그 역시 우리들처럼 현실에 적응하지 못해 고민하고 괴로워한 사람에 불과합니다. 우리와 조금 다른 것은 오래전에 자기 자신을 알고자 했으며 스스로를 향해 질문했다는 것입니다. 안다는 것은 이해한다는 것이고, 이해한다는 것은 자신의 질문에 스스로가 낮아지는 것을 의미합니다.

　인생은 흘러갑니다. 쏜살같이 날아갑니다. 지금 서 있는 자리에서 자신에게 질문해 보십시오.

　어떻게 살아야 잘 사는 것인가?

　지금 다른 사람을 향해 질문할 수많은 것들을 모두 내려놓으세요. 다른 사람들에게 던질 그 무수한 돌멩이들을 이름 없는 호수에 던져 버리세요. 그리고 그 자리에 질문 하나만을 남겨 놓고 바라보세요.

　어떻게 살아야 할 것인가?

　그렇게 몇 개월만 살아도 가슴 깊은 심연 속에서 하나둘 자신이 몰랐던 답들이 삶의 지혜가 되어 떠오를 것입니다. 그런 순간에 먼저 다가서는 것이 소중한 사람들입니다. 그들이 얼마나 사랑스러운 대상인지 알게 되는 것입니다. 그것이 인문학입니다.

안다는 것, 나를 알고 사랑의 대상을 안다는 것처럼 아름다운 삶이 어디 있겠습니까? 자기 마음속에 자신을 향해 던지는 질문이 있는 사람은 세상에서 가장 아름답고 행복한 사람입니다.

자신을 알지 못하는 사람이 행복하다고 느끼는 건 쾌락입니다. 쾌락이 끝나는 순간 공허가 밀려와 고독으로 치닫게 될 것입니다. 그런 사람들을 피하십시오. 조금은 재미없어도 행복은 깊어만 갈 것이며, 사랑의 향기가 나는 사람으로 살 것입니다.

하늘 이야기, 땅 이야기

사람이 세상을 살아가는 데 필연적으로 들어야 하고 만나야 하는 이야기가 있습니다. 바로 하늘 이야기와 땅 이야기입니다.

그런데 사람들은 청개구리처럼 반대로 알아듣습니다. 누군가 하늘 이야기를 해 주면 그것을 땅 이야기로 바꿔 버립니다. 하늘 이야기는 나와는 상관없는 이야기로 여기고 오직 땅에서만 기적을 바랍니다.

실제로 우리는 많은 기적들을 경험합니다. 죽을 것만 같았던 시간이 지나면 희망의 노래가 들려옵니다. 이 땅에서 우리 자신에게 일어나는 힘들고 괴로운 일은 모두 하늘 이야기를 들으라는 계시입니다. 즉 하늘을 올려다보라는 뜻입니다.

그것은 우리의 삶이 두 개로 나뉘어 있음을 의미합니다. 하나는 강건해야 칠십에서 팔십을 사는 이 땅의 삶이고, 다른 하나는 죽음 이후의 영원한 세계입니다. 눈 깜짝 할 사이에 지나가는 이 땅에서의 짧은 삶과 영원 속에서의 또 다른 삶의 이야기를 동시에 생각해야 합니다.

요즘 젊은이들은 여행을 좋아합니다. 그들은 떠나기 전에 온라인으로 갖가지 정보와 스토리를 찾아 그곳에 대해 알고 떠납니다. 그런데 혹시 하늘 이야기는 아나요?

사람들은 이 땅에서 영원히 살 것처럼 모든 복을 이 땅에서 사용하려고 간구합니다. 하늘의 것은 하늘에서 써야 하는데 모두 땅에서 내려받기만을 원하니 나중에 돌아가면 사용할 것이 아무것도 없을 수도 있습니다.

여행 와서 모든 돈을 다 써 버리면 정작 집에 돌아갔을 때는 어떻게 살아야 할지 막막한 상황이 벌어질지 모릅니다. 또한 여행 정보는 많이 아는 반면 떠나온 혹은 돌아가야 하는 하늘에 대해서는 아무것도 모른다면 방황하는 자로 살 수밖에 없습니다. 이 땅에서 유리하는 자의 삶은 그 끝이 서글픈 비극만 남습니다.

여기서 혼돈해서는 안 됩니다. 나는 언제나 사랑은 행복이 아니라고 주장합니다. 오히려 처절한 아픔이며 비극이라고 말합니다. 이 땅에서의 삶이 결코 끝이 아니라고 믿기 때문입니다.

우리에게 사랑은 네버 엔딩 스토리입니다. 땅에서 끝나는 이야기가 아니고 하늘 이야기로 이어지며, 이 땅에서의 삶과 사랑이 비록 서글픈 이별로 비극처럼 끝나지만 새로운 반전이 우리를 기다리고 있다는 뜻입니다.

앞서 말한 유리하는 자, 즉 방황하는 자의 서글픈 삶의 비극은 하늘 이야기를 모르는 자의 끝을 말하는 것입니다. 이 땅에서의 삶이 마지

막이라며 잘 먹고 잘사는 노래를 부르고 있는 사람, 그는 하늘 이야기에는 관심이 없습니다. 아무리 이야기를 해 주려고 해도 들을 귀가 없기에 오직 땅의 이야기에만 관심을 기울이고 복을 찾아 발버둥치고 있습니다.

이 땅에서의 삶은 천 년 같은 하루가 아닙니까!

하루 여행을 온 자가 돌아갈 때 반드시 가지고 가야 하는 선물이 있습니다. 그건 고급 양주도 명품 가방도 아니요, 멋진 자동차나 대궐 같은 집도 아닙니다. 하늘에서 우리를 기다리는 사람들은 하루 여행자인 그대들과 내가 돌아올 때 가지고 올 멋진 선물, 바로 사랑 이야기를 손꼽아 기다리고 있습니다. 땅에서도, 하늘에서도 가장 멋진 이야기는 오직 사랑 이야기입니다.

그대는 어떤 이야기를 가지고 돌아갈 건가요?

플라토닉 러브

플라토닉 러브(platonic love)란 순수하고 강한 형태의 비성적(非性的)인 사랑을 말합니다. 성적, 비성적 사랑 양쪽 모두 어떻게 관련되는지 설명하고 있습니다. 특히 무녀 디오티마에게서 영감을 얻은 소크라테스의 발언이 중시되고 있습니다.

소크라테스는 사랑이 지혜에 이르는 수단이라고 말합니다. 사람이 사람을 사랑하는 올바른 방법은 지혜를 사랑하는 마음처럼 사랑하는 것이라고 말합니다. 즉 진정한 플라토닉 러브란 마음과 영혼을 고무시키고 정신적인 것에 집중하는 것이라고 합니다.

소크라테스의 말에는 사랑과 지혜를 하나로 보고 진정 아름다운 사랑을 하기 위해서는 지혜를 통해 사랑의 가치를 발견해야 한다는 의미가 담겨 있습니다. 궁극적으로 완전한 사랑에 이르는 길은 지혜를 통해서만이 가능하다고 말하는 것이지요.

하지만 플라토닉 러브의 문제점은 사랑이 지혜에 이르는 수단이라는 데 있습니다. 사랑은 결코 그 무엇의 수단이 될 수 없으며, 또 어떤 수단을 통해서 이르는 세계 역시 아닙니다.

사랑의 세계에서는 이데아의 가치를 몰라도, 지혜가 부족한 사람도 사랑의 대상이 정해지면 우리 내면 어딘가에 있던 신비한 능력이 개입됩니다. 두려움도 죽음도 불사할 수 있는 영혼이 깨어납니다. 그것은 성적이든 비성적이든 전혀 상관없는, 육신이 불 속으로 들어가도 멈출 수 없는 힘입니다. 어쩌면 불과 물이 만나면 불이 되고 물이 되는 원리처럼 정반대이면서 하나인 것이 사랑의 본질입니다.

우리는 사랑을 뜨거움으로만 알고 있습니다. 그러나 사랑은 때로 얼음처럼 차갑고 날카롭습니다. 사랑의 대상을 위하여 스스로가 차가워지지 않으면 안 됩니다. 사랑은 녹아 없어지는 것이 아니라 깨어져 날카로운 조각으로 자신을 찌르는 것입니다.

이처럼 사랑은 대상에게 상처를 주는 것이 아닙니다. 불이 되어 상대와 불덩이로 하나가 되거나, 그 대상을 위해 얼음 조각으로 부서져 자신을 아프게 하는 것입니다.

플라토닉 러브를 꿈꾼 소크라테스에게 묻고 싶습니다.

악처라고 소문난 그 아내를 사랑했는지?

어쩌면 우리의 생각과는 달리 그는 진정 아내를 사랑했을지 모를 일입니다. 그가 비성적인 세계를 추구한 걸 보면 육체적인 것은 빼고 정신적으로만 말이죠. 요즘 여성들은 소크라테스의 플라토닉 러브를 어떻게 생각할지 궁금합니다. 소크라테스가 남편이라면 말입니다.

3장

본다, 안다, 깨닫는다

동그라미 얼굴

사람들은 꽃구경을 하고 단풍 구경을 하면서 감탄합니다. 하지만 꽃은 꽃일 뿐이고 단풍은 단풍일 뿐입니다. 제아무리 화려하고 아름다운 꽃이라고 해도 그냥 꽃입니다. 단풍도 마찬가지입니다. 내년을 기약하면서 떨어지는 몸짓에 지나지 않습니다.

그렇다면 좀 더 색다른 구경이 있나요?

구경은 뭐니 뭐니 해도 사람 구경이 제일입니다. 아무리 아름다운 꽃 축제를 해도 사람이 없으면 그 꽃들의 유혹은 부질없습니다. 실제로 사람들은 꽃구경을 평계대면서 사람 구경을 위해 모여듭니다.

"저 여자는 왜 저렇게 생겼지? 어머 저 남자 좀 봐!"

저마다 무언의 비평을 하면서 자신보다 못한 존재를 찾는 데 눈동자를 굴립니다. 조금 괜찮은 여자와 남자가 눈에 보일라치면 동공이 확대됩니다. '꽃보다 남자'라는 제목을 지은 사람은 아마도 그런 심리를 잘 아는 사람일 테지요.

사람의 얼굴은 참 신기합니다. 그 좁은 면적에서 어떻게 눈, 코, 입의 엇갈린 명암에 따라 전혀 다른 얼굴을 만들어 내는지 신기하기만 합니다. 유학 시절에 얼굴 그려 주는 아르바이트를 하며 용돈을 벌었는데도 여전히 이해하기 힘듭니다. 또 미학적으로는 코를 조금만 치켜올려도 돼지코처럼 흉한데, 사람의 얼굴에서는 어쩌면 그리도 조화를 잘 이루는지 신비롭습니다.

인간은 다른 사람을 볼 때는 객관적인 시각을 가지는 반면, 자기 자신을 볼 때는 주관적인 시각의 지배를 받습니다. 타인을 볼 때는 예쁜지 안 예쁜지를 구분하려 하지만 자기 자신을 볼 때는 예쁜 것만 본다는 뜻입니다.

이런 현상은 우리의 뇌가 스스로를 높이는 절대적 존재라는 걸 알게 해 줍니다. 뇌는 생존을 위해 본능적으로 자기 자신이 예쁜지 안 예쁜지 비교하지 않고 상대적 절대성, 그러니까 상대에 비해 항상 우월하다고 인식합니다. 만일 우리의 뇌가 상대보다 못하게 인식하거나 상대적으로 자신을 낮게 판단한다면 인류는 결코 생존할 수 없었겠지요.

그런데 신비한 일이 또 하나 있습니다. 어릴 때나 이십대에는 얼굴이 세모, 네모 모양이었는데, 나이가 들면서 모두 동그라미 형태로 바뀐다는 사실입니다. 잘 다듬어진 계란형도, 사각턱이나 광대뼈가 불거진 사다리꼴도 결국은 동그라미로 변합니다.

중년이 되면 부부의 얼굴이 닮았다는 소리를 많이 듣는데, 사실은 뚜렷하던 각선이 원형의 곡선으로 변형되는 바람에 시각적으로 닮아 보이는 것입니다. 동그라미 그리려다 무심코 그린 얼굴에 눈, 코, 입만 그려 넣으면 닮은꼴이 됩니다. 나이를 먹은 것입니다.

거울을 볼 때 자기 얼굴이 동그라미로 보이면 이제 얼굴로 사는 시간이 끝났음을 깨달아야 합니다. 이제부터는 동그란 내 얼굴 속에 어떤 이야기가 담겨 있는지가 객관적인 나로 미학적 평가를 받기에 그렇습니다. 동그란 얼굴에는 그 사람이 살아온 이야기가 담겨야 합니다.

거울에다가 혹은 모래 위에 동그라미를 그려 봅시다. 그리고 눈, 코, 입 대신 어떤 이야기로 살 것인지 적어 갑시다. 언젠가는 동그라미 얼굴도 사라지고 남는 것은 이야기뿐일 테니 말입니다. 이왕이면 동그라미가, 세모와 네모가 아닌 동그라미를 사랑한 서글픈 이야기면 좋겠습니다.

사랑은 습득되는 것이 아니다

인간의 아기들은 다른 포유류보다 성장 속도가 느립니다. 개나 고양이와 비교하면 느려도 너무 느립니다. 느린데다가 연약하기까지 해서 장시간 보호하지 않으면 생존할 수조차 없습니다. 반면에 사슴이나 노루 새끼들은 태어난 날 서고, 걷고, 달립니다. 인간의 아기로서는 상상할 수 없는 일입니다.

그러다 보니 많은 학자들이 동물과 인간의 성장에 관해 연구하며 그 차이의 원인을 밝혀내려 했습니다. 그중 가장 인정받는 학설이 뇌와 관계된 연구에서 나왔습니다. 다른 동물에 비하여 사람의 뇌는 많은 것을 습득해야 하므로, 그 습득과 훈련에 필요한 열량이 엄청나게 많이 충족되어야 한다는 것입니다. 반면에 동물은 대부분의 에너지를 생존을 위한 성장에 사용함으로써 그 성장 속도가 빠르게 진화했다고 보는 것입니다.

흔히 머리가 크면 영리하다는 말은 사실입니다. 대뇌의 크기에 따라 많은 것들이 달라집니다. 하지만 뇌의 크기로만 보면 고래가 제일 크고, 고릴라가 사람보다 큽니다. 비밀은 비율에 있습니다. 몸 대비 뇌의 비율로 말하면 고래의 뇌는 200분의 1, 고릴라의 뇌는 100분의 1에 해당합니다. 사람의 뇌는 50분의 1로써 몸에 비해 뇌의 비율이 크다는 걸 알 수 있습니다.

여기서 짚고 넘어갈 중요한 한 가지는 몸이 살이 찌면 뇌의 비율이 작아진다는 점입니다. 또한 살이 찐다는 것은 뇌가 사용하는 열량 즉 에너지가 줄어들고 동물처럼 성장하는 데 과도한 에너지가 사용되고 있다는 걸 말해 줍니다. 그래서 다이어트 제품을 만드는 회사들은 열량의 상관관계를 연구해야 좋은 제품을 만들 수 있습니다.

뇌를 많이 사용하는 사람들이 뚱뚱한 경우는 거의 없습니다. 다시 말해서 뇌에 많은 열량을 태우게 되면 살이 찔 수 없게 되고, 역으로 살이 찐 사람도 뇌 습득 훈련으로 충분히 다이어트가 가능하다는 뜻입니다. 흔히들 고민하면 살이 빠진다는 게 좋은 예입니다.

물론 모든 것을 과학적으로만 말하고, 생물학적으로만 해석하는 건 문제가 있습니다. 특히 아기의 성장 속도가 느린 이유가 뇌의 습득으로 열량이 많이 태워지기 때문이라고만 하는 것도 인문학적인 질문 앞에서는 모순입니다. 왜냐하면 갓 태어난 영양 새끼가 사자를 피해 숨는 걸 보면 어떤 것은 태어나면서 이미 유전적으로 정보를 가지고 있다는 신비 때문입니다.

다른 한편으로 보면, 아기의 성장 속도가 느린 것은 어쩌면 부모에게 사랑받으며 자라는 연습이며, 부모 역시 혼신을 다한 자기희생으로 아기를 돌보며 사랑하기 연습을 하게 해 주려는 신의 배려라는 생각이 듭니다. 아기는 자기에게 조금만 관심을 가져도 그 관심을 놓치지 않고 눈동자로 주시합니다. 그 눈을 통해서 자신이 가지고 태어난 사랑 인자를 전합니다. 부모 역시 성장하면서 잃어버린 사랑의 유전자를 아기를 통해 재발견하게 됩니다.

사랑은 습득되는 것이 아닙니다. 우리 안에 있는 본성을 깨우는 것입니다. 그래서 누군가를 사랑한다는 것은 자연스러운 것이고 당연한 일입니다. 인문학 뇌 만들기를 통해 사랑을 알아야 사랑할 수 있습니다.

모두 유토피아를 꿈꾼다

유토피아(utopia)는 원래 '어디에도 없는 장소'라는 뜻으로, 현실적으로는 어디에도 존재하지 않는 이상의 나라를 가리키는 말입니다. 천국, 극락, 무릉도원처럼 인간이 믿는 모든 종교에 다 있는 총체적인 믿음입니다. 결국 유토피아는 인간들이 원하는 소원의 끝인 셈입니다. 자신이 믿는 종교를 끝까지 믿으면, 이 땅에서 살아서는 이룰 수 없는 것을 죽어서는 이룰 수 있다는 소망입니다.

이처럼 유토피아는 인간 소원의 모든 것이지만 살아서는 결코 체험할 수 없는 세계입니다. 누구나 그 세계를 가고 싶어 하지만 살아서는 갈 수 없고 반드시 죽어야만 가는 곳입니다.

그렇게 이상적인 세계이면서도 죽지 않으면 가지 못하는 곳이기에 정작 살아 있는 사람에게는 별 의미가 없습니다. 모든 사람은 죽고 싶어 하지 않기 때문입니다. 유토피아는 일종의 보험입니다. 죽었을 때를 위한 사망보험입니다. 물론 살아서 드는 사망보험은 자신을 위한 것이라기보다는 가족을 위한 것이지만, 유토피아는 오직 자신만을 위한 믿음입니다. 그래서인지 유토피아를 지나치게 믿는 사람들 중에는 이기주의자가 많은 것 같습니다. 물론 어느 누가 내 죽음을 대신해 줄 수 있으며, 나 대신 유토피아에 갈 수 있겠습니까.

유토피아가 있다면 그래서 확신을 가진 누군가가 있다면 그는 어떻게 살아야 할까요? 유토피아가 없다고 믿는 자는 또 어떻게 살아야 할까요?

우리의 현재를 보면 유토피아가 있는 것도 아니요, 없는 것도 아닙니다. 있다고 믿는 자도 신의 뜻과 반대로 살고, 없다고 믿는 자도 반대로 삽니다. 참 아이러니한 것은 그 둘이 한 사람이라는 사실입니다. 모순이 정답이라고 말하는 사람들이 유토피아를 꿈꾸며 살고 있습니다.

그대가 만일 사랑을 아는 사람이라면 그대는 이미 유토피아에 살고 있는 사람입니다.

잡스러운 생각들이 나를 망친다

모든 사람은 생각으로부터 도망칠 수 없습니다. 여기서 말하는 생각이란 최초의 낯선 만남인 창조적인 생각을 말하는 것이 아닙니다. 잡스러운 생각, 그러니까 잡다하게 떠오르는 온갖 것을 말합니다.

잡다하게 떠오르는 생각들은 대개 지나간 일들이 되풀이되어 재생되는 것들입니다. 아직 현실로 닥치지 않은 걱정과 근심 같은 불안도 곰곰히 따져 보면 지나간 생각들이 만들어 내는 생각의 꼬리 잇기에 불과합니다.

이러한 생각들은 관념처럼 주제를 놓고 어떠한 견해로 자신을 나타내는 데 사용되지 않고, 대부분 부정적인 것으로 나타납니다. 잡념이 지나치게 자기합리화가 되고 심리적으로 불안정하게까지 되면 결국 망상으로 나타납니다.

이치에 맞지 않는 망령된 생각이 망상입니다. 스스로가 생각하기에는 그럴싸하게 현실적으로 포장되지만, 다른 사람들에게는 이치에 맞지도 않는데다 말도 안 되게 비현실적인 것이 망상입니다. 어쩌면 너나 할 것 없이 이 시대를 살아가는 많은 사람들이 망상에 사로잡혀 살고 있는지도 모를 일입니다.

그렇다면 사람이 망상에서 벗어날 수 있는 방법은 없을까요?
있습니다.
망상과 같은 비현실적이고 비이성적인 자기 생각들은 모두 잡스러운 생각에서 출발합니다. 출발이 잘못되면 그 끝은 완전히 다른 곳에 가 있게 됩니다.

그렇지만 생각은 언제든 새롭게 출발할 수 있기에 알고 깨닫기만 하면 곧바로 바로잡을 수 있습니다. 여기서 안다는 것은 본인 스스로가 잡스러운 생각을 하고 있다는 걸 아는 것이고, 그러한 잡념에서 벗어날 수 있는 방법은 이 질문 하나만 던지면 얻을 수 있습니다.

'지금 허다하게 떠오르는 무수한 생각들이 과연 누구를 위한 생각인가?'

그 모든 생각들이 오직 자기 자신을 위한 것이라고 느껴지면 그건 잡념이며, 망상으로 가고 있는 것입니다. 그러나 나를 벗어나 다른 누군가를 위한 고민이 조금이라도 들어 있다면 잡념이나 망상에서 벗어날 수 있습니다.

물론 망상의 결과물 중에도 다른 사람을 위한다고 착각하는 과대망상이 있지만, 이기적인 생각과 이타적인 생각은 그 출발 양상이 다릅니다. 따라서 그 사람의 잡념이나 망상을 들어 보면 비정상적인 정신이상도 쉽게 발견할 수 있습니다. 물론 여기서는 일반적인 사람들의 잡념을 다루는 것이기에 정신 이상에 대해 말하려는 것은 아닙니다. 그건 다른 차원의 이야기입니다.

우리는 현재 자신이 어떤 생각을 하는지를 관찰하고 모니터링할 필요가 있습니다. 가장 좋은 방법은 메모입니다. 어떤 생각이 떠오를 때 메모하는 습관을 들이면 자기 자신을 분석할 수 있는 좋은 자료가 됩니다. 메모는 밖에 있는 또 다른 나의 뇌라고 생각하면 됩니다. 내가 남긴 메모를 통해서 내가 나를 들여다볼 수 있습니다.

일기를 쓰라는 게 아닙니다. 즉흥적으로 떠오르는 생각을 무작위로 그때그때 적어 놓는 습관을 말하는 겁니다. 그 속에 지금 내가 어떻게 살고 있는지 잡스러운 내 인생이 적혀 있을 테니까요.

본다, 안다, 깨닫는다

인간은 태어나서 얼마 지나지 않아 시각을 통해 세상을 보기 시작합니다. 여기저기 설치된 CCTV를 보면 누군가 보고 있다는 것이 느껴지는 것처럼, 사람도 자기 눈으로 보는 걸 누군가 보고 있습니다. 그 누군가란 바로 뇌입니다.

아기는 눈을 뜨고 시각을 통해 엄마를 익히며 다양한 세상살이를 시작합니다. 이처럼 인간이 무엇인가를 본다는 것은 가장 원시적인 최초의 시작을 의미합니다. 여기서 원시적이라고 표현한 것은 본다고 해서 꼭 습득되는 것은 아니기 때문입니다. 사람은 제아무리 많은 걸 보았다고 해도 뇌에 저장하거나 행동할 수 있는 능력을 습득하지 않으면 안 됩니다.

따라서 반복 학습이나 고도의 훈련을 통해서 비로소 알아 가는 인식의 단계를 거칩니다. 물론 이 과정에서 올바르게 인식할 수도 있고, 잘못된 인식을 할 수도 있습니다. 이를테면 인식의 방법에는 착한 인식과 나쁜 인식이 있다는 겁니다.

나쁜 인식을 하면서 성장하거나 어른이 되어서도 지속적으로 나쁜 인식을 통해 삶을 알아 가는 사람은 본인 스스로는 자각하지 못할지언정 많은 사람에게 피해를 주는 사람입니다.

반대로 착한 인식을 통해 삶을 알아 가는 사람은 사회에 꼭 필요한 역할을 하며 다른 사람들에게 행복을 주는 사람입니다. 이런 사람들의 다음 행로는 깨달음의 단계로 나아가는 것입니다. 깨닫는다는 것은 어떻게 사는 게 아름다운 인생인지 아는 것을 말합니다.

아름다운 인생이란 단지 잘 먹고 잘사는 것이 아닙니다. 내 이웃과 더불어 살며 신을 사랑하는 삶입니다. 신을 사랑한다는 것은 두렵고 떨리는 경외심을 아는 것이고, 경외심을 깨달은 사람은 비로소 사랑의 본질을 이해한 것이며, 가장 낮은 자리에서 사랑할 자격을 갖춘 사람입니다.

이처럼 인간됨의 완성은 보고 알며 깨닫는 과정을 거쳐 죽음에 이르는 것입니다.

사랑의 완성

밤 속에 벌레가 들어 있는 걸 보면 대부분의 사람들은 성충이 외부에서 뚫고 들어간 것이라고 생각합니다. 그러나 성충은 꽃이 필 때 꽃에다 알을 까서 열매 속에 알을 넣어 둘 뿐입니다. 열매가 자라면서알도 열매의 양분과 함께 자라게 되는 셈입니다. 뻐꾸기가 다른 새집에 알을 낳는 방식과 같습니다. 알은 애벌레가 되어 밤을 파먹으면서성충이 되어 가고, 그 배설물로 밤이 썩어 갑니다.

우리의 생각도 마찬가지입니다. 잘못된 생각들이 벌레 알처럼 우리안에서 자라게 되면 결국 정신이 망가지게 됩니다. 사람의 정신뿐 아니라 육체까지 병들게 합니다. 왜냐하면 잘못된 생각은 우리의 뇌를좀먹으면서 부정적인 관념을 키우고 이는 실생활에서 잘못된 습관들을 만들어 모든 걸 망가뜨리는 결과를 초래합니다.

그래서 유실수를 재배하는 사람들은 반드시 꽃이 필 때 농약을 살

포합니다. 물론 안에서 깐 알이 문제의 전부는 아닙니다. 열매가 자라면서 수많은 벌레들의 공격을 받기에 그 시기마다 적절한 대응을 해야 하지요. 그래서 사실 백 퍼센트 유기농이라는 것은 불가능합니다.

사람 역시 나쁜 외부 세력으로부터 끝없는 회유와 유혹을 받으며 위험해집니다. 부정적인 생각을 가진 사람들의 세균과 바이러스가 우리를 감염시켜 병들게 합니다. 열매를 수확하려면 농약을 살포하는 대처 방법을 쓸 수 있지만, 사람이 외부의 악으로부터 자신을 지킬 수 있는 방법은 만만치 않습니다. 스스로 깨닫는 지혜가 있든지, 누군가로부터 습득하고 훈련을 통해 내성을 키우지 않으면 안 되는 것입니다.

사람의 귀는 항상 열려 있습니다. 유혹에 넘어가든지, 지혜와 진리를 받아들여 자유로운 영혼이 되든지 둘 중 하나입니다. 따라서 우리는 항상 마음의 눈으로 자신을 들여다볼 수 있도록 스스로 성찰해야 합니다.

지금 내 안에 벌레의 알이 몇 개나 있는지 혹은 나를 좀먹는 외부 세력은 무엇이 있는지를 파악해야 합니다. 누군가를 사랑할 수 있는 사람은 거울에 비친 내 모습을 정확히 인지하고 인식할 수 있어야 합니다. 사랑은 나를 아는 사람들이 나를 모르는 사람들에게 나를 알게 해 주는, 내가 바로 그 대상이 되는 것입니다.

사랑에 1인칭은 없습니다. 오직 2인칭과 3인칭만 있습니다. 그래서 사랑은 슬픈 것이지만 내가 그 대상으로 태어날 때 사랑의 영원성과 불멸성이 완성됩니다. 어쩌면 우리는 죽어서라도 그 사랑을 완성시켜야 하는 사명을 품고 태어났는지도 모를 일입니다.

호칭의 마력

우리는 자신을 나타내는 이름을 가지고 있습니다. 그런데 이름만큼이나 중요한 것이 있습니다. 바로 호칭입니다. 명함에 적혀 있는 다양한 호칭들이 있지만 그런 호칭을 말하는 건 아니지요. 가까운 사람들끼리의 인간관계는 사실상 호칭의 관계라고도 할 수 있습니다.

나는 '그대'라는 호칭과 '여보'라는 호칭을 좋아합니다.
'여보'라는 호칭을 좋아하게 된 계기는 김정훈 주연의 영화 〈꼬마 신랑〉을 보고 나서입니다.
"어디 한번 불러 보오, 여보라고."
꼬마 신랑 김정훈이 첫날밤에 나이 많은 연상 신부에게 하는 말입니다. 어렸을 때 본 영화지만 내게 '여보'라는 단어가 상당히 인상적이었습니다.
요즘은 부부간에 서로를 부르는 호칭이 되었지만, 원래는 '여보시오'가 줄어서 된 말입니다. 그러니까 친하지 않은 서먹한 관계에 있는 사람을 부를 때 사용했던 것이지요. 물론 지금도 '여보', '여보쇼'와 같이 쓰이기도 합니다.

요즘 사람들은 부부간에 스스럼없이 이름을 부르거나 다양한 호칭을 사용하지만 옛날에는 부부끼리 지금처럼 허물없이 대하기 어려웠습니다. 부부 사이에도 정도는 물론 지켜야 할 도리가 많았습니다. 따라서 서로를 부르는 호칭도 마땅치가 않아서 낯선 사람을 부르듯이 '여보'라고 불렀던 것이 그대로 일반적인 호칭이 되고 말았습니다. '여보'처럼 일반적으로 사용하는 '당신'이라는 표현 역시 같은 유래로 사용되고 있습니다.

'그대'라는 호칭은 듣는 이가 친구나 아랫사람인 경우에 그 상대를 높여 부르는 2인칭 대명사입니다. 주로 글을 쓸 때 상대방을 친근하게 이르는 대명사입니다.

이처럼 호칭이라는 것도 다 사용하게 된 스토리가 있습니다. 실제로 다양한 호칭을 구사하는 개개인을 보면 호칭에 따라 성격이나 학식 그리고 성향까지도 파악할 수 있습니다. 한마디로 자신이 사용하는 호칭 속에 자신의 존재감도 함께 들어 있다는 뜻입니다.

그러므로 누구나 사용하는 흔한 호칭 말고 자신들만의 호칭을 만들어 사용하는 것도 좋을 듯싶습니다. 둘만 아는 호칭 하나 정도는 가지고 사는 관계에서 뭔가 독특한 이야기들이 생겨나지 않을까요?

인간은 위대한 뇌를 가지고 있습니다. 그러나 스마트폰으로 단순히 전화만 걸고 받는 사람처럼 우리의 뇌 역시 적절히 활용할 줄 모르면 그냥 아날로그에 머물 뿐입니다. 슈퍼 컴퓨터가 창조할 줄을 모르는 분석가라고 한다면, 인간의 뇌는 질문과 상상을 통해 새로운 세계를 창조할 줄 아는 창조자입니다. 인간은 상상력의 산물입니다. 남자가 여자를 상상하고, 여자가 남자를 상상해서 그 산물인 아기가 태어나는 스토리가 만들어집니다.

그대에게 사랑하는 사람이 있다면 오늘 둘만의 호칭 하나 만드는 시작을 통해 사랑이라는 상상력의 세계로 떠나 보세요. 인문학 뇌 만들기로 한 걸음 들어선 셈입니다.

인간은 인식의 문을 지나야 한다

'나는 생각한다. 고로 존재한다.'

이 말을 다른 말로 바꾸라고 하면 이렇게 말하고 싶습니다.

'나는 인식한다. 고로 사랑한다.'

인식이라는 말은 본래 지식과 같은 뜻이지만, 지식은 아는 작용보다도 이미 알고 있는 성과를 가리키는 데 비해 인식은 성과와 함께 아는 작용도 포함한 의미를 갖습니다. 인간은 인식 과정을 통해 역사적으로 자연이나 사회와 같은 객관 세계에 대한 인식(지식)을 획득하고 이 성과에 기초하여 객관 세계에 작용을 가해 이것을 변화시키고 개조합니다.

인식의 정의는 단순히 객관 세계에 대해 알고 있다는 지적 만족에 머무는 것이 아니라 실천을 통해 그 실제 생활에 기여하는 것으로까지 확장됩니다.

올더스 헉슬리는 문학가, 예술비평가, 문명비평가로서 20세기에 커다란 업적을 남겼지만 인간을 탐구한 심리학자로서의 업적 또한 탁월합니다.

그는 여러 심리학자, 약학사, 신경학자들이 각각 멕시코 선인장에서 추출된 물질인 메스칼린(마약으로 지정된 환각제)이 신경계에 미치는 영향에 대해 연구한 결과를 종합하여 《인식의 문》이라는 심리학책을 써냈습니다.

그는 이 책에서 20세기에 들어와 가장 특이한 정신질환으로 치부되는 조현증(정신분열증)이라든가 기타 여러 정신병 등에 메스칼린이 어떤 효과를 가져다 주는지를 인지론적으로 전개하고 있습니다. 또한 블레이크, 스웨덴보르히, 바하 등 실제 역사상의 인물이나 셰익스피어의 극중 인물인 존 폴스타프 같은 신비주의적 인물들의 정신상태와 의식의 양상을 분류하여 점검하고 있습니다.

《인식의 문》은 어떻게 보면 인식론적 철학 에세이라 할 수도 있습니다. 실제로 그는 이 작품에서 메스칼린을 마시고 얻은 체험담을 이야기하는데 적나라한 존재의 기적과 함께 느낀 신비한 감각을 자세히 묘사하고 있습니다.

그는 순간적이면서도 영원한 생명의 존재 인식, 순수한 존재의 영원한 소멸, 아주 세밀하고 특별한 존재들이 이율배반적으로 모든 존재의 성스러운 근원으로 파악되는 과정을 설명합니다. 꽃들의 환한 빛깔과 모습에서 축복과 변형, 지극히 행복한 비전, 황홀, 극치감을 감지하는 것입니다.

꽃들뿐 아니라 서가의 책들도 제각기 무슨 보석처럼 빛을 발하며 작가의 눈에 들어옵니다. 거기서 그는 시공을 초월한 존재의 강렬함, 의미심장함 그리고 상호관련성을 인식합니다. 그것은 곧 끊임없이 변화하는 계시들로 구성된 영원한 현재 혹은 끊임없는 시간에 대한 체험이고, 대상과 혼연일체가 되는 경지이며, 해방된 총체적인 마음을 획득하는 것입니다.

그는 구체적인 메스칼린 반응이 첫째 명료하게 생각하기, 둘째 시력의 강화, 셋째 특별한 일을 하겠다는 의지력의 약화, 넷째 내적 세계와 외적 세계에서 이탈되는 느낌 등이라고 구체적으로 밝히고, 자아의 마지막 단계로서 우주의 모든 것을 인식하는 초심령 단계로 들어갑니다.

그림이나 조형예술에서 어떤 신비하고 내밀한 의미가 포착되는 순간 성스럽고 본질적인 비자아를 표현할 수 있습니다. 그것은 정화된 인식의 문이고, 끊임없이 긴장하지 않은 채 깨어 있음이며, 올바른 행동에 의해 올바른 세계관을 실행할 수 있는 사람들에게만 가능한 것입니다.

그는 기독교나 맑스사상, 프로이트의 심리학과 같은 서구문명보다 인디언들의 초월주의적 체험이 더 탁월하다고 느낍니다. 그는 열려 있는 어떤 것에도 구애받지 않고 활연히 개방되어 시공을 초월한 대오각성의 순간을 메스칼린을 통해 체험했습니다.

또한 말이 가지는 이중성을 지적하고 언어의 한계를 초월해 직관으로 세계를 볼 수 있는 경지와 말이 없는 자연의 무게를 인식하며 말이 없는 직관적 인식을 교육시킬 필요가 있다고 주장했습니다.

그는 사물의 본질적 내재성을 느낄 수 있는 총체적 이해에 도달하여 체계적 관념이나 논리의 허황된 세계에만 파묻지 않았습니다. 토마스 아퀴나스가 영감적 명상에 도달하여 쓰던 책을 중단하고 말의 무용성을 깨닫는 것처럼, 벽 속에 와 있는 지각의 문을 통해 들어가 더 현명하고 더 행복하고 더 겸손하며 말과 사물의 상관관계나 체계적 이성과 그것이 영원히 파악하고자 하는, 깊이를 잴 수 없는 그 신비 사이의 관계를 이해하기 위해 더 잘 준비가 되어야 한다고 결론짓습니다.

토마스 아퀴나스는 모든 것을 깨닫고 나서 글 쓰는 것을 포기했다는 일화로 유명합니다. 올더스 헉슬리는, 흥분하지 않고 욕망이 없는, 청정하고 무심한 마음을 강조하는 독일의 신비주의자 에크하르트도 인도철학에서 많은 영향을 받았다는 것을 밝혀냈습니다.

인간이라면 반드시 인식의 문을 지나야 합니다. 그래야 내가 누구인지를 깨닫게 되고, 어떻게 살아야 하는지를 알게 됩니다. 그리고 사랑이란 인식의 문을 지날 때마다 자신의 모습을 조금씩 보여 줍니다. 그래서 사랑이 무엇인지 아는 사람들은 사랑이 얼마나 아름다운지를 직접 본 사람들입니다.

인식하는 자, 고로 사랑하는 자입니다.

Before I After I

Before I After I.

이 말은 아이폰이 없었던 시대와 아이폰이 있는 시대를 구분짓는 신조어입니다. 스티브 잡스가 아이폰을 만들기 이전과 지금은 완전히 다른 문명입니다. 어떤 사람들은 새로운 신제품이 나온 정도로 가볍게 생각할지 모르지만 스마트폰은 가히 혁명적으로 세상을 바꾸어 놓고 말았습니다.

그중 제일 먼저 위기에 처한 건 세상을 가장 앞서가고 빨리 달려가던 기자들이었습니다.

얼마 전 비행기 불시착 사건이 있었을 때의 일입니다. 사건이 발생했을 당시 각 언론사 기자들은 평소처럼 시간과 싸우며 조금이라도 빨리 사건 현장에 도착하려고 달려갔습니다. 그런데 현장에 도착하자마자 기자들은 소스라치게 놀라고 말았습니다. 이미 취재거리가 사라

사람들은 모두 자신의 마음을 상대가 알아주기를 바랍니다.
그렇다면 자기 자신은 마음에 대해 알고 있을까요?

졌기 때문입니다.

비상 탈출한 승객들이 스마트폰을 이용해 이미 실시간으로 상황을 찍어 긴박하고 스릴 넘치는 리얼스토리와 함께 각 SNS에 올린 후였던 것입니다. 취재를 하러 갔던 기자들은 자신들의 스마트폰에 뜬 승객들이 올린 기사를 읽고 감상하며 자신들의 미래가 불확실해진 것을 직감했습니다.

기자들만의 이야기가 아닙니다. 우리 모두는 새로운 문명의 패러다임에 직면해 있습니다. 이제 자신의 고정관념을 파괴하고 혁신하지 않으면 안 됩니다. 그리고 세속적인 물질의 가치보다는 정신세계를 향한 인문적 사고로의 전환이 필요합니다.

아직도 대다수의 사람들은 먹고사는 문제를 말하고 그 합리성에 스스로 발목이 잡혀 깊은 수렁에 빠져 있습니다. 벗어나고 싶어도 방법을 알지 못하고 육적인 지배에 허덕입니다.

하지만 그렇게만 살 수는 없습니다. 언제까지 배고픔의 시대를 평계로 물질의 시대를 옹호해서는 안 됩니다. 새로운 시대는 모든 것이 융합하는 복합 문명의 시대이기에 시대적 변화에 적응하지 못하면 혼란을 겪게 됩니다. 특히 우리의 뇌가 현실에 적응하지 못하고 혼돈 속에 빠질지 모릅니다. 치매가 급격히 늘어나고, 자살이 급증하는 걸 보면 그 비극은 이미 시작되었는지도 모릅니다.

따라서 새로운 세계에 대한 대비와 준비를 하지 않으면 안 됩니다. 그중 제일 먼저 해야 할 것은 문명의 선두에 서 있는 스마트폰을 이해하는 것입니다. 우리 인간은 도구와 기구를 사용하면서 진보의 길을 걸어왔습니다. 스마트폰 역시 잃어버린 사랑을 다시 찾는 일에 사용된다면 새로운 문명의 이기로부터 벗어날 수 있습니다. 사랑만이 혼란 속에서도 희망이며 살 길입니다.

삶이 그대를 속일지라도

중학교 때부터 시를 좋아해 습작을 시작했습니다. 사춘기가 절정을 치달을 때 〈삶이 그대를 속일지라도〉라는 시를 처음 읽게 되었습니다.

'도대체 삶이 나를 속인다니!'

나는 강한 의문 앞에서 잠을 이루지 못하고 뒤척였습니다. 이른 새벽 들길을 내달리다 심장이 터질 듯 숨이 턱까지 차 더 이상 달릴 수 없었을 때 문득 떠오르는 것이 있었습니다. 바로 아버지의 죽음 앞에서 무방비로 내던져져 아무런 저항도 할 수 없었던 어린 내 모습이었습니다.

나는 그 순간, 그날 그때처럼 땅바닥에 주저앉아 한없이 울었습니다. 내 인생 최초의 허무와 비애를 느꼈으며, 사춘기를 단번에 벗어나 철이 든 사건이었습니다.

어린 내 가슴이 깨달은 것처럼 지금 이 순간도 삶은 나를 속이고 있으며 그대를 속이고 있습니다.

〈삶이 그대를 속일지라도〉, 이 시는 알렉산드르 푸시킨의 시 중에서 가장 널리 알려진 작품입니다. 낭만적·주정적 서정시로, 삶의 본질과 인간의 내면의식 깊게 자리 잡은 근원적 고독에 대한 성찰을 주제로 다루고 있습니다.

영원한 삶을 살지 못하고 반드시 죽음이라는 길을 가야만 하는 운명 앞에서 삶이 우리를 속인다는 비유로 우리가 어떻게 살아야 하는지에 대해 숙명적인 해법을 제시합니다.

푸시킨은 청년 시절 러시아의 사회문화 전반에 걸쳐 많은 영향을 미친 데카브리스트(Dekabrist)의 구성원들과 교류했습니다. 그래서인지 그는 자유로운 감성을 사랑하는 낭만주의적 특징이 강한 작품을 많이 남겼습니다. 그 낭만 속에 감추어진 삶의 애환을 깊은 내적 성찰로 승화시킴으로 삶의 가치를 발견해야 한다는 의미를 함축하고 있습니다.

〈삶이 그대를 속일지라도〉 역시 낭만주의적 풍토에서 쓰인 작품입니다. 인생사를 달관한 듯한 어조로 삶을 말하고 있지만, 시의 전체적인 분위기에서 당시의 러시아 시인들이 운명처럼 겪어야 했던 서글픈 고독감과 우수를 느낄 수 있습니다.

개인적으로 불우한 삶을 살았던 푸시킨은 젊은 시절 고독한 유배생활을 하면서 러시아의 역사와 민중의 생활에 대해 깊이 통찰하고 인간의 본성과 삶에 대한 긍정을 자신의 문학적 테마로 삼게 된 것입니다.

그는 죽음의 그림자가 언제나 우리 주변에 드리워져 있으며, 그것은 벗어날 수 없는 운명적인 질곡임에도 불구하고 자연의 이치에 따

라 살아가는 인간 본연의 삶이 무엇보다도 소중하다는 평범한 진리를
담담하게 이야기합니다.

"삶이 그대를 속일지라도
슬퍼하거나 노하지 말라. 우울한 날들을 견디면
믿으라. 기쁨의 날이 오리니
마음은 미래에 사는 것 현재는 슬픈 것
모든 것은 순간적인 것 지나가는 것이니
그리고 지나가는 것은 훗날 소중하게 되리니……"

푸시킨은 이 시를 통해 절망, 고통, 이별, 희망, 기쁨, 재회가 공존하
는 삶의 본질을 받아들여 순응하지 않으면 인간은 균형을 잃고 죽음
을 만나게 된다고 노래합니다. 인생을 조금은 감상적으로 노래하고
있지만, 삶의 고달픔을 간명하고 아름답게 위로해 줌으로써 시대를
초월하여 지금까지도 전 세계 많은 사람들에게 애송되고 있습니다.
푸시킨이 살았던 그때와 오늘이 별반 다르지 않은 것은 삶과 죽음이
여전히 우리를 속이며 노하게 하기 때문입니다.
    그는 또 〈시인에게〉라는 시로 삶을 어떻게 살아야 하는지를 말해
줍니다.

"시인이여!
사람들의 사랑에 연연하지 말라.

열광의 청찬은 잠시 지나가는 소음일 뿐
어리석은 비평과 냉담한 비웃음을 들어도
그대는 강하고 평정하고 진지하게 남으라.
그대는 황제! 홀로 살으라.
자유의 길을 가라. 자유로운 지혜가 그대를 이끄는 곳으로
사랑스런 사색의 열매들을 완성시켜 가면서
고귀한 그대 행위의 보상을 요구하지 말라."

인생은 절망이라는 골짜기를 지나야 한다

인생은 절망이라는 골짜기를 지나 새로운 세계를 향해 가는 길입니다. 사람들은 자신에게 고난이 주어지면 마치 이 세상에서 오직 혼자만 당하는 것처럼 아파하고 절망합니다. 그렇게 느끼는 건 어쩌면 당연한 일입니다. 내가 겪어야 하는 그 고통은 어느 누구도 대신할 수 없기 때문입니다.

고난과 고통 혹은 환난에서 벗어날 수 있는 방법 중에 다른 이들의 위로가 있습니다. 이미 고난을 통과한 사람의 위로는 치유 효과도 큽니다.

헨리 나우웬은 그의 저서《상처 받은 치유자》를 통해 상처 받은 자가 또 다른 상처 받은 자를 치유해야 한다고 말합니다. 그것은 어쩌면 세상을 먼저 걸어간 '아버지 세대'가 다음 세상을 걸어오는 '아들 세대'에게 손을 내밀며 건내는 따뜻한 위로 같은 것인지도 모릅니다. 여기서 아버지는 나를 낳아 준 아버지와 할아버지를 포함해 나를 가르쳐 준 선생 등 나를 인정해 준 존경의 대상들을 모두 통틀어서 말합니다.

그런데 우리 세대는 '아버지 상실의 세대' 또는 '내향의 세대(모든 인격이 자신의 내부로 향하고 외부적인 것에는 소극적이고 무관심한 세대)' 라고 할 수 있습니다. 더 이상 아버지가 필요 없는 시대에 그들의 말은 잔소리가 되었고, 그들의 가르침은 시대에 뒤처진 것이자 구시대의 상징으로 전락하고 말았습니다.

이러한 상실의 시대에 우리는 더불어 사는 공동체가 아니라 오직 혼자만 사는 섬에 살고 있습니다. 아이들은 부모와 대화하며 교류하는 것보다 인터넷과 게임 속의 캐릭터를 더 좋아하고, 공동체에서 지켜야 할 예절보다 나 자신의 편의를 쫓고, 공동체의 가치보다는 나의 이익을 추구하며 사는 것을 당연시합니다.

다른 사람을 위해 내 욕구를 절제하기보다는 차라리 혼자 사는 걸 선택하는 내향의 시대에 살고 있는 우리는 모두 상처 받은 자들입니다! 누군가에게 상처를 받고는 그것을 그대로 다른 사람에게 전수하는 사람들, 더 이상 상처를 받지 않기 위해 가면을 쓰고 두 얼굴로 사는 사람들, 내 진실과 본모습을 보여 주기보다는 오히려 다른 사람을 속이고 나를 속이며 일상을 살아가는 사람들, 그렇게 상처 받은 자들은 항상 가짜인 내 모습을 다른 사람에게 보여줍니다.

헨리 나우웬은 상처 받은 자가 상처 받은 자를 치유하기 위해서는 마음을 비워 두라고 말합니다. 상처 받은 다른 사람들이 내 마음속에 들어올 수 있도록……. 그들을 이해하고 받아 줄 마음속 공간이 필요한 것이지요. 내가 맞다고 생각하는 대로 지시하고 명령하기보다 그 모습 그대로 이해해 주고, 같이 밥 먹고, 같이 웃어 주고, 그래서 식구가 될 마음의 공간…….

상처 받은 사람이 상처 받은 사람을 힐링할 수 있을 때 치유의 기적이 일어납니다. 어쩌면 상처도 가면입니다. 우리는 우리 안에 쌓여 있는 거짓된 상처의 모습들을 벗어 버려야 합니다. 우리에겐 그 상처의 잔존들을 버리고 지울 수 있는 치유 능력이 있습니다. 그래서 헨리 나우웬은 거듭 상처 받은 치유자가 되라고 말합니다.

내향의 시대에 누군가에게 상처 받은 우리들은 사랑의 공동체 안에서 서로 치유자가 될 수 있습니다. 마음을 항상 열어 놓고 자신의 상처로 상처 받은 다른 사람들을 받아 줄 때 스토리텔링으로 힐링할 수 있습니다. 절망의 골짜기를 통과하면서 만들어지는 이야기만이 우리가 이 세상에 온 진짜 이유를 알게 해 주기 때문입니다.

사랑은 행복 속에서 태어나는 것이 아니라 애벌레가 허물을 벗기 위해 몸부림치는 고통에서 태어납니다. 그대가 지금 고통 속에 있다면 지금이 바로 다른 누군가를 사랑할 때이고, 그대를 이 세상에 보낸 창조주를 만날 때입니다. 어쩌면 사랑은 깊은 슬픔과 깊은 고통 속에서 내 안을 들여다볼 때 가장 진실된 형체를 드러내 보이는 것일지도 모릅니다.

그대가 만일 그런 사랑을 볼 수 있다면 비로소 고통이라는 절망의 골짜기를 지나 다른 세상에서 살게 될 것입니다. 아픔도 슬픔도 더 이상의 이별도 없는 세상, 오늘도 그곳에서 전해지는 메시지를 들을 수 있는 그대가 되기를 소망합니다. 그 사랑의 언어를 듣고, 배우고, 익혀서 진정한 '상처 받은 치유자'로 거듭나기를 소망합니다.

사랑의 언어를 배우지 않은 사람은 사랑을 말해서는 안 됩니다. 인생은 고통이라는 절망의 골짜기를 지나면서 반드시 배워야 하는 사랑의 언어입니다.

그대의 위로

영국 빅토리아 여왕 시절에 있었던 일입니다.

한 지방의 신하 부부는 아이가 생기기를 기다렸습니다. 그러다가 임신을 했지만 그만 유산을 하고 말았습니다. 유산 후에 삶의 의욕을 상실한 신하의 아내가 죽음을 생각한다는 소식이 왕궁에까지 들리게 됩니다. 이 소식을 전해들은 여왕이 친히 그녀를 방문했고, 그날 이후 이 여인은 모든 슬픔과 우울한 마음을 떨쳐 버리고 회복되어 일상적인 삶을 살게 되었습니다.

도대체 여왕이 찾아와서 무슨 말을 해 주었기에 이 여인이 힘을 얻고 일어날 수 있었는지 궁금해서 사람들이 여인에게 물었습니다. 그녀의 말입니다.

"여왕은 제 손을 꼭 잡고 한 마디 말을 하셨습니다. '당신의 마음이 어떤지 내가 알아요.' 그 말이 전부였습니다.

그런데 그 순간 저는 여왕 폐하께서도 얼마 전에 나처럼 유산한 것을 기억해 내었습니다. 그리고 그것이 여왕께서 나 같은 여인까지 찾아온 이유임을 깨달았습니다. 제가 그분의 손을 잡고 있는 순간 이 고난이 나 혼자만의 것이 아닌 것을 알게 되었습니다. 그 순간 놀랍게도 제 가슴을 죄고 있던 고통이 떠나갔답니다."

이것이 바로 위로의 능력입니다. 위로는 아프고 상처 받은 자와 함께하며 그가 고통에서 일어설 수 있도록 힘을 복돋아 주는 것입니다. 육체에 난 상처는 때가 되면 아물지만 마음의 상처는 위로 없이는 치유되지 않습니다.

우리는 모두 누군가의 위로가 필요합니다.

그러나 진정 아름다운 위로는 내가 아플 때 나보다 더 아픈 자를 찾아 위로하는 것입니다. 그 순간 내게 치유가 일어납니다. 기적처럼 영혼의 숨결이 느껴지고 나를 감싸고 있는 그 칠흑 같은 어둠이 걷힙니다. 그리고 시간의 저 너머에서 일곱 빛깔의 사랑이 찾아옵니다.

그래서 사랑은 아프고 상처 받은 사람들의 것입니다.

내가 누군가를 사랑하는 것도 내가 아파서이고, 그 아픔을 위로받기 위해서입니다. 사랑은 본래 내 것이 아니기에 오직 너를 통해서만 받을 수 있는 목숨인 것을…… 그대는 알까요?

낭만적 사랑과 애착

운명처럼 만난 한 여인을 보며 그녀가 오직 자신을 위해 존재한다고 믿는 남자와 그와 함께라면 죽음까지도 마다하지 않을 듯이 열정적인 키스를 통해 육체와 영혼이 동시에 서로를 갈망한다고 믿는 여자!

세월이 흘러도 이런 내용이 할리우드 로맨틱 영화의 전형적인 단골 소재인 걸 보면, 결혼 전부터 이미 이혼 후를 계산해 혼전계약서를 작성하는 미국 사회에서도 결혼으로 성공하는 것이 낭만적 사랑의 희망 사항인 모양입니다.

그러나 현실은 다릅니다. 우리나라의 경우 세 부부 중 한 쌍은 3년 안에 파경을 맞이합니다. 많은 법조인들은 형사 사건보다도 이혼 사건 판결을 맡았을 때 오히려 정신적 피로가 더 가중된다고 합니다. 재판 도중에도 서로가 원수가 되어 노골적 적대감을 드러내며 비난과 경멸 그리고 입에 담지 못할 폭언들을 적나라하게 퍼붓기 때문입니다.

불타는 정열의 몸짓으로 낭만적 사랑을 시작한 사람들의 결혼이 어떻게 이런 관계로 끝나 버리는 걸까요?

우리가 말하는 사랑이라는 단어는 그 의미 자체가 사실 애매모호하게 사용되고 있습니다. 단 한 번도 배운 적도 없고, 가르치는 사람도 없기 때문입니다. 그냥 말없이도 통하는 본능처럼 사용하고, 마술처럼 신비한 그 무엇 정도로 알고 살아갑니다.

그러다 보니 부부간의 사랑이나 부모와 자식 간의 사랑, 남녀 간의 사랑은 물론이고 강아지에게도 모두 사랑이란 용어를 구분하지 않고 쓰고 있습니다. 물론 그렇다고 소통이 되지 않는다는 뜻은 아닙니다. 때로는 말이나 그 어떤 표현 없이도 느낄 수 있는 초월적 본질이 사랑 안에 있으니까요.

낭만적 사랑은 원래 중세 음유시인(트루바두르)들이 창안한 개념으로, 결코 다가갈 수 없는 귀부인을 향한 기형적인 사랑을 의미했습니다. 그들이 말하는 낭만적 사랑은 결코 욕망의 충족과 함께할 수 없습니다. 시인들 그리고 기사들은 욕망이 만족되는 그 순간 낭만적 사랑은 한 줌의 재처럼 바스러져 버린다는 것을 잘 알고 있었습니다.

그 유명한 단테의 낭만적 짝사랑은 평생 베아트리체에게 향해 있었으나 일생에 단 두 번 베아트리체를 가까이에서 볼 수 있었습니다. 그나마도 그녀는 스무 살을 못 넘기고 죽고 말았습니다.

어디 그뿐인가요? 로미오와 줄리엣은 단 하룻밤을 함께 지냈을 뿐이고, 아벨라르와 엘로이즈의 사랑은 대부분 수백 마일 떨어진 수도원에서 서로를 향해 보낸 편지로 이루어진 것입니다.

이처럼 가까이 다가갈 수 없는 서로에 대한 갈망에 기댄 사랑과 평생을 같은 공간에서 함께하며 소멸해 가는 열정에 기댄 편안하면서도 다소 따분한 사랑을 어떻게 똑같은 사랑이라고 정의할 수 있을까요?

흔히 남녀의 이루어질 수 없는 사랑을 매혹의 비결이라 말하고, 결혼생활은 애착이 비결이라고 말합니다. 매혹적인 관계에서 애착의 관계로의 변화는 자연스럽게 전환됩니다.

요즘 인간 현상에 대해 연구하는 모든 학문은 신경과학의 등장에 긴장하고 있습니다. 특히 인간의 뇌에 대한 연구가 활발해지면서 미지의 세계들이 조금씩 열리고 있고, 모든 인간 현상이 뇌의 생물학적 작용으로 환원되어 이해되고 있습니다. 낭만적 사랑 역시 이런 공격에서 예외가 될 수 없습니다.

인류학자 헬렌 피셔(Helen Fisher)는 낭만적 사랑과 애착이 우리의 뇌 속에서 어떻게 작용하는지를 연구했습니다. 그 결과 두 가지 상황에서 자극되는 신경전달 회로나 연관된 호르몬 변화는 서로 너무 차이가 나서 사랑이란 말을 함께 쓰기 민망할 정도라고 말합니다. 전자의 경우 도파민 수위는 높아지고 세로토닌 수위는 낮아진 반면, 후자의 경우엔 여성은 옥시토신 남성은 바소프레신 수치의 변화가 주로 나타났습니다.

옥시토신이나 바소프레신은 특정 대상을 가려서 나타나는 성적 흥분 혹은 새끼들을 돌보려는 본능적 성향과 관련이 있습니다. 그러나 도파민은 그야말로 원인 불문의 쾌감 및 중독 성향과 관련이 있으며 약물 및 도박 중독의 원인으로 작용합니다.

프랑스의 작가 스탕달은 스스로는 사랑을 믿지 않았으나 어느 누구보다도 사랑에 대해 깊은 성찰을 남겼습니다. 그는 낭만적 사랑이 극히 이기적인 활동이며 사랑에 빠진 사람이 사랑하는 것은 상대방이 아니라 도취 상태 그 자체라고 보았습니다. 상대에 대한 환상만을 갖고 사랑하고 또 사랑받는 것은 오히려 사랑에 빠진 자기 자신에 대한 매혹이라는 것입니다.

그런데 이러한 매혹은 모든 중독 상태와 마찬가지로 내성과 금단이라는 특성을 지닙니다. 점점 더 강한 자극이 있어야만 매혹 상태를 유지할 수 있고 그렇지 못하면 오히려 환멸과 실망감만이 남습니다.

학자들은 매혹이 유지되는 기간을 뇌활성 상태로 측정해 보았을 때 사랑의 도취감은 대략 1년에서 1년 6개월 정도 유지된다고 말합니다. 낭만적 사랑이 이렇듯 영원하지 못하고, 심지어 정신병적인 요소마저 지니고 있는 것이라면, 어떻게 수십 년이 지나도 행복한 부부 생활을 유지하는 커플들이 존재할 수 있는지 신기합니다.

그들은 어느 순간 따뜻한 내면의 정서가 도파민이 아니라 옥시토신 분비를 증가시키는 쪽으로 두뇌대사가 바뀌는 인문적 사건을 만난 것입니다. 도취에 빠진 자기 자신을 사랑하는 것에서 사랑의 대상을 더 아끼고 위하는 쪽으로 양자적 도약(quantum leap)을 행한 것입니다. 지금 이 순간을 확장해서 새로운 창조적 세계의 아름다움으로 곧바로 들어가는 것이야말로 진정한 의미의 양자적 도약의 결합입니다.

나이를 먹으면서 인간관계가 넓어지고 느슨해질수록 의미 있는 관계는 줄어듭니다. 그런 상태에서 오직 남녀 간의 관계만이 외로움을 달래 주고 삶을 견딜 수 있게 해 주는 유일한 힘이라는 걸 본능적으로 알게 되고 체험하고 싶어 합니다. 그런 만큼 서로에게 무리한 것을 바라게 되고, 자신이 원하는 것을 주지 않으면 상대를 원망하고 비난하는 이기적인 선택 방향으로 돌변합니다.

그러나 이 관계는 자신의 필요를 위해 상대를 이용하는 것에 지나지 않습니다. 사랑의 위대함은 소유적 계약이 아닙니다. 사랑의 대상을 향해 이유 없이 다가서 함께 삶의 이야기를 만들어 가는 것이 사랑의 본질 아닐까요?

사랑은 인식의 세계에서 산다

인식은 한마디로 대상을 아는 일입니다. 여기서 대상이란 그 어떠한 것도 모두 해당됩니다. 사실 인식의 세계를 글로 표현한다는 것은 한계가 있습니다. 그것도 다른 사람들이 이해할 수 있도록 문자적인 설명을 한다는 것은 쉽지 않습니다.

그래도 우리가 살아가는 데 인식처럼 중요한 것이 없기 때문에 반드시 알아야 합니다. 인식을 배우기 위해서는 반드시 통과해야 하는 과정이 있습니다. 잠시 눈을 감고 엄마를 떠올려 봐야 합니다. 분명 엄마의 얼굴이 보일 것이고 어떤 상황이 함께 보일 것입니다.

이제 묻겠습니다. 방금 엄마를 떠올린 것은 생각을 한 것인가요, 아니면 인식을 한 것인가요?

물론 위에서 눈을 감고 엄마를 떠올리라고 했지만 그대는 전혀 그럴 생각도 하지 않고 지금 이 글을 그대로 읽고 있을 것입니다. 그러나 상관없습니다. 그대는 이미 이 글을 읽는 동안 자신도 모르게 순간적으로 엄마를 떠올렸으며, 엄마 얼굴과 함께 떠오른 어떤 현상이 있을 것입니다.

여기에 인식에 대한 해답이 있습니다. 엄마의 외형적인 모습을 떠올린 것이 생각 내지 기억이라면 엄마와 나와의 관계는 물론 어린 시절의 어떤 상황까지 동시에 떠오르는 것은 인식입니다.

이처럼 인식은 꼭 생각을 통해서가 아니라 대상을 단번에 느끼고 아는 것입니다. 생각이 시각을 통한 이성적 판단을 통해 아는 것이라면, 인식은 단번에 느끼는 감성적 세계로서 총체적으로 아는 것을 말합니다.

다시 말하면, 처음에 감각적 직관에 의한 외면적인 인식이 형성된다면 좀 더 실천적인 습득에 따라 구체적인 감성적 인식이 형성됩니다. 그렇다고 완전한 사물의 본성을 포착한 것이 아니라 외면적인 인상 같은 것입니다.

이 감성적 인식을 객관화시키면서 좀 더 깊게 습득하고 확장하면 그릇된 점은 정정되고 다른 사물과의 비교 구별 등을 통하여 개념 판단 추리를 하며 사물의 본질적인 이성적 인식을 얻게 됩니다.

이런 이성적 인식을 일반적으로 인식이라 부릅니다. 참된 의미에서의 이성적 인식(진리)은 개인적 능력에 따라 편차가 있겠지만 올바른 인식 능력 면에서는 동일합니다. 인식을 진리라고 말하는 이유가 바로 여기에 있습니다.

인식을 알게 되면 선과 악을 구별하게 되고 진리와 비진리를 동시에 느끼게 됩니다. 진리와 비진리를 동시에 느낀다는 말은 인식하지 못하거나 인식의 개념을 이해하지 못하면 옳고 그름을 스스로 결정하지 못한다는 뜻입니다. 즉 어떤 대상을 인식한다면 그가 선한지 악한지 금방 느낄 수 있다는 뜻입니다.

어디 그뿐인가요? 인식하는 자에게는 거짓이 통하지 않게 됩니다. 왜냐하면 인식은 거짓을 거부하고 진실을 수용할 때 만족하기 때문입니다. 이처럼 인식 능력은 인간을 인간이게 만드는 고차원적인 능력입니다.

그러므로 인식이란 대상을 하나의 통일체로서 파악하고자 하는 우리의 의식 활동 혹은 그와 같은 활동에 의해 파악된 내용을 말합니다. 또한 그 진리성이 명증성이나 논리적 정합성과 같은 일정한 근거에 의해 확증되어 있는 인식 내용을 지식이라고 말합니다.

현상학적으로는 그야말로 모든 형태의 존재자가 인식의 대상으로 생각됩니다. 예를 들면 개별적인 실재적 대상만이 아니라 사건과 수학적 대상 그리고 논리적 대상과 같은 추상적 상황도 인식의 대상이 될 수 있습니다. 또한 과거의 상황이나 아직 실현되지 않은 상황과 같은 이른바 시간·공간적으로 원격적인 상황, 나아가서는 상상 속의 사물까지 인식 활동의 대상이 될 수 있습니다.

또한 인식 활동은 그 작용 성격에서 예를 들면 지각, 상상, 기억, 기호적 인식, 타자 인식 등으로 분류됩니다. 따라서 인식하는 방법 면에서는 다를 수 있고 약간 차이가 날 수 있습니다.

데자뷰라고 알고 있는 경우도 사실은 인식인 경우가 많습니다. 어떤 장소에 내 의식보다 인식이 먼저 가서 알고 있다가 의식과 충돌할 때 발생하는 현상입니다. 이렇듯 인식 능력이 발달하게 되면 시간과 공간을 넘나드는 정신적 이동이 가능해집니다. 따라서 인식은 우리 인간에게 있는 초월적 능력이기도 합니다.

인식 능력은 아기 때부터 생성되다가 어른이 되면서 줄어드는 경우가 많은데, 이는 경험으로 대처하기 때문입니다. 단순하게 습득된 자신의 경험만을 믿고 의지할 때 인식 능력은 사라집니다.

유치원생들을 대상으로 한 엄마 손 알아맞히기에서 구멍으로 나와 있는 손을 만지거나 보면서 아이들은 백 퍼센트 자신의 엄마를 찾아냅니다. 바로 인식 능력 때문입니다. 그런데 초등학교, 중학교로 갈수록 그 확률은 급격히 떨어집니다.

따라서 인식 능력은 자기 판단이나 경험이 아니라는 걸 알 수 있습니다. 단지 그대로 느끼는 것, 그래서 나 자신이 가장 순수할 때 알게 되는 초자연적인 작동입니다.

만일 그대가 사랑의 대상을 생각이나 경험으로 보지 않고 인식 능력으로 보게 되면 그 순간 지금까지 경험해 보지 못한 세계를 체험하게 됩니다. 물론 그것이 비록 인식적인 체험이라는 것을 몰랐을 뿐 대부분은 인식으로 사랑을 느낀 경험이 있습니다. 그 대상과 함께 있을 때 혹은 떨어져 있을 때 이유 없이 눈물을 흘린 적이 있을 것입니다. 바로 인식으로 사랑을 느낄 때 나타나는 현상입니다.

이상하게도 인식 능력이 발달하면 눈물이 많아지고, 화도 잘 내게 됩니다. 아마도 너무 많이 알아서 슬프고, 거짓이 투명하게 보여서 화가 나는 것은 아닐까요?

더 나아가서 인식은 시작과 끝이 동시에 보이는 엄청난 인간의 능력이기에 소멸하게 두어서는 안 됩니다. 인식 능력을 통해 알고 배우며 깨달아야 할 것들이 너무 많습니다. 그중에 제일은 사랑입니다. 오늘도 나는 그대들을 인식하는 하루를 살 것입니다.

인식이 무엇인지 아는 것만으로도 멋진 도약을 한 것입니다. '탈물질의 시대'를 다른 말로 하라고 하면 '인식의 시대'라고 말하고 싶습니다. 인식으로 사랑하는 사람들이 많은 사회에서는 말없이도 소통할 수 있을지 모릅니다. 잡스러운 말들이 사라지고 침묵이 통하고 단 한마디로 상대의 심금을 울릴 수 있는 인식의 시대가 오고 있습니다.

'나'는 어디에도 없는 나

도심에서 길을 가다 보면 수많은 간판들 사이를 지나가게 됩니다. 때로는 의도적으로 그것들을 보지 않으려 피하기도 하지만 그 많은 것들 중의 하나는 언제고 눈에 들어옵니다. 그리고 전혀 의식하지 않은 것들조차 잠재의식 속에 저장됩니다.

우리는 이처럼 의식한 것으로 인지한 세상과 무의식으로 인지하는 두 세상에 삽니다. 하나는 내가 인정을 했거나 의미를 부여한 것이고, 다른 하나는 나와는 상관없이 나를 구성합니다.

매일 수많은 사람들을 보면서도 어떤 사람은 눈에 들어오지만 어떤 사람은 그냥 사람으로만 인식할 뿐 나와는 아무런 관계도, 의미도 없이 무의식으로 데이터화됩니다. 그러다가 가끔 어느 카페에서 혹은 스치면서 마음에 드는 대상을 만나기라도 하면 어디선가 본 듯해서 이미 알고 있었던 것처럼 기억을 더듬거나 호기심으로 새로운 관계를 시도합니다.

우리는 늘 이렇게 사물을 대하고 사람들을 보고 스치지만 대부분 낯선 대상입니다. 그런 대상들 속에서 이미 알고 있는 사람들과 동행하면서 새로운 대상들을 알아 가는 것, 그것이 우리의 반복적인 삶입니다.

그래서 정작 나 자신에 대해서는 알지 못합니다. 카메라가 길을 걸으며 사진을 찍어 대고 녹취까지 한다고 생각해 보세요. 작동시켜 보면 온갖 종류의 그림들이 찍혀 있고, 온통 잡스러운 소리들이 녹음되어 있겠지요. 하지만 그 어디에서도 카메라 자신의 존재는 흔적도 찾을 수 없습니다. 그러다가 고장이라도 나면 그 안에 저장되어 있는 것들도 함께 사라지거나 구석진 곳에 불필요한 물건으로 방치되고 맙니다.

스마트폰이 보이지 않으면 허둥지둥 찾으면서도 정작 나는 그 어디에도 없습니다. 다른 것들은 찍으면서 자신은 찍을 수 없는 카메라와 수많은 다른 사람들에게는 전화를 걸면서도 정작 자기 자신에게는 걸 수 없는 전화기. 그래서 나는 가끔 내 전화기로 내 번호를 누르지만 그때마다 통화 중입니다.

내가 나이면서 나를 인식하지 못하고 나를 말한다는 것이 가능한 걸까요? 다른 사람들과 소통하기를 바라면서 정작 내 안에는 내 것이 하나도 없다면 무엇으로 나를 말할 수 있을까요?

우리는 언젠가부터 '나'는 어디에도 없는 나로 살고 있습니다. 그래서 행복하지 못합니다. 또 사랑도 할 수 없습니다. 내 안에서 다른 사람들이 살고, 내 안에서 다른 사람들이 사랑하고 있습니다. 셀카로 찍은 내 모습이 나라고 생각하는 사람들을 보면 가슴이 아픕니다. 그 모습은 수많은 간판과 사람 중 하나에 불과한 말 그대로 사진입니다.

나는 살아 있습니다. 영원한 세상을 꿈꾸면서 끝없는 창조를 소망하는 나는 내 안에서 절규하고 갈망합니다. 제발 나를 자유로운 영혼이 되게 해달라고 간구합니다. 그리고 소리칩니다.

나는 살아 있습니다!

기러기가 오고 있다

한국인들에게 매우 친숙하고 다정한 새 중에 기러기가 있습니다. 하늘 높이 여덟 팔 자 모양으로 대열을 지어 이동하는 모습은 낯설지 않습니다. 해마다 가을이면 우리나라에 와서 머물다가 봄이면 다시 북반구로 돌아갑니다. 그래서 옛사람들은 기러기가 찾아오면 가을이 온 것이고, 떠나가면 봄이 오는 것이라 여겼습니다.

그런 연유에서인지 기러기는 소식을 전해주는 새로 인식되어 고전에서 쉽게 찾아볼 수 있습니다.

《춘향전》의 〈이별요〉에 나오는 대목입니다.

"새벽 서리 찬바람에 울고 가는 저 기러기 한양 성내 가거들랑 도련님께 이내 소식 전해 주오."

기러기는 그 울음소리가 구슬퍼서 가을의 쓸쓸함과 어울려 우리 민중들의 처량한 정서를 잘 나타내 주는 새입니다. 산을 넘고 물을 건너 사람이 왕래하기 어려운 곳에 소식을 전해 주는 전설을 간직한 새인지라 '신조(信鳥)'라고도 불립니다.

기러기는 원앙처럼 암컷과 수컷이 평생을 함께하는 의좋은 동물로 알려져 있습니다. 홀아비나 홀어미의 외로운 신세를 짝 잃은 기러기 같다고 하고, 상대 몰래 좋아하는 것을 외기러기 짝사랑이라고도 합니다.

기러기가 하늘을 나는 걸 보면서 흔히 맨 앞에 나는 새가 우두머리 새일 거라고 생각하지만 사실은 전혀 다릅니다. 기러기는 철저한 공동체 리더십을 가지고 있습니다. 앞서가던 새가 지치면 맨 뒤로 가고, 또 다른 새가 리더가 되어 대오를 이끕니다. 여행 도중에 동료가 아프거나 부상을 당하여 날지 못하면 반드시 건강한 다른 새가 곁을 지킵니다.

조선 후기에 쓰인 《규합총서》에서도 기러기를 평하여 이렇게 말합니다.

"앞에서 울면 뒤에서 화답하니 예(禮)요, 짝을 잃으면 다시 짝을 얻지 않으니 절(節)이요, 밤이 되면 무리를 지어 자되 하나가 순경하여 지킨다."

이처럼 기러기는 사랑이 지극한 새로서 오늘을 사는 우리에게 진정한 공동체가 무엇인지를 보여 줍니다. 인간이 만물의 영장이라는 말이 무색해질 정도로 인간은 타락하고 오히려 동물이 인간보다 훨씬 고차원적인 삶을 살고 있습니다.

존재의 가치

어떤 교수가 학생들에게 강의를 하면서 시인으로 살고 있는 친구에 대해 말하자 한 학생이 물었습니다. 질문의 내용인즉 그 시인 친구가 시를 써서 얼마를 버는가였습니다. 교수는 대략 30만 원이라고 대답했고, 그 순간 모든 학생들이 박장대소했습니다. 잠시 후 교수는 침울한 목소리로 이렇게 말했습니다.

"그는 내가 본 사람 중에 가장 훌륭한 사람입니다. 깊고 따뜻한 삶을 살고 있고, 의미 있는 삶을 살고 있습니다. 그 시를 통해 더 아름다운 세계를 보여 주기 위해 밤낮으로 기꺼이 그 가난을 감수하면서 고귀한 삶을 살고 있습니다."

우리 삶의 목적은 부자가 되는 것이 아닙니다. 우리가 왜 사는지, 그 가치는 무엇이며 어디에 있는지를 찾아야 합니다. 그래서 인생의 본질을 알고 나이가 들어 간다는 건 참 행복한 일입니다. 나이를 먹어

가면서 우리가 왜 사는지 그 깊은 가치를 발견하는 고귀함이 있기에 그렇습니다.

인생무상을 깨닫고 허무를 너머 더 사랑해야 할 것을 찾는 사람으로 늙어가는 이는 진리를 발견한 사람입니다. 돈과 권력 그리고 행복과 같이 삶을 이루는 모든 것이 중요하지만 사랑을 알지 못하면 아무것도 아닙니다.

누군가를 사랑하기 위해서는 내가 가장 잘할 수 있는 것에 최선을 다해야 합니다.

나는 유명해지고 싶은 마음도, 돈을 많이 벌고자 하는 목표도 없습니다. 내가 가치를 두고 가장 좋아하는 일을 선택했다는 것에 만족하고 행복해합니다.

그런데 그런 사람에게는 부와 명예가 자동적으로 따라붙는 것을 주변에서 간접 경험으로도 얼마든지 볼 수 있습니다. 그렇다고 가치를 찾은 자에게 꼭 부와 명예가 따른다는 것은 아닙니다. 그렇지 않을 수도 있습니다. 소크라테스 같은 운명일 수도 있습니다.

그러나 삶의 가치를 찾은 자에게 가난과 고난은 견딜 만한 것이며, 죽음조차도 그 자체가 유익으로서 더 깊은 사랑을 할 수 있습니다. 그래서 사랑은 보편적 가치의 실현입니다.

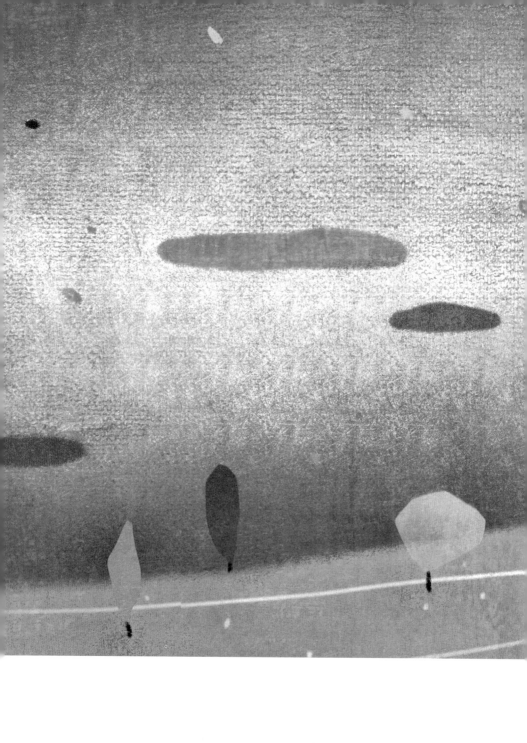

사랑은 본래부터 내일이 없는 불멸의 오늘로 사는 것.

행복한 외로움과 행복한 고독

몸과 마음이 온전한 사람이 어디 있을까요?

소외와 외로움이 생기는 이유는 진정한 사랑을 모르기 때문입니다.

사람들은 소유와 집착을 사랑으로 잘못 알고 있습니다. 아이들을 사랑한다는 부모들도 알고 보면 집착인 경우가 많습니다. 사랑과 집착과 소유를 구분하지 않으면 안 됩니다.

사랑은 스스로 있는 것이지 무엇인가를 원하는 특성을 지니고 있지 않습니다. 비교의 대상도 아닙니다. 그냥 존재 자체입니다. 진정한 관계 대신에 자신의 소유를 확장하거나 극대화시키는 순간 본질적으로 악한 행동이 됩니다.

사람들은 진정한 관계를 모르기 때문에 사랑하지 않으면서 상대방의 조건을 따져 관계를 맺고, 그 상대방이 내가 원하는 조건을 충족시키지 못하면 가차 없이 버립니다. 결국 이런 사람들끼리 집단을 만들어 자신들의 소유와 욕망 충족을 위해 뭉칩니다.

이런 걸 공동체라고 착각해서는 안 됩니다. 그런 이기적인 집단성은 곧바로 누군가를 음해하고 왕따를 만드는 데 이용됩니다. 그렇다고 그들끼리 좋은 관계가 유지되는 것도 아닙니다. 같은 편과 같은 집단 속에 들어가 있다고 해도 서로가 이기적인 관계 속에 있기 때문에 고독하고 외롭습니다. 따라서 시간이 가고 소유가 많아질수록 점점 소외와 외로움 그리고 고독감은 증폭됩니다.

우리는 거대한 욕망에 사로잡혀 있습니다. 욕망이란 무엇인가요? 부러움의 대상을 찾는 순간 그것은 곧바로 나를 사로잡습니다. 자유로워지는 것이 아니라 끊임없이 사로잡히는 것이 욕망의 늪입니다. 많은 것들이 생기면 생길수록 새로운 것이 나오기만 하면 욕망은 인간의 내면을 사로잡아 구렁텅이로 끌고갑니다.

수많은 것들이 나를 사로잡고 있을 때 소외는 더 심하게 일어나고, 나는 내 안의 나를 잃어 갑니다. 나를 잃고 소외된 사람은 무조건 이기려고 하고 빼앗으려 하기 때문에 폭력적으로 변해 갑니다. 그런 사람들에게는 파괴와 군림만이 유일한 관심거리입니다.

결국 우리가 불행한 이유를 들여다보면 남을 이기지 못해서인 경우가 대부분입니다. 누가 나를 이겼다고 생각하면 억울해서 잠을 못 잡니다. 반대로 내가 다른 사람들을 이기고 많은 것들을 소유한다고 해도 그것들을 내가 통제하는 것이 아니라 그 욕망이 나를 사로잡고 있기에 결코 어떤 순간에도 만족할 수 없습니다.

이렇게 살아서는 안 됩니다. 자신의 모든 것을 파괴하기 때문입니다.

악의 파워와 선의 파워는 전혀 다릅니다. 악은 무엇엔가 사로잡혀서 군림하고 이기는 데 사용하는 파워입니다. 따라서 거짓과 증오를 통해 나를 파괴하는 것입니다. 선은 그것과는 전혀 다른 생명을 살리는 파워입니다. 사랑과 진리로 나를 통해 창조해 나갑니다. 악은 오직 증오덩어리이지만 선은 오직 사랑덩어리입니다. 그대가 어떤 덩어리 안에 있는지를 깨달아야 합니다

이 세상은 선과 악, 두 가지로 분리됩니다. 나 자신이 어디에 속해 있는지를 모르면 불행할 수밖에 없습니다. 만일 외롭고 고독하다면 선에 속해 있지 않을 확률이 높습니다. 물론 사랑 안에서 선도 외로움과 고독을 느낄 수 있습니다. 그러나 사랑을 주지 못해 안타까운 외로움과 고독을 느끼는 것은 악에서 느끼는 그것과는 차원이 다릅니다.

사랑의 힘은 관계의 정도에 비례해서 나옵니다. 관계는 외부적으로 보이는 것들이 아니라 내면 깊숙이 형성되어 있는 사랑의 대상을 닮으려는 마음입니다.

행복한 외로움과 행복한 고독을 체험해 본 사람만이 알 수 있는 진실이지요.

4장

그대는 시간 속에 사는가

은혜의 세계

미국의 나사(NASA)는 지구별 너머의 새로운 세계, 즉 미지의 우주를 탐험하기 위해 세워졌습니다. 그곳에서는 우주로, 아니 새로운 세계로 들어가려는 사람들이 목숨을 걸고 최선을 다합니다. 그들 중에는 지금 이 순간에도 우주인이 되어 우주 정거장에서 임무를 수행하는 이들이 있습니다. 그 세계에 들어가기 위해서는 피땀 흘리는 훈련이 필수입니다.

은혜라는 말은 자신의 노력 없이도 거저 주어지는 어떤 가치를 말합니다. 사람들은 신앙생활을 잘하면 신이 주는 은혜를 입어 저절로 고난이나 역경이 없어진다고 생각합니다. 하지만 그것처럼 큰 오해도 없습니다. 은혜의 세계에 들어가려면 반드시 고난을 통과해야 되기 때문입니다.

《나니아 연대기》의 저자 C. S. 루이스는 이런 말을 했습니다.

"고난은 신이 우리를 부르는 확성기입니다!"

그러니 신실하게 기도하고, 구제나 봉사와 같은 종교행위를 열심히 한다고 해서 고난이 없어지는 것은 아닙니다. 고난을 없애 달라고 제 아무리 기도해 봤자 소용없다는 뜻입니다. 산다는 것은 고난의 연속이고, 우리 삶의 본질은 고난을 통해서만 깨달을 수 있는 세계이기에 그렇습니다.

신은 인간을 고난이라는 체험을 통해 훈련시킵니다.

가장 먼저 거쳐야 하는 단계는 고난을 받아들이는 단계입니다. 내가 고난을 감당하는 게 당연한 것이라고 마음을 먹는 단계이지요. 그러니 고난을 없애 달라고 기도하거나 고난이 주어졌을 때 피하는 것보다는 오히려 잘 감당하게 해달라고 하는 것이 자신을 편안하게 만듭니다.

두 번째 단계는 고난이 견딜 만하다는 걸 깨닫는 단계입니다. 고난이 오는 것이 당연하다고 마음을 먹고 받아들이면 어떠한 고난도 견딜 수 있다는 걸 인식하게 됩니다.

세 번째 단계는 고난을 견딜 수 있다는 자신감을 갖는 단계입니다. 신은 고난을 통해서 인간이 단련되고, 정화되며, 지혜를 깨닫도록 합니다. 그리고 이 과정을 반복해서 훈련시킵니다. 바로 이 순간부터 고난이 가치 있는 삶으로 승화하는 토대가 만들어지는 것입니다.

이 과정은 왜 필요한 걸까요? 이 과정을 통과해야 인간의 삶이 왜 고통으로 이루어져 있는지, 고난이 자신을 얼마나 성숙하게 만드는지 깨닫게 되기 때문입니다. 나아가 몸과 마음과 영혼을 고난으로 훈련받은 사람만이 비로소 사랑을 볼 수 있는 눈을 갖게 되기 때문입니다. 그런 사람의 눈으로 보는 세상에는 사랑할 대상 또한 너무나 많습니다. 바로 그 눈을 가진 사람에게 진정한 은혜의 세계가 펼쳐지는 것입니다.

그대는 완장을 차고 있는가

헬라 어로 권위나 권능을 나타내는 말은 '엑소시아(Exousia)'입니다. 이 말은 '자신의 존재로부터 비롯된다'는 뜻입니다. '엑스'는 '무엇으로부터'라는 뜻이기도 하고, '무엇 밖에'라는 의미이기도 합니다. '오시아'는 '본질'이라는 뜻입니다. 따라서 엑소시아(권위)는 본질로부터 나오는 것이라고 할 수 있습니다. 다시 말해 권위는 리더를 포함한 상대의 내면의 본질이 아름다울 때 나도 모르게 그를 인정하게 되는 것을 말합니다.

하지만 나쁜 권위는 이것과 다릅니다. 밖에 있는 것 즉 외적인 것에 치중하여 본질에서 벗어난 것이지요. 이런 권위주의를 갖고 있는 자들이 곳곳에서 세상을 병들게 합니다. 인간의 비틀어진 욕망이 적나라하게 드러나는 것 중 하나가 바로 완장 찬 권위의식입니다. 힘이 없을 때는 맹목적으로 복종하던 사람이 완장 즉 직위를 가졌을 때 다른 사람들을 짓밟으려는 행위야말로 가장 저속하고 낮은 힘의 횡포입니다.

축구선수 박지성을 좋아합니다. 그가 오른팔에 노란 주장 완장을
차고 그라운드를 누비던 모습이 지금도 눈에 선합니다. 완장을 차지
않았을 때나 차고 있을 때나 종횡무진 뛰어다니는 그를 보면 존경심
이 솟고, 그가 찬 노란 완장의 권위가 느껴지곤 했습니다. 신정한 권
위는 스스로가 부르짖는 것이 아니라 많은 사람들이 자발적으로 인정
할 때 생겨납니다.

사랑에는 완장이 없습니다. 완장과는 반대로 가장 낮아지는 것이
사랑의 능력이고, 권위이며, 권능이기 때문입니다. 그래서 제아무리
세상을 호령하는 왕이라고 해도 사랑 위에 군림할 수는 없습니다.
세상의 모든 권력은 때가 되면 사라지지만, 사랑은 가장 낮은 자리
에서도 결코 멸하지 않습니다. 오른팔에 자랑스럽게 차고 있는 오만
과 편견이라는 자신의 계급장, 즉 완장을 떼어 내고 그 자리에 사랑의
띠를 둘러야 합니다. 그런 사람만이 오래도록 살아 있는 전설이 되어
후세들에게 전해질 것입니다.

죽음을 해결해야 행복할 수 있다

사람들이 누군가를 공갈·협박할 때 제일 잘 쓰는 말이 '죽이겠다'는 말이라고 합니다. 인간의 언어 중 가장 극단적인 단어가 바로 상대의 생명을 해친다는 말입니다. 이 말에는, 인간은 누구나 죽는 것을 두려워하기 때문에 죽음의 공포를 자극해 상대를 제압하려는 심리가 깔려 있습니다.

죽음에 대한 공포는 인간의 생각을 왜곡합니다. 자신은 어떤 일이 있어도 죽음과 상관없이 이 땅에서 불로장생할 것 같은 착각과 위안이 일상의 생각을 굴절시킵니다. 그러면서도 다른 사람은 사소한 일 하나로도 얼마든지 죽을 수 있다고 여기고, 때때로 이 두려움을 빌미로 겁을 주는 극단적인 행동을 하는 겁니다.

그것은 모두 '죽음이 끝'이라고 생각하는 두려움과 공포가 만들어 낸 왜곡입니다. 위협을 가할 때 죽음의 공포를 조장하는 이유가 죽음

이후를 마치 절벽에서 떨어지는 것처럼 삶의 끝으로 보기 때문입니다. 이는 무엇엔가 중독된 것과 같습니다. 알코올 중독처럼 별로 중요하지 않은 것이 자신을 가둬 버리는 왜곡된 현상입니다.

죽음에 대한 공포는 이런 왜곡을 통해 삶에서 진짜 중요한 것은 하찮게 여기도록 만들고, 하찮은 것은 더 중요하게 만든다는 데 문제가 있습니다. 인간이 불행하게 된 이유는 결국 죽음의 문제를 해결하지 못했기 때문입니다.

인간은 삶과 죽음의 본질을 알고 올바르게 반응할 때 인생을 제대로 살 수 있습니다. 죽음의 문제를 다각도로 바라보며 통찰력 있게 접근해 온 사람들이 있습니다. 스캇 펙 박사는 《저 하늘에서도 이 땅에서처럼》이라는 책을 통해 현세와 내세를 통찰하고 있습니다.

죽음 이후에 어떻게 되는지를 알게 되면 죽음은 단지 끝이 아닌 또 다른 세계가 됩니다. 죽음 이후에도 새로운 삶이 있다는 걸 깨달은 사람들은 두렵거나 불행하지 않습니다.

하지만 더 중요한 것이 있습니다. 지금 이 현실에서 어떻게 사느냐가 죽음 이후의 연장선상에 있다는 걸 명확하게 알아야 한다는 점입니다. 현실에서 선을 선택한 사람들은 선의 세계로 가고, 악을 선택한 사람들은 악의 세상으로 갑니다. 누가 강제로 보내는 것이 아니라 스스로 선택해서 간다는 사실은 끼리끼리 모일 때 편안해하는 인간의 속성을 깨닫게 해 줍니다.

선한 사람 백 명 안에 악한 사람 한 명이 끼어 있을 때 그 악인은 숨이 막힐 것입니다. 신이 인간을 지옥으로 보내는 것이 아니라 악이 사랑의 세계에서 견디지 못하고 스스로 지옥으로 간다는 말입니다. 결국 이 땅에서 사랑의 세계를 일구고 그 안에서 살아온 사람이 죽어서도 사랑의 세계로 가는 것이지요.

비진리가 진리를 만날 때

인간에게는 영과 혼과 육이 있습니다.

영은 선천적으로 존재하는 순수의식이며, 양심 혹은 알아차림입니다. 신과 소통하고 우주와 교감하는 영원불멸의 생명 그 자체입니다.

혼은 지성, 감정, 의지이며 인격을 나타내는 존재입니다. 재능이나 지능 역시 혼의 작용이며, 에고도 혼에서 일어나는 현상입니다. 따라서 영과 육 사이에서 교감 능력으로 우리의 삶을 본질적으로 주관하는 능력을 가진 것이 혼입니다.

육은 시각, 촉각, 후각, 미각, 청각으로 이루어진 오감의 존재입니다. 자칫하면 오감의 만족을 위해 욕망의 화신으로 변질될 수 있는 위험에 노출되어 있습니다.

기본적으로 인간은 영을 찾고 혼을 다스려 육이 행하게 해야 합니다. 인간은 영성 지능을 이해하고 깨닫지 못하면 늘 불안하고 괴롭습니다. 영성 지능이란 '우주에서 인간은 어떤 의미인지, 신과 인간의 관계는 어떤 건지, 인간의 양심이란 무엇인지를 이해하는' 지능입니다. 우리를 힘들게 하는 에고의 뿌리는 본성인 참나 즉 영이기에 버릴 수 있는 것이 아니라 다스려야 합니다.

우리는 늘 생각하고, 느끼며, 뭔가를 하며 살고 있다고 여기지만, 어느 누가 산다는 것을 이해하며 살고 있을까요? 대부분의 사람들은 그저 의미 없는 시간의 반복 속에 주어진 생명을 소비하면서 그냥 그렇게 삽니다. 그러다가 이렇게 잃어 가는 것이 인생인가 자문하면서 하루가 사라질 때마다 생과 사의 교차 속에서 곧 내 차례가 올 거라는 허무에 빠져들곤 합니다.

누구에게나 삶을 떠나야 하는 때가 옵니다. 사람들과 이별해야 하는 순간이 다가옵니다. 떠나야 할 시간이 오기 전에 영의 세계를 찾고, 혼의 세계에서 가능한 것들을 깨달으며, 육이 행해야 하는 그 모든 것을 느낄 수 있으면 얼마나 좋을까요. 이 모든 것들을 수용할 수 있는 진리를 만난게 된다면 얼마나 감사할까요.

인간은 어느 누구도 진리(眞理)를 말할 수 없습니다. 비(非)진리는 진리를 대신할 수 없기 때문입니다.

공자나 소크라테스처럼 일반 성인은 진리에 대하여, 즉 도(道)에 대하여 말하지만, 자신을 인자 즉 '사람의 아들'이라고 한 예수는 자신이 도, 즉 길이요, 진리라고 말합니다. 사람들은 도를 깨닫고 도를 말하지만, '사람의 아들'은 스스로가 도라는 것입니다. 사람이 진리를 말할 수 없는 것은 자기 자신이 진리가 아니기 때문인데 그는 스스로가 진리라고 합니다. 세상 어느 누구도 스스로를 그렇게 부르지 않았습니다. 오직 불변의 진리만이 말할 수 있는 진리입니다.

비진리가 진리를 만날 때 인간은 비로소 삶과 죽음을 이해할 수 있습니다. 그런 사람들만이 인생이 끝이 아님을 알고 영원을 꿈꾸며 살게 됩니다. 그들에게 죽음은 끝이 아닌 새로운 세계로 진입하는 일입니다.

이 땅에서 사랑이 무엇인지 발견한 자만이 그 세계로 가는 티켓을 얻을 수 있습니다. 모든 걸 운명이라고 말하는 것은 어쩌면 게으른 변명에 지나지 않습니다. 사랑은 비진리인 우리가 진리를 만날 때 비로소 보이는 운명 너머의 세계이기 때문입니다.

사색, 심연으로 떠나는 여행

내게 사색의 시간은 평온을 선물받는 시간입니다.

사전에는 '사색'이라는 단어가 '어떤 것에 대하여 깊이 생각하고 이치를 따지는 것'이라고 나와 있습니다. 해당 분야의 전문가가 이렇게 의미를 부여했겠지만, 곰곰이 살펴볼수록 진정한 사색을 해 보지 않은 사람이 뜻을 붙인 것이 확실하다는 생각이 듭니다.

깊이 생각한다는 것까지는 맞는 말입니다. 그러나 이치를 따진다는 것은 사색을 전혀 이해하지 못한 말입니다. 사색은 뭔가를 확인하려고 들어가는 세계가 아닙니다. 여행을 하면서 '이건 뭐고 저건 뭐고, 이건 왜 이렇게 생겼고 저건 왜 저렇게 생긴 거야?' 하는 식으로 이치를 따진다면 그건 진정한 여행이라고 할 수 없습니다.

사색도 심연으로 떠나는 여행입니다. 아름다운 풍경을 만나기도 하고, 어두운 터널 속을 지나기도 하며, 때로 반딧불 같은 작은 불빛을 만나 감동하고 놀라기도 하는 과정입니다. 사색 속에서 이치는 무의미합니다. 어떤 사물의 존재만으로도 인식의 세계로 통하는 것이며, 자기 자신을 미처 의식하지 못하다가 자기 존재를 깨닫는 것이 사색의 묘미인 까닭입니다.

나를 떠나는 것, 내 생각을 벗어나 어떤 것과 동화되고 교감하며 내가 아닌 '그것'의 세계로 진입하는 것이 사색이며, 나 스스로 그 이치가 되는 것이 진정한 사색입니다.

좀 더 깊게 표현한다면, 사색은 일순간 나를 버리는 것입니다. 사물의 주체가 내가 아니고 사물 하나하나가 주체가 되어 나를 바라보는 어떤 '돌이킴'입니다. 모든 만물이 하나이던 태초의 것들을 인식하는 경이로운 만남입니다.

그중에서도 특히 별을 보며 사색하는 시간은 인간의 영혼을 성숙시키며, 현실 너머의 것을 바라볼 줄 아는 혜안을 안겨 줍니다. 나와 그대, 우리가 저 별들 어딘가에서 서로의 숨결을 느끼며 사랑 안에서 살았던 기억을 만나는 것, 오직 사색 안에서만 가능하지 않을까요?

오늘 밤, 별을 보며 사색하는 시간이 온전히 그대의 것이 되기를 소망합니다.

인문학으로 본 남자의 뇌

인문학적으로 본 인간 수컷 그러니까 남자의 뇌는 우성과 열성으로 나뉩니다.

우성의 뇌를 가진 남자들은 일반적으로 사자처럼 강력한 힘으로 상대를 제압하고자 하는 욕구가 강하고, 여성 편력이 심해서 많은 여자를 소유하려는 욕망이 강합니다. 또 진취적인 사고로 실력까지 갖추게 되면 각 분야의 리더가 되어 국가와 사회를 이끌어가는 능력을 발휘하게 됩니다. 실제로 세상은 꾸준히 자기계발을 한 강력한 우성 뇌를 가진 남자들이 주도하여 돌아가고 있습니다.

이들 중 자기 수양이 부족하거나 자기계발을 하지 않아 정체되어 있거나 많이 배우지 못한 사람은 폭력적이거나 약한 자를 짓밟으려는 성향을 지니고 있습니다. 또한 우성의 뇌를 가지고도 사회 적응 능력이 떨어지는 사람들은 사회 규범을 지키지 않고 범죄를 일으키는 경향이 많습니다.

하지만 사실 우성의 뇌를 가진 남자들은 그렇게 큰 문제가 되지는 않습니다. 이들은 중간이 없어 성공 아니면 실패로 뚜렷하게 구별되기 때문입니다. 즉 양쪽 모두 사회적으로 눈에 띄어 성공자는 성공자대로 이름이 나고, 실패자는 실패자대로 사회에서 격리되기 때문에 보이지 않는 곳에 숨어 있어서 문제를 일으킬 소지가 매우 적습니다.

문제는 열성의 뇌를 가진 남자들입니다. 이들은 우성 뇌를 가진 남자들의 세계를 무조건 부정합니다. 하지만 결국 우성 뇌를 가진 남자들에게 복종하는 법을 배우고 받아들여 충성하며 삽니다.

그런데 아이러니한 것은 이런 열성의 뇌를 가진 남자들도 여성 편력이 심해서 여성 앞에서는 우성 뇌를 가진 남자처럼 행동하려 한다는 점입니다. 가정에서 폭력을 행사하는 남자들의 대부분이 열성 뇌를 가진 남성들입니다. 이들의 특성은 밖에서는 조용한 성격의 소유자로 평가받지만 집에서는 가장이라는 권위를 내세우며 군림하려는 성향이 강하다는 것입니다. 특히 질투가 많아서 자신보다 괜찮은 남자들을 부정하고, 자신의 여자라고 생각하는 여성에게는 지나친 소유욕을 보입니다. 의처증 증세가 있는 남자들은 거의 대부분 열성의 뇌를 가지고 있을 확률이 높습니다. 열성의 뇌를 가진 남자들은 자신보다 물리적인 힘이 약한 사람들을 괴롭히고 싶은 충동에 사로잡힐 때가 많습니다.

혹시 자신의 뇌가 우성 뇌인지 열성 뇌인지 알고 싶은가요?

이 글을 읽고 긍정적으로 느껴지면 우성입니다. 화가 나고 기분이 나빠졌다면 열성입니다.

그렇다고 너무 화가 나지 않기를 바랍니다. 사랑 안에서는 우성도 열성도 없으니까요. 그리고 인문학 뇌 만들기를 하고 있는 그대는 이미 열성의 뇌에서 우성의 뇌로, 우성의 뇌에서 사랑의 뇌로 변해가고 있으니까요.

그대는 운명론을 믿는가

사주팔자를 말하며 모든 것을 운명론으로 환원하는 사람들이 있습니다. 그런 사람들은 미신이라는 현상 속에서 신의 본질을 왜곡하는 오류를 범하게 되고, 자신의 의지와는 상관없이 살아가는 어리석음에서 벗어나지 못합니다. 그것은 곧 인간만이 가진 자유의지를 부인하는 것이자 자기 자신의 존재성을 스스로 틀에 가두는 것입니다.

신이 인간에게 준 최고의 선물은 자유의지입니다. 그 안에서는 무엇이든지 자유롭게 선택할 수 있습니다. 좋은 것을 선택하는 행위나 나쁜 것을 선택해 얻어지는 결과물이나 모두 정해진 운명이 아니라 내 자유의지가 선택한 것입니다. 따라서 얼마든지 좋은 것을 선택해서 인생을 바꿀 수 있는 기회가 있습니다.

그런데 운명론자들에게 끝은 언제나 정해져 있습니다. 좋은 것은 늘 자신이 잘해서, 즉 선택해서 만들어 낸 결과물이라 여기고, 나쁜 것 또는 안 좋은 것과 실패한 것은 운명으로 결론짓지요. 그래서 운명론자들을 분석해 보면 남 탓을 잘 하고, 고집스럽고, 이기적인 사람들이 많습니다. 한마디로 핑계를 잘 대는 사람들이 점쟁이를 좋아하고, 사주팔자가 어떻고 운수가 좋네 안 좋네 따집니다.

그러다 보니 그들은 온갖 잡신을 믿을 수밖에 없습니다. 잡신들의 권능이라는 것은 간단합니다. 네가 가져다가 바친 만큼만 잘 봐준다는 것입니다. 아이러니하게도 운명론을 말하면서 소원성취를 잡신에게 부탁하는 것이지요. 이것만 봐도 모든 걸 운명이라고 말하는 사람들이 모순되게 행동한다는 걸 알 수 있습니다. 그러니 누군가 운명론을 말하는 순간 스스로 "나는 가짜입니다. 실은 잘 몰라요."라고 고백하는 것과 같습니다.

이렇듯 인생사를 조금만 깊게 들여다보고 자기 자신을 진솔하게 돌이켜 보면, 모든 것이 자유의지 안에서 내가 선택한 결과물이 눈앞에 있는 것임을 알 수 있습니다.

어떤 사람들은 자신의 운명을 신이 붙잡고 조정한다고 믿습니다. 그러나 신은 인간의 자유의지에 개입하지 않습니다. 왜냐하면 개입하는 순간 모순에 직면하게 되고 더 이상 자유의지가 아니기 때문입니다.

그런데 신이 그 모순에 직면하면서까지 한 개인의 인생사에 개입할 때가 있습니다. 바로 사랑 때문입니다. 세상의 공의가 흔들릴 때는 어딘가에 반드시 불의가 숨어 있습니다. 그러나 신의 공의가 흔들리고 모순에 직면할 때는 그 안에 사랑의 비밀이 숨겨져 있습니다. 그러므로 그대가 운명이라고 말하는 순간 신의 도움도 사랑도 원천 봉쇄한 것이나 다름없습니다.

고집스럽고 이기적인 나를 과감히 걷어 내고 나면 그동안 모르고 살았던 것들이 보이고 내 안에서 뭔가가 꿈틀거리는 것을 느낄 수 있습니다. 그게 바로 자유의지이며, 열정입니다. 죽는 날까지 스스로 자유의지에 따른 선택을 해 나가는 열정의 존재로 살 때 우리는 거대한 사랑 안에 살고 있음을 깨닫게 됩니다.

말은 살아서 움직인다

《마지막 잎새》를 쓴 미국의 단편소설 작가 오 헨리의 다른 작품에 나오는 이야기입니다.

어린 딸을 혼자 키우는 아빠가 있었습니다. 늘 분주하기 때문에 딸이 놀아 달라고 해도 놀아 줄 시간이 없었습니다. 그래서 아빠가 하는 말은 언제나 '나가 놀아라, 나가 놀아라.'였는데, 아이는 언제나 나가 놀다가 결국 몸 파는 여자가 되었습니다.

작가가 극단적으로 표현한 말이지만 그만큼 말이 현실을 만들어 내는 힘이 있다는 것을 단적으로 강조한 이야기입니다.

철학자 하이데거는 언어는 '존재의 집'이라고 했습니다. 우리가 쓰는 언어가 곧 우리 자신이라는 뜻입니다. 맞습니다. 인간은 말로 세상을 살고, 내가 하는 말이 내가 사는 세상을 만들어 냅니다.

막스 피카르트는 "침묵을 배경으로 하지 않는 말은 소음"이라고 하면서 언어의 중요성을 강조했습니다. 또 "겨울이 지나 봄이 오는 것이 아니라 침묵을 통해 봄이 온다."라는 인상적인 말을 남기기도 했습니다. 냉랭하게 얼어붙어 있는 관계가 봄처럼 풀리는 것은 저절로 오는 게 아니라 침묵을 통해 온다는 의미입니다.

우리는 유형적인 폭력이 아니라 비방하는 말에 상처를 받고 괴로워하다가 죽어 가는 사람들을 많이 봅니다. 말로 사자의 이빨처럼 사납게 물어뜯긴 경험을 당해 본 사람들의 고통은 그 상처 받은 사람들의 침묵을 통해 느낄 수 있습니다.

독일 베를린에는 유대 박물관이 있습니다. 나치 치하에서 유대인 600만 명이 학살당한 것을 기억하기 위해 지은 건축물입니다. 외형만 봐도 끔찍하던 악몽을 느낄 수 있습니다. 창문이 마치 채찍 자국이 예리하게 나 있는 것처럼 섬뜩하게 디자인되어 있습니다. 그런데 놀라운 것은 그 채찍 자국 창을 통해 빛이 들어가도록 설계해 놓았다는 사실입니다. 이 건축물은 유대인의 당시 상황을 침묵으로 말하고 있습니다. 건축물은 침묵하고 있지만 사람들에게 당시의 처절한 고통과 그 고통 속에서도 창문으로 새어 들어온 빛에 희망을 놓지 않았던 상황을 존재 자체로 웅변하고 있는 것이지요.

인생을 살면서 가끔 놀랄 때가 있습니다. 나는 전혀 의도하지 않고 한 말인데, 어떤 사람에게는 깊은 상처가 되어 오랫동안 끙끙 앓다가 나중에 와서 자신이 상처 받았다고 얘기하는 경우를 봅니다. 자신이 의도하지 않았기 때문에 그때 무슨 말을 했는지 기억이 나지 않아 당황했던 적도 있을 것입니다.

말은 그렇게 누군가에게 가서 스스로 독이 되기도 하고 희망의 빛이 되기도 합니다. 말이 가진 자율성 때문입니다.

지금 문득 누군가가 떠오르나요? 그가 내게 주었던 언어폭력과 그때 받았던 상처가 아파 오나요? 그렇다면 그를 증오하며 그 상처에 아파하기 전에 '그'가 바로 당신이기도 하다는 점을 잊지 마세요. 그래야 나 자신부터 말이라는 칼을 통해 누군가의 가슴에 상처를 내지 않을 수 있습니다.

혀는 양날의 칼로서 나 자신에게도 상처가 된다는 걸 기억하면서 아름다운 말로 누군가에게 사랑을 전하는 내가 되어야 합니다.

그대는 시간 속에 사는가

오늘도 하루가 가고 있습니다.

그대는 벌써 하루가 갔다고 말합니다.

어떤 이는 어느새 내일을 떠올리고 시간은 보내는 것이며 다시 오는 것이라고 믿습니다.

그러나 시간은 항상 제자리에 있습니다.

단지 그대들의 시간을 나누어 가지려고 할 뿐입니다.

무한한 세계에서 시간의 의미는 무엇입니까?

언제 죽을 것인지 스스로 한계를 정해 놓은 것이 시간인가요?

그대들의 내면은 시간 속에 있지 않습니다.

시작도 끝도 없는 세계에서 모든 것을 아는 존재가 그대들 안에 살고 있지 않습니까.

사람은 마음으로 살고 마음은 사랑으로 삽니다.

생명은 끝나는 것이 아닙니다.

물이 대지에서 한 방울도 소멸하지 않고 재생되듯이 한 번 창조된 생명은 사라지지 않습니다.

그대들을 시간에 가두지 마십시오.

어제와 오늘 그리고 내일은 모두 오늘 밤에 꾸는 꿈에 불과합니다.

시간을 초월해야 합니다.

사랑이 무한하듯이 시간도 무한합니다.

시간의 노예에서 시간을 창조하는 자가 되어야 합니다.

시간은 가는 것이 아닙니다.

다만 그대들이 보내고 있는 것입니다.

시간을 멈추게 하십시오.

봄 여름 가을 겨울은 시간이 가고 오는 것이 아닙니다.

시작과 끝이 없는 세계를 보여 주는 것일 뿐입니다.

시간을 초월한 존재만이 지금 이 계절의 주인이 될 수 있습니다.

미래는 시간을 흘려보내지 않은 자들의 것입니다.

그대들이 헛되이 보내는 오늘을 붙잡고 우는 자들의 것이기도 합니다.

시간을 벗어난 자유로운 영혼이 되십시오.

배가 오고 있다

멀리 수평선 너머에서 배 한 척이 오고 있습니다.

아직은 눈에 보이지는 않아 알 수 없지만 우리들과 무관하지 않습니다. 나를 혹은 그대들 중의 누군가를 생명의 고향으로 데려가기 위해 오는 것입니다.

사람들은 그 배의 이름을 죽음이라고 부릅니다.

그러나 우리는 부활이라고 말해야 합니다. 우리는 생명의 고향을 실낙원처럼 잃어버린 것이 아니기 때문입니다.

그대는 누구입니까?

누군가에게 자신이 떠나온 곳의 신비를 전하는 나그네입니다. 나그네로 떠도는 그 고독한 여행을 통해 우리를 떠나보낸 이의 아픔과 사랑을 배우고 있는 것입니다.

그대는 이 장엄한 세계에서 무엇을 배웠습니까?

태초에 하나이던 별들이 흩어지고 그대들이 하나이던 그때를 기억하게 되었지요. 안다는 것은 그 기억의 파편들을 끼워 맞추는 것에 불과합니다.

두려워 마십시오.
안개가 모든 대지를 덮는다고 해도 생명은 사라지지 않습니다.
어둠이 온 세상을 메운다고 해도 생명의 빛은 소멸되지 않습니다.
불안해하지 마십시오.
세상의 그 무엇도 그대들을 해치지 못합니다.
단지 우리가 슬픔으로 이곳에 왔듯이 이별의 아픔이 있을 뿐입니다.
이곳에는 슬픔과 아픔이 있지만 저편에는 기다림이 있습니다.
그대들과 내가 돌아오기를 기다리는 저편 항구에서의 기쁨을 생각하십시오.

그대는 무엇을 가지고 돌아가렵니까?
떠나올 때 빈손이었듯이 빈손으로 돌아갈 건가요?
그러나 아무도 그냥 갈 수는 없습니다.
이 세상에서 보고 들은 것을 가슴에 안고 가야 합니다.
그대는 무엇을 보고 무엇을 들었습니까?
인간이 인간을 죽이고 빼앗고 저주하는 절망을 보고 들었나요?
그런 것들 말고는 없습니까?
그런 것들은 절대 가지고 갈 수 없습니다.

오직 사랑하는 사람들과 나누었던 사랑 이야기만이 배에 오를 수 있습니다.

배가 오고 있습니다.
그대가 지금 밝은 아침빛을 받으며 서 있다면 손을 흔드십시오.
만일 그대가 어둠 속에 서 있다면 등불을 밝히십시오.
죽음이라는 배가 안전하게 올 수 있도록 안내자가 되어야 합니다.
그대들 스스로가 항구가 되어 배를 맞이해야 합니다.

배가 오고 있습니다.
배가 조금씩 가까이 오고 있습니다.
순례자는 때가 되면 돌아가야 합니다.
그렇게, 돌아간다는 것은 설렘입니다.

그대는 여행자인가 순례자인가

가끔 날씨가 좋으면 어디론가 떠나고 싶어집니다.
일상에서 벗어나 내 안의 나를 다시 만나고 싶어집니다.

여행을 떠난다는 것은 돌아오는 것을 전제로 합니다. 그래서인지 막상 떠나고 나서도 그곳의 풍물을 살피며 깨닫고 오기보다는 두고 간 것에 대한 걱정만 하다 올 때가 많습니다.
'관광'이라는 말은 원래 '관국지광'의 약자로, 처음에는 '나라의 빛을 본다.'는 뜻으로 사용했습니다. 다른 나라에 가서 그 나라의 빛을 본다는 것은 뭔가 핵심을 본다는 뜻인데, 어느 틈엔가 그냥 풍경만 보고 사진 찍는 일 정도로 변질되고 말았습니다.

중세 격언에 이런 말이 있습니다.
'여행자는 요구하고 순례자는 감사한다.'

맞는 말이지요? 여행을 가서 우리는 끝없이 뭔가를 요구합니다. 돈을 준 만큼의 대가가 돌아오지 않으면 불평을 늘어놓지요.

하지만 순례하는 사람은 자신이 만나는 모든 현실에 감사합니다. 그래서 '산티아고 순례길'을 가는 사람들은 자신을 여행자가 아니라 순례자라고 생각합니다.

인생의 길이 여행길인지 순례의 길인지에 따라 완전히 다른 삶을 살게 됩니다. 여행자로 이 세상을 사는 사람과 순례자로 사는 사람은 세상을 대하는 방식이 다릅니다.

우리가 태어날 때 선택해서 태어나지 않은 것처럼 떠날 때도 선택해서 떠나지 못합니다. 내 생을 내 마음대로 하지 못하기에 마지막까지 열심히 살아야 합니다. 그런데 이 최선의 방식에서도 여행자로 살게 되면 늘상 누군가에게 뭔가를 요구하고 불평하게 됩니다. 반면 순례자로 사는 사람들은 작은 것도 내게 주어진 선물처럼 감사합니다. 그래서 우리는 순례자로 사는 꿈을 꾸어야 합니다.

그대는 인생이 무엇이라고 생각하나요?

알 것 같은데 아득하고, 보일 것 같은데 막막한 것, 그 사이에서 앞으로 갈 수도 없고 그렇다고 뒤로 돌아갈 수도 없는 것이 인생입니다. 바로 그 자리에 서서 살아온 지난날과 살아야 할 내일에 대해 감사 기도를 올리는 순간 여행자의 삶에서 순례자의 삶을 살게 됩니다.

순례자의 삶을 사는 사람들에게는 공통점이 있습니다. 눈물이 많다는 것입니다. 꼭 슬퍼서가 아니라 뭔지 모르지만 울음이 복받치고 마음이 벅차 견딜 수 없는 그런 때를 순례자들은 가슴 밑바닥에서 그냥 느낄 수 있습니다.

순례자로 산다는 것, 그것은 푯대를 향해 가는 것입니다. 순례자의 목표는 오직 하나입니다. 사랑을 위하여 사랑을 향해 가는 것입니다. 순례자의 노래를 부르며 내 생이 다하는 그날까지…….

그대가 만일 대가 없이 사랑을 줄 수 있다면

그대는 어떤 대가를 얻으려고 오늘의 태양을 붙잡았습니까?
얻은 것은 무엇입니까?

우리를 살게 하는 것들은 대가를 바라지 않습니다.
공기가 그대에게 대가를 바라면서 숨을 쉬지 말라고 강요하던가요?
바람이 그대를 벼랑으로 몰아가며 대가를 내놓으라고 소리치던가요?
사랑은 또 어떤가요?
아름다운 비너스의 모습으로 대가를 요구하며 내놓지 않으면 모든
것을 파괴하겠다고 말하던가요?

우리에게 생명을 주는 것들은 모두 그저 주어진 것들입니다.
아무런 대가 없이 자신의 전부를 내어주고 있는 것이지요.
별빛이 그렇게 다가서고,

불꽃이 하염없이 자신을 태우고,
반딧불이가 온몸으로 빛을 내고 있습니다.

누가 우리의 영혼을 아프게 할 수 있습니까?
잠시 눈에 보였다가 사라지는 존재들인가요?
그렇지 않습니다.
대가를 바라는 것들이 한순간 그대를 괴롭게 할 수 있습니다.
그러나 누가 별들을 아프게 할 수 있으며,
타오르는 불꽃에게 상처를 줄 수 있으며,
반딧불이가 빛을 내는 걸 멈추게 할 수 있을까요.

그대는 누구입니까?
대가를 바라지 않는 존재들에게 무한한 사랑을 받는 고귀한 생명체
아닌가요?
양팔을 벌리고 차가운 공기를 마셔 보세요.
그리고 지금 어떤 대가를 위해 살고 있는지 깊이 묵상해 보세요.
그대가 만일 대가 없이 사랑을 줄 수 있다면
바로 그 순간 죽어 가는 한 영혼이 살아날 것입니다.

그대가 곁에 있어도 나는 그대가 그립다

가끔 아무리 봐도 도저히 어울리지 않는 남녀가 서로 사랑하는 걸 보게 됩니다. 너무 못생긴 여자를 아주 좋아하는 남자와 한눈에 반할 정도로 아름다운 여자가 너무 평범한 남자를 사랑하는 것은 때로 아이러니하게 보이기도 합니다.

이렇듯 아름다움과 사랑의 기준은 객관적일 수 없습니다. 단순히 그들 눈에 콩깍지가 씌었다고 말하기에는 뭔가 베일에 싸인 비밀이 숨어 있을 듯합니다.

사실 누군가를 사랑하고 아름답게 느끼기 위해서는 반드시 필요한 재료가 있습니다. 그리움입니다. 그리움이란 보고 싶어 애타는 마음입니다. 누군가를 향한 그리움이 자기 속에 있을 때 아름다움을 느끼게 됩니다.

그런데 그리움은 반드시 거리를 필요로 합니다. 떨어져 있지 않으면 알 수도 없고, 생겨나지도 않는 게 그리움의 원리입니다. 사랑 안에 있는 사람들은 미처 그리움을 알지 못하다가 떨어져 있거나 헤어지게 되면 그리움의 존재를 생생하게 알게 됩니다. 함께 있을 때는 몰랐던 소중한 것들이 비로소 보이기 시작합니다. 따라서 거리가 떨어져 있지 않으면 그리움이라는 감정은 결코 발생하지 않습니다.

시인 류시화의 시에 〈그대가 곁에 있어도 나는 그대가 그립다〉가 있습니다. 시인의 노래처럼 함께 있다고 해서 그리움이 없는 것은 아닙니다. 많은 사람들이 같은 집에 살면서도 어떤 연유에서인지 그리움의 대상이 되어 살기도 합니다.

연애 시절에는 그토록 사랑하다가 결혼하면 사랑이 식은 것처럼 보이는 것은 둘 사이에 거리가 없어졌기 때문입니다. 뭔가에 익숙해진다는 것은 곧 감각이 낡아 간다는 뜻이기도 합니다. 아름다움 밖에 있는 사람들은 아름다움을 느끼지만, 아름다움 안에 있는 사람들은 그 아름다움을 느끼지 못하는 이유이기도 합니다.

우리가 내 안의 중심을 알아야 하는 이유가 여기에 있습니다. 창밖의 세계를 그리워하기 위해서는 내 안의 세계를 볼 줄 알아야 합니다. 행복한 사람들은 자기 안에 중심을 둔 사람들이고, 그런 신념이 있는 사람들은 언제나 잘 살 수 있습니다.

사랑을 알게 되면, 그래서 사랑이라는 세계 속에 내 전부를 던지면 그대가 곁에 있어도 더 그립습니다. 마음이 멀어져서가 아니라 사랑이 깊을수록 그리움이 커지면서 하나이던 사랑이 두 개로 제자리를 찾게 됩니다. 그대는 그곳에서, 나는 이곳에서 서로가 서로를 한없이 그리워할 때 사랑은 완전해집니다.

그래서 그대가 곁에 있어도 나는 언제나 그대가 그립습니다.

지혜는 배우는 것이 아니다

스승을 만나 지혜를 얻고 싶어 하는 사람들이 있습니다.

하지만 누가 감히 지혜를 가르쳐 줄 수 있을까요? 단지 그대 안에 지혜의 샘물이 있다는 사실을 말해 줄 뿐, 스승의 지혜는 그대의 것이 될 수 없습니다. 스승은 마음을 빌려주고 함께 산책할 수 있을 뿐 그 어떠한 지혜도 가르쳐 줄 수 없습니다. 배운다는 것은 닮아 가는 것입니다. 지혜는 그 누구의 것도 아닙니다.

지혜란 무엇입니까?

태초부터 우리 머리 위에 맴도는 독수리의 발톱 같은 것 아닐까요? 어미 독수리는 두려움에 날지 못하는 새끼를 가차 없이 둥지에서 밀어냅니다. 하지만 자신의 새끼를 결코 땅에 떨어져 죽게 하지 않습니다. 밀쳐 내고 난 뒤 엄청난 속도로 땅을 향해 자신의 몸을 날려 새끼를 낚아채는 것이지요. 이것이 바로 지혜입니다.

지혜는 배우는 것이 아닙니다.

고대부터, 조상의 그 조상으로부터 우리 몸 어딘가에 잠재되어 있는 것입니다. 광부가 금맥을 찾아 지하 깊숙이 내려가듯이 생각의 숲 깊은 곳으로 들어가야 합니다. 때로는 칠흑 같은 어둠 속에서 두려움에 떨 때 뒤돌아 나갈 수도 없는 절박함 속에서 지혜는 황금처럼 반짝이며 자신을 드러냅니다.

그러나 지혜는 절대 황금의 옷을 입고 있지 않습니다. 세상에서 가장 가난한 모습으로 자신의 존재를 사랑에서 떨어진 조각에 감추고 있지요. 그래서 세상에서 가장 지혜로운 자는 지금 자신의 아픔을 딛고 타인의 아픔 앞에 서는 자입니다.

그대여, 지혜로운 자가 되십시오.

지혜의 독수리로 창공을 솟구쳐 오르고, 지혜의 눈으로 세상을 바라보십시오. 보이지 않던 경이로운 세상이 펼쳐질 것입니다.

사랑의 법칙

인간은 사랑을 받는 존재이자 주는 존재입니다. 누군가에게 사랑을 주면 되돌려 받고 싶어 하지요. 누구라도 사랑은 주고받는 것이라고 생각합니다. 인간은 그런 존재입니다. 사랑을 받지 못하면 갈증으로 영혼이 목마르고, 급기야는 화가 나고 분노를 느끼다가 말라 죽기도 합니다.

사랑을 받지 못한 존재들이 이웃과 가족 더 나아가 인류의 보편적 가치들을 파괴한 일이 얼마나 많습니까? 사랑을 받지 못하면 다른 생명의 존귀함을 알지 못합니다. 사랑이 끊겼다는 것은 생명수가 차단되었다는 것과 같은 말이지요.

이렇듯 우리는 사랑을 받는 아니 사랑의 공급 없이는 살 수 없는 존재들입니다. 우리 영혼의 탯줄은 태곳적부터 사랑을 공급받으며 살고 있습니다.

그런데 사랑의 공급자는 누구입니까?

어떤 사람들은, 특히 종교인들은 신이 우리에게 무한한 사랑을 준다고 말합니다. 맞는 말입니다. 그대들 중에도 그런 체험을 한 사람들이 있겠지요.

그건 많은 자녀를 둔 어머니가 아이들이 평화롭게 노는 것을 지켜보고 있는 평온과 같은 것입니다. 그러다가 한 아이가 위험한 곳으로 이탈하면 어머니가 강력히 개입해 다시 푸른 잔디밭으로 인도합니다. 그것이 신과 인간의 관계입니다. 그런 사랑의 개입 없이 인간의 실존은 불가능합니다.

그렇다면 그대들과 내가 사랑을 주고받는 존재라는 것에는 어떤 법칙이 적용됩니까?

동시성입니다. 무슨 뜻일까요? 사랑은 주는 것이라는 뜻입니다. 어디선가 물이 나와야 마실 수 있는 것처럼, 내가 원천이 되어 누군가에게 주어야 한다는 뜻입니다. 물맛을 아는 자가 갈증에 허덕이는 존재에게 생수를 내어주는 원리, 누군가에게 사랑을 주는 동시에 내 안에서 사랑이 샘솟는 원리입니다. 그것이 바로 동시성이며, 우주가 알려준 사랑의 법칙입니다.

그대가 지금 상처 입은 꽃처럼 아프게 시들어 간다면 누군가 화려한 화병에 꽂아 주기를 기다리지 마세요. 아무도 그대에게 물을 주지 않을 수도 있습니다. 그럴 때 원망으로 말라 비틀어지고 말 건가요?

그대는 아름다운 꽃입니다. 존귀한 생명입니다. 살아나야 합니다. 스스로에게 물을 주십시오. 스스로 사랑의 원천이 되십시오. 그래서 상처 받은 누군가에게 '그대가' 사랑을 주십시오.

나도 사랑을 받고 싶다고 항변하지 마세요. 용기를 내어 사랑한다고 말해 보세요. 바로 그 순간 내 안에서 감동이 몰아치며 메마른 가슴을 적시는 뜨거움이 일 것입니다. 눈물이 흐른다면 그대 안에 비로소 '주는 사랑'이 생겨난 것입니다. 이제 비로소 수많은 생명들에게 사랑을 받는 존귀함을 체험하게 될 것입니다.

기도는……

매일 기도하는 사람들이 있습니다.

누군가는 기도하는 법을 알고 싶어 합니다. 기도는 배울 수 있는 것도, 가르칠 수 있는 것도 아닙니다. 단지 눈에 보이지 않는 성전을 방문하는 것입니다.

기도는 무엇인가를 요구하고 간구하는 것이 아닙니다. 무엇인가를 요구하는 순간 신은 사라지고 그대 혼자 남아 두리번거리게 될 것입니다. 신은 이미 그대 안에 있고 단지 그대의 입을 통해 자신의 말을 전하고 싶어 합니다. 그러므로 기도는 무엇인가를 바라는 것이 아니라 그대의 입술을 통해 신이 자신의 사랑을 전하려는 것입니다.

기도는 그대들이 신을 찾는 것이 아니라 신이 그대를 부를 때 응답하는 것이며, 순종으로 신을 바라보는 것입니다. 단지 그것뿐입니다. 신은 그대가 아무 말 못 하고 울기만 하더라도 태초 이전부터 그대를

세상의 모든 사람은 저마다 이야기를 가지고 있습니다.

알고 있습니다. 그러므로 기도에 응답을 바라서는 안 됩니다. 모든 걸 알고 있는 그분을, 오로지 그대만을 위해 부르지 마십시오.

그대가 할 수 있는 것은 신의 가슴 안으로 들어가는 것입니다. 기도는 무엇인가를 사기 위해 시간을 지불하고 대가를 바라는 것이 아닙니다. 어느 부모가 대가를 요구하며 자녀에게 사랑을 판단 말인가요?

신은 그대의 기도를 듣지 않습니다. 오로지 그윽한 가슴으로 그대의 마음을 바라봅니다. 그러므로 응답이 없다는 것은 그분이 지금 함께한다는 뜻입니다. 엄마가 자녀와 함께 있을 때 자신의 존재를 드러내지 않는 것과 같습니다. 어떤 이들은 기도의 응답을 받았다고 말합니다. 그러나 신은 응답하는 분이 아닙니다.

기적이라는 것은, 단지 그대가 기도하는 순간 평상시에는 깨닫지 못한 그분이 주는 사랑의 능력을 느낀 것입니다. 그것을 응답이라고 말할지 모르지만, 인간도 젖을 달라고 떼쓰는 아기에게 젖을 물리는 건 인지상정으로 여깁니다.

기도는 응답을 받기 위한 것이 아니라 신을 향해 나를 돌려드리는 것입니다. 그래서 기도는 그대가 그분 안에 있다는 고백이어야 합니다.

사랑은 그런 것입니다. 신이 우리가 자신의 가슴 안에 살기 원하듯이, 사랑은 자기 안에서 기도하기를 원합니다. 그러므로 기도는 우리가 신의 형상이 되는 미학의 예행연습입니다.

나는 누구인가

"朝聞道 夕死可矣
아침에 도(道)를 들으면 저녁에 죽어도 좋으니라."

아침에 우리가 당연히 행하지 않으면 안 되는 도리를 듣고 깨닫는
다면 그 이상 바랄 것이 없는 것으로서, 저녁에 죽는 한이 있더라도
만족할 만하다는 뜻입니다.

이 말은 너무나 잘 알려진 공자의 위대한 격언입니다. 인생의 목적
은 진리를 깨닫고 체득하고 실현하는 데 있다고 한 것입니다.

인간의 능력은 무한합니다.

인간의 뇌는 컴퓨터보다 더 정교하고 정밀하며, 기계가 대신할 수
없는 무한의 세계가 있습니다. 게다가 컴퓨터는 제아무리 기능이 탁
월하고 놀라운 확장성과 뛰어난 저장 능력이 있다 해도 사용자가 있

어야만 운용할 수 있지만, 인간은 다릅니다. 운용 주체가 바로 자기 자신입니다. 컴퓨터보다 뛰어난 성능을 가진 주체가 바로 나 자신이 라는 말입니다.

그런데 이 세상에는 불변의 법칙이 있습니다. 이처럼 뛰어난 인간 뇌의 운용 주체가 되려면 배워서 알고 깨우쳐야 하는 과정을 겪어야 한다는 사실입니다. 배우지 않으면 알지도 못할뿐더러 깨달을 수도 없습니다.

물론 배운다는 것에 꼭 스승이 있어야 하는 것은 아닙니다. 인간은 스스로 노력을 통해서도 도통할 수 있습니다. 스승이란 단지 그 길을 빨리 당도하게 하는 안내자 역할을 담당할 뿐입니다.

인간은 자신을 보고, 알고, 깨닫는 방법에 접근해 배우고자 노력하 면 어느 순간 스스로의 세계를 만들어 갈 수 있는 창조적인 존재입니 다. 인간의 뇌를 가지고 있다는 건 곧 누구나 자기 존재 안에 이런 무 한의 세계를 가지고 있다는 뜻이자 계획대로 얼마든지 그 세계를 펼 칠 수 있다는 의미이기도 합니다. 인식의 문을 연 자와 문을 열지 못 한 자의 차이일 뿐 더 특별한 것도, 탁월한 것도 아닙니다.

이처럼 자기 안에 무한한 능력을 가진 존재를 품고 있는 우리는 그 냥 왔다가 가려고 이 세상에 온 것이 아닙니다. 그 무한의 존재를 통 해 죽어 가는 생명들을 살리려고 온 것입니다. 그러므로 인간은 자기 안에 있는 그 뛰어나고 무한한 존재를 세상에 내어놓아야 합니다. 물론 세상에는 그 무한한 존재를 괴물로 키워 내 자기 분신으로 남겨 놓은 사람들도 있습니다. 너무나 많지요.

하지만 사람은 세상에 사랑을 남겨 놓을 때 비로소 이곳에 온 목적을 이루는 것입니다. 사랑도 괴물도 모두 내 안에 있습니다. 지금 나는 무엇을 꺼내 살고 있는지 거울에 비친 자신의 눈동자를 들여다보고 물어보십시오.

나는 누구인가?

순리의 법칙

요즘 기업들은 상품을 팔기 위해 그야말로 마케팅 전쟁을 벌이고 있습니다. 갈수록 공존의 원리보다는 영리의 논리가 구석구석 파고들어 이익을 위해 타인의 처지를 고려하지 않는 것이 더 이상 부끄러운 일이 아닌 것으로 받아들여지고 있습니다.

대기업들은 이제 골목 상권까지 파고듭니다. 한번 대박을 터트리고 빠지겠다는 피라미드 사업자들은 금방이라도 떼돈을 벌 것처럼 현혹하며 교묘한 세뇌교육으로 일선 판매자들을 꼭두각시로 만들고 있습니다. 속고 속이는 영리 목적의 전쟁이 도처에서 일어나고 있습니다.

영리가 무엇입니까? 살면서 영리를 따져야 할 때가 있지요. 그러나 영리만을 추구하는 태도는 순리를 거스르는 것입니다. 순리는 자연과 우주의 이치인데, 순리를 거스르며 영리만을 목적으로 하는 세상은 온갖 부작용에 시달리게 되니 고통스럽습니다. 요즘 사람들은 영리만을 추구하면서 사랑도 받고 인정도 받으려고 합니다. 주려고 하지 않고 받기만 하려는 것은 순리를 거스르는 것입니다. 우리가 아무리 복잡하고 고단한 사회생활을 하더라도 순리를 저버리지 말고 해 나가야 합니다.

순리의 법칙은 사랑의 법칙입니다. 주어야 받는 원리와 연계되어 있습니다. 우리는 하늘로부터 아무 조건 없이 받은 존재입니다. 밤하늘의 별처럼 자연과 인간의 몸은 상호작용으로 연계되어 돌아갑니다. 조금만 들여다보면 그 과정은 주는 과정으로 돌아가는 사이클이라는 것을 알 수 있습니다.

무엇을 어떻게 줄 것인가를 실현하는 것이 인생인데, 반대로 인정받고 사랑받는 것이 인생이라고 착각하고 있습니다. 다른 사람에게 무엇을 줄 것인가 고민하는 것이 순리적인 삶인데, 반대로 무엇을 받을 것인가를 고민하면서 살고 있습니다. 사랑받기 위해 노력하고 인정받으려고 죽기 살기로 공부하는 삶의 결과는 어떻게 나타날까요? 사랑받기보다는 사랑을 빼앗는 사람, 인정받기보다는 다른 사람을 절대 인정하지 않는 사람으로 변해 버린 초라한 자신으로 나타나지요. 순리를 거스른 사람들의 대가는 가볍지 않습니다.

순리의 삶은 손해 보는 삶이 아닙니다. 받으려고 하면 할수록 받을 수 없고 주면 줄수록 받는 것이 순리입니다. 순리의 법칙과 사랑의 법칙은 받으려고 하면 내 것을 끌어갑니다. 내가 하나를 받으려고 하면

두 개를 빼앗기는 원리입니다. 그래서 분명 받은 것 같고 빼앗은 것 같은데 나중에 보면 더 많은 것을 잃어버린 결과가 나타나는 것입니다. 그런데도 그 이치를 깨닫지 못하는 것은 우리가 세상의 영리 원리에 세뇌되어 중독된 채 착각 속에 살고 있는 까닭입니다.

받으려는 영리의 삶은 순리와는 거꾸로 사는 것입니다. 세상 사람들이 너나할 것 없이 자꾸만 받으려고 하니까 사랑과 인정에 목이 마르고 갈증에 시달려 결국 병이 생기거나 급기야는 돌아 버리는 것입니다. 무엇인가를 받으려고만 하는 파동 에너지는 우리를 갉아먹습니다.

주는 사랑 안에서 크는 아이는 자기도 주려고 합니다. 본능적으로 주어야 받는 것을 느끼고 깨닫기 때문입니다. 그러나 받으려고만 하는 부모나 교사에게서 나오는 좋지 않은 파동은 아이를 빼앗고 받으려고만 하는 사람으로 만듭니다. 그래서 애정 결핍이 심한 사람들은 옆에 사람을 두지 못합니다. 안 좋은 파동 에너지가 사람들을 밀어내고, 결과적으로 자기 자신은 더 사랑을 받지 못하게 만듭니다.

행복하고 싶다면 행복을 주는 사람으로 살아야 합니다.

사랑받고 싶다면 사랑을 주어야 합니다.

경제적으로 성공하고 싶으면 나눔의 원리와 상생의 이유를 알고 행해야 합니다.

그게 순리입니다.

수선화

그리스 신화에 나오는 수선화의 전설에는 나르시스(나르키소스)라는 소년 목동이 나옵니다. 그가 얼마나 잘생기고 아름다웠는지 수많은 요정들이 그를 연모하며 사랑을 간절히 원했습니다. 하지만 그는 요정들의 사랑에는 관심이 없었습니다. 오로지 자신이 몰고 다니는 양 떼에만 신경 쓸 뿐 요정들의 애절한 구애에는 무관심으로 일관했습니다.

요정들은 저마다 자신이 나르시스의 사랑을 독차지할 거라고 이야기했지만 어떤 요정도 그의 사랑을 받을 수 없었지요. 결국 나르시스의 무관심에 지친 한 요정이 그를 원망하며 복수의 여신을 찾아갑니다. 그 요정이 바로 비운의 요정 에코입니다.

에코는 복수의 여신에게 저주에 찬 소원을 간청합니다.

"나르시스가 처음 보는 이와 사랑에 빠지게 해 주시고 그 사랑이 처절히 깨지게 해 주세요."

복수의 여신은 에코 요정의 소원을 들어주었습니다.

어느 화창한 날에 나르시스는 양 떼를 몰고 가다 목이 말라 맑은 연못으로 갔습니다. 물을 마시려고 고개를 숙인 나르시스는 연못에 비친 아름다운 얼굴을 보고 그만 한눈에 반해 버립니다. 한 번도 자기 자신의 얼굴을 본 적 없던 그는 연못에 비친 모습이 자신이라고는 생각하지 못합니다.

물 위에 반사된 자신의 모습을 연못 속 요정으로 생각한 나르시스는 단번에 마음을 빼앗긴 채 깊은 사랑에 빠져 그 자리를 떠날 줄을 몰랐습니다. 결국 물 위에 비친 자기 자신을 따라 들어가 연못 속에 빠져 죽고 맙니다.

그가 죽은 자리에는 꽃 한 송이가 피어났는데, 그게 바로 청초하면서도 가련해 보이는 꽃, 수선화였습니다. 그래서 수선화의 꽃말은 '자기애(自己愛)'입니다.

한편 나르시스를 너무나 사랑했던 요정 에코는 나르시스를 잊지 못하고 그리워하다가 점점 야위어 갔고 결국 형체마저 사라져 목소리만 남게 됩니다. 나르시스를 찾는 자신의 목소리가 되돌아오는 메아리로 남은 것입니다. 우리가 알고 있는 메아리(echo)의 전설이 바로 요정 에코의 짝사랑에서 나온 것입니다.

나르시시즘(Narcissism)은 자기 자신에게 애착하는 것이며, 자신이 리비도(성 에너지)의 대상이 되는 정신분석학적 용어입니다. 우리말로는 자기애라고 하지요.

신화의 주인공 나르시스와 연관지어, 독일의 정신과 의사 네케가 1899년에 만든 말인데, 이성의 육체를 바라보듯 자기의 신체를 바라보고, 스스로 애무함으로써 쾌감을 느끼는 것을 포괄합니다. 거울 앞에 서서 자신의 얼굴이 아름답다고 생각하며 황홀하게 바라보는 것도 일종의 나르시시즘입니다.

이 말이 널리 알려진 것은 프로이트가 이를 정신분석 용어로 도입한 뒤부터입니다. 정신분석적으로 나르시시즘은 자기의 육체, 자아, 정신적 특징이 리비도의 대상이 되는 것을 말합니다. 자기 자신에게 리비도가 쏠려 있는 상태로, 자기 자신이 곧 관심의 대상이 되는 것입니다.

유아기에는 리비도가 자기 자신에게 쏠려 있습니다. 그래서 프로이트는 이 상태를 1차적 나르시시즘이라고 하였습니다.

자라면서 리비도는 자기 자신에게서 떠나 외부의 대상(어머니나 이성)으로 향합니다. 그러나 애정생활이 위기를 맞아 상대를 사랑할 수 없게 되면 유아기에서처럼 자기 자신을 사랑하는 상태로 되돌아갑니다. 이것이 2차적 나르시시즘입니다.

프로이트는 나르시시즘을 정신분열의 하나로 보았습니다.

가만 살펴보면 많은 사람들이 나르시시즘을 내적 심리로 지니고 있고, 나르시시즘에서 벗어나지 못하고 있습니다. 현대인의 문제는 자기애가 지나치다는 데 있습니다. 메아리처럼 공허하게 되돌아오는 사랑이 아닌 누군가의 심금을 울리는 사랑의 세계를 알기 위해서는 먼저 진짜 나를 찾아야 합니다.

이야기는 바로 인생이다

그리스의 시골 오지에 사는 사람들이 낯선 나그네를 환대하는 이유를 아십니까? 그들을 신이 자신들에게 보내 준 사람이라고 여기기 때문인데, 신이 그를 보내 준 까닭은 바로 그가 가져오는 재미있는 이야기 때문이라고 합니다. 그러니까 누군가가 온다는 것은 곧 새로운 이야기가 온다는 뜻이지요.

인간에게 새로운 이야기를 기다리는 일은 희망의 다른 표현일지도 모릅니다. 그래서 어른 아이 할 것 없이 이야기를 좋아합니다. 인생이라는 것은 어쩌면 만나는 사람 저마다의 이야기에 귀를 기울이며 그 각각의 우주를 만나 가는 긴 여정인지도 모릅니다.

몇 년 전 일본에 쓰나미가 왔을 때 어떤 학자가 이런 말을 했습니다.
"이 사건은 3만 명이 죽은 단일한 사건이 아니라 한 사람이 죽은 3만 개의 사건입니다."

저마다 삶의 이야기를 지닌 고유한 존재들이 거대 집단 속에서는 너무 쉽게 그저 단순한 숫자로 표현되고 맙니다. 심지어 죽음조차도 그렇습니다. 각각의 고유한 존재들이 자기 우주의 모든 이야기와 함께 사라졌는데도, 고작 '몇 명이 죽었다'는 말이 전부입니다. 우리가 사는 문명의 비극성이 고스란히 드러나는 대목이 아닐 수 없습니다.

세상의 모든 사람은 저마다 이야기를 가지고 있습니다. 그래서 어떤 시인은 "한 사람이 죽는 일은 도서관 하나가 사라지는 것과 같다."라고 했습니다. 그리스 오지 사람들에게 낯선 나그네가 왔다는 것은 그들의 경험에 통합되지 않는 새로운 경험을 가진 사람이 왔다는 뜻일 겁니다. 그들은 낯선 이야기를 듣는 즐거움과 새로운 지혜를 배우는 기쁨을 만끽했겠지요.

우리 조상들도 낯선 나그네들을 위해 사랑방을 준비해 놓고 그가 늘어놓는 새로운 이야기를 들으며 긴 겨울밤을 보냈습니다. 그 덕에 아직도 무수한 이야기들이 사라지지 않고 우리에게 전해지고 있습니다. 산천은 변하고 사람은 가도, 이야기만은 살아 있는 존재로서 우리를 대신하고 죽은 자를 살아 있게 합니다.

인간에게 이야기가 없다면 무엇으로 살까요? 이야기를 남기지 못하는 인생은 제아무리 잘 먹고 잘살았다고 해도 잊히고 맙니다. 서로에게 잊힌다는 것처럼 애처롭고 슬픈 일이 있을까요. 그래서 사랑한다는 것은 서로가 공유할 이야기를 만들고 남기는 것입니다.

5장

우리는 길을 가야만 한다

사랑이란

사랑은 그대를 봄나물 캐는 소녀가 되게도 하지만 얼어붙은 대지가 되게도 합니다.

사랑은 그대를 거울 앞에 앉아 꽃단장하게 만들기도 하지만 거울에 비친 얼굴을 저주하게도 합니다.

사랑은 그대를 첫날밤의 설렘으로 눈부신 아침을 맞이하게도 하지만 기다림에 지쳐 커튼을 치게 만들기도 합니다.

사랑은 그대에게 서로를 닮은 아기를 선물하기도 하지만 한숨과 눈물로 서로를 원망하게도 합니다.

사랑은 그대가 잠든 모습을 내려다보며 안쓰러워하기도 하지만 숨소리조차 듣기 거북하게 만들기도 합니다.

사랑은 그대가 새벽에 일어나 따뜻한 아침밥을 준비하게도 하지만 손가락에 물 한 방울 묻히고 싶지 않게 만들기도 합니다.

사랑은 그대의 입에 맛있는 걸 넣어 주기도 하지만 입안에 가시가

돋혀 아무것도 먹을 수 없게 만들기도 합니다.

이렇듯 사랑은 그대를 불처럼 뜨겁게 타오르게 하다가도 얼음처럼 치가워지게 만들기도 합니다. 누군가는 그것을 사랑의 배신이라고 말하지만, 그것은 분명 연단입니다.

사랑은 처음부터 만남과 이별 앞에 서 있는 등대와 바다요, 배와 바다입니다. 배가 바다 위로 떠다니긴 하지만 결코 하나가 되어서는 안 됩니다. 배는 바다가 그립다고 침몰할 수는 없습니다. 바다 역시 배가 그립다고 파도로 덮칠 수는 없습니다.

그래서 우리는 사랑의 예고된 아픔마저도 수용해야 합니다. 수용은 하나가 되는 것이 아닙니다. 더러운 것도, 내게 상처가 되는 것도 가슴으로 포용하는 것입니다.

슬픔을 묻다

어떤 이들은 슬픔에 대하여 묻습니다.

그 누구도 슬픔에 대하여 자유롭지 못합니다. 때론 슬픔이 너무 깊어 숨 쉬는 것마저 힘이 들 때가 있습니다. 소리 나지 않는 오열로 몇 날 며칠을 보내기도 합니다. 그렇게 슬픔의 바다에서 숱한 낮과 밤을 보내고 나서야 비로소 슬픔이 낯선 나그네가 아니라 내 안에 살고 있는 또 다른 나라는 사실을 깨닫게 됩니다.

슬픔은 인간이 본래 혼자라는 것을 말해주는 것이자, 결코 혼자서는 살아갈 수 없는 존재라는 것을 깨닫게 해 주는 것입니다. 누군가는 홀로서기를 말하지만 그럴수록 슬픔은 커져만 갑니다.

누군가를 사랑한다고 해서 슬픔이 반으로 줄어드는 것은 아닙니다. 오히려 그 반대입니다. 사랑이 클수록 슬픔도 커지고, 슬픔이 깊을수록 잠 못 이루는 시간도 길어집니다. 사랑은 슬픔을 먹고 자라기 때문입니다.

내 안에 슬픔이 커지고 소리 나지 않게 흐느끼는 밤이 많을수록 사랑이 커집니다. 누군가를 사랑한다는 것은 내 안에 슬픔을 키우는 것이며 그 슬픔이 자랄수록 사랑은 깊어갑니다.

그대들이 지금 이 순간 행복하기를 원한다면, 사랑을 멀리해야 합니다. 슬픔에서 벗어나기를 원한다면 철저한 이기주의자가 되어야 합니다. 그러나 사람으로 살아가는 이상 우리가 그럴 수 있을까요?

우리는 슬픔 속에서 태어났고, 슬픔 속에서 살아야 하며, 슬픔 속에서 죽어야 합니다. 슬픔을 피할 수가 없습니다. 우리는 알고 있습니다. 슬픔을 아는 자가 인간의 길을 알고 있다는 것을.

슬픔은 우리가 인간인 것을 깨닫게 해주는 신의 선물입니다.

시간과 공간을 뛰어넘는 사랑

명상을 하다 보면 전혀 기억에도 없었던 어린 시절의 나를 만나곤 합니다. 무의식의 저변에 깔려 있는 그때 그 시절의 표상이겠지요.

특히 아버지가 돌아가신 지 얼마 지나지 않은 어느 날, 절망 앞에 선 어린 내가 적개심을 담은 눈빛으로 울고 있는 모습은 꽤나 오랫동안 지워지지 않았습니다. 어린 소년인 내 눈에 적개심이 담겨 있었다는 것은 나조차도 전혀 의식하지 못한 채 살아왔습니다. 도대체 무엇이 그토록 오랜 세월을 내 안에서 그런 눈을 한 어린 나로 살게 했을까요?

아버지의 죽음 앞에서 속절없이 울기만 했던 감정은 지금도 느껴지건만 낯설게도 무의식에서 만난 소년인 나는 분명 분노하고 있었습니다. 아마도 세상이 부당하게 아버지를 죽게 만들었다고 생각한 것 같습니다. 어쩌면 그렇게 남아 있던 무의식의 기억이 살아가는 동안 많은 것들을 부정적으로 보게 했는지 모릅니다.

꼭 슬프거나 아픈 기억은 아닐지라도 무의식에 살고 있는 어린 나를 만나는 것은 지금의 나를 알기 위해 꼭 필요한 과정입니다.

인간의 뇌와 마음은 자기 우주의 모든 이야기를 담고 있습니다. 그 위대한 존재가 시간 앞에 빛바랜 사진으로만 기억되게 할 수는 없습니다. 깊은 명상을 통해 시간과 공간을 초월하는 인식의 세계에서 서로가 서로에게 그리움의 존재가 되어야 합니다.

기억을 끄집어내기보다 기억 속으로 들어가면 그 안에서 우리가 미처 보지 못하고 지나친 찰나들이 쌓여 있는 것을 만나게 됩니다. 그 중에 단 하나의 슬픈, 사랑의 조각을 찾기만 해도 현재의 삶은 기쁨과 선함으로 넘칠 수 있습니다.

얼마만큼 사랑하는가

우리는 다른 사람들이 나를 얼마만큼 사랑하는지 알고 싶어 합니다. 어떤 부모들은 아이들에게도 얼마만큼 사랑하느냐고 묻습니다. 아주 많이 사랑한다는 말을 듣고 싶은 까닭이겠지요.

그러나 바다에 물이 얼마만큼 있느냐고 물을 수 있을까요? 하늘에 어디까지가 경계인지를 묻는 것은 어리석은 일 아닐까요? 우리는 사랑의 양을 확인하고 싶어 하지만 사랑은 온 세상에 가득 차 있는 충만이자 무한입니다.

사랑은 인격입니다.

그리움이 무엇인지 아는 사람에게 다가섭니다. 사랑하지 않는 사람에게는 다가설 수 없습니다. 다만 사랑이 무엇인지 모르는 사람에게는 그가 알기까지 기다려 줍니다.

인간이라면 그가 악인이든 선인이든 죽기 전에는 필연적으로 한 번은 꼭 사랑을 체험합니다. 구두쇠가 죽기 전에 말을 맺지 못하고 눈물만 흘리거나, 악인이 자신의 장기를 기증하고 죽는 경우도 있습니다. 그들은 사랑을 보았기 때문이지요.

아주 가끔 사랑은 인간의 상식을 벗어나 전혀 이성적이지 않은 선택을 하게 만듭니다. 나쁜 남자를 사랑하기도 하고, 나쁜 여자와 자신을 낳아 준 부모를 바꾸기도 하지 않습니까?

사실 그건 사랑이 아니라고 말하고 싶지만 설명할 방법이 없습니다. 사랑이 이성적이지 않을 때가 있다는 걸 경험으로 아는 까닭입니다.

놀라운 것은 사랑의 위대함은 바로 이러한 비이성적인 것에 숨겨져 있다는 것입니다. 일본인을 구하기 위해 지하철에 뛰어들어 자신을 희생한 그 젊은 한국인의 사랑이 바로 비이성적인 사랑 아닙니까?

우리는 매일 얼마만큼 사랑하는지 상대의 사랑을 저울에 달고 있습니다. 그리고는 내가 알고 있는 사랑의 무게보다 덜 나가면 화를 내고 분노합니다. 급기야는 실망하며 상대가 나를 사랑하지 않는다고 단정해 버리기도 합니다.

만일 아이들이 사랑이 어떻게 생겼는지를 묻는다면 뭐라고 대답하겠습니까? 정말 알고 있습니까? 혹시 자신의 바람을 사랑이라고 믿는 것은 아니겠지요.

이야기는 영원하다

　고대 그리스인들은 개념을 통해서 진실을 드러낼 수 있다고 믿었습니다. 무엇인가가 드러난다는 것은 눈에 보이지 않던 것들이 보이는 것을 말합니다. 그리스인들은 눈에 보이지 않는 진실을 알기 위해서는 개념을 이해할 수 있어야 한다고 믿었습니다. 그래서 발달한 것이 철학입니다.

　반면 히브리인들은 이야기를 통해서만 진실을 전달할 수 있다고 생각했습니다. 《성경》이 이야기로 되어 있는 이유는 이스라엘 민족이 진실을 전달하는 수단으로 이야기를 선택했기 때문입니다.

　이야기는 기억되는 것이고, 기억되는 순간 나와 무관하지 않은 정체성이 생깁니다. 그러므로 어느 순간 이야기를 들은 사람은 자신도 이야기 속의 한 부분으로 참여하게 됩니다. 따라서 수백 년 혹은 수천 년이 지나도 이야기에 동참하는 순간 그 시간의 차이를 극복하게 되어 과거와 현재는 의미를 상실합니다. 오직 이야기를 통해 공감하고, 그 이야기 속에서 관계를 형성하면서 내 삶의 이야기와 하나가 됩니다.

이처럼 인간은 이야기의 존재입니다. 이야기를 통해서만이 우리가 살고 있는 이유에 대해 말할 수 있고 어디로 가야 하는지도 들려줄 수 있습니다.

한 세대가 가고 또 한 세대가 오지만 이야기는 세대를 가르지 않습니다. 한 사람이 사는 동안 만들어지는 그 무수한 이야기들이 세대에서 세대로 전해질 뿐입니다.

많은 사람들이 자신에게 넘쳐나는 소설 같은 분량의 개인사를 전해질 수 있는 이야기라고 착각하기도 합니다. 그러나 '우리'가 빠져 있는 이야기, 인류 보편적 가치가 없는 개인만의 이야기는 한 세대를 넘지 못하고 사라집니다. 아무도 귀 기울이지도, 알아주지도 않고 사라질 개인만의 이야기를 열심히 쓰고 있는 사람들처럼 불쌍한 사람도 없습니다. 살아 있었다는 그 어떤 이야기의 흔적도 없이 사라질 운명이니까요.

그러므로 우리는 공동체 이야기를 통해 영원히 남는 이야기 속으로 들어가야 합니다.

영원의 세계가 오고 있다

시간은 반복적으로 주어지는 것일까요?

우리는 대개 그렇다고 인식하면서 살고 있습니다. 오늘 주어진 하루 24시간이 내일도 어김없이 반복적으로 주어져 우리를 시간 안에서 살게 할 것이라고 믿습니다. 마치 뱀이 자신의 꼬리를 물고 있는 것처럼 돌고 도는 원이라고 인식합니다.

그러나 시간은 직선입니다. 시작점 알파에서 오메가라는 끝을 향해 가고 있습니다. 시간은 목적 없이 주어지는 반복이 아니라 오메가를 향해 가고 있는 분명한 목적성을 가지고 있습니다. 역사는 그렇게 시간의 건너편에 있는 영원을 향해 흘러가는 것이지요.

인간 역시 그것에 맞추어 살아야 합니다. 그것에 맞춘 삶의 단어가 '지금'이라는 단어입니다.

'지금 내가 여기 있다!'

이것이 바로 역사이며 시간의 끝을 향해가는 존재감의 인식입니다.

여기서 중요한 질문 하나를 던져 보지요.

역사는 진보할까요, 퇴보할까요?

변화무쌍한 세계를 보면 진보하는 것처럼 보이기도 하고, 포악하고 흉악한 사람들이 늘어나는 것을 보면 퇴보하는 것처럼 보이기도 합니다. 사실 역사의 진보와 퇴보는 항상 동시성을 지니고 있습니다.

중요한 것은 시간이 목적을 향해 갈수록 영원성의 세계는 확장된다는 사실입니다. 극단적으로 보면 인류가 멸망으로 치닫는 것처럼 보이지만 시간의 목적성이 사랑이라는 영원성을 향해 가고 있는 것입니다. 그래서 역설적이게도 우리가 시간의 끝을 향해 가고 있는 것이 아니라 반대로 느리지만 분명하게 영원의 세계가 우리를 향해 다가오고 있습니다.

혼돈으로 가득 차 있는 고단한 세상에서도 우리가 살고 있는 이유는 시간의 저편에 있는 소망과 희망 때문입니다. 비록 우리는 알지 못하고 보지 못하지만 시간과는 반대로 영원의 세계가 조금씩 우리를 향해 다가오고 있는 것을 인식할 때 보이기 시작하는 것이 사랑입니다.

내 영혼의 집은 어디인가

아프리카에는 야명조라는 새가 있습니다. 낮에는 울지 않고 밤에만 특이한 울음소리를 내는데, 원주민들의 언어로는 마치 "내일이면 집 져야지. 내일이면 집 져야지." 하면서 구슬피 우는 소리로 들립니다.

밤이면 영하로 뚝 떨어지는 기온 때문에 추위에 떨며 밤이 새도록 울어 대지만, 아침이면 찬란한 햇살에 언제 그랬냐는 듯이 창공을 날아다닙니다. 그렇게 따뜻한 햇살에 취해 집 짓는 것을 잊어버리고는 밤이면 또다시 내일이면 집 져야지 하면서 목 놓아 울어 댑니다.

그런가 하면 어떤 새들은 바람이 가장 강한 날에 집을 짓습니다. 거친 바람이 불 때 집이 무너지지 않게 하기 위해서입니다. 비바람 속에서 고통과 고난으로 지은 집은 웬만한 폭풍우에도 끄떡없이 견딥니다.

우리도 인생이라는 집을 지어야 합니다. 우리 몸이 살고 있는 집은 단번에 사고팔 수도 있고 몇 개월 만에 뚝딱 지을 수도 있지만 인생이라는 집은 죽는 날까지 지어야 합니다. 수많은 비바람과 거센 파도를 만나면서 완성해 나가야 합니다.

그러나 인생의 집은 나 혼자만의 완성으로 끝나는 것이 아닙니다. 대를 이어 수 세대를 이어가며 인생이라는 집이 전해지고 전해지면서 그 속에 '우리가 살았던 이야기'들이 함께 남습니다.

많은 사람들이 아파트에서 살고 좋은 집에서 살고 있지만 어쩌면 우리들의 영혼은 야명조처럼 "내일이면 집 져야지." 하면서 울고 있습니다.

인생이라는 것은 영혼의 집을 짓는 긴 여정인데도 여행이 끝날 때쯤 돌아보면 많은 사람들이 집이 없어 갈 곳이 없습니다.

내 영혼의 집은 어디 있을까요?

어떠한 일이 있어도 영혼의 집 짓는 것을 내일로 미뤄서는 안 됩니다. 지금 내 인생에 비바람이 불어도 인생이라는 아름다운 집을 지어 영혼이 살게 해야 합니다.

육신의 장막은 때가 되면 사라지지만, 우리의 영혼은 영원 속에 남아 새로운 삶을 시작합니다. 그러므로 불멸은 인생의 집을 견고히 지은 자들의 세계입니다. 그 재료는 선과 사랑이라는 것을 깨달아야 합니다.

그대는 마음에 공중전화가 있는가

한때 미국의 모하비 사막에는 공중전화 한 대가 설치되어 있었습니다. 사막에서 조난을 당한 사람들을 위해 주정부가 설치한 것이었지만 애초의 의도와는 달리 이 공중전화에 걸려오는 전화가 더 많습니다.

의외로 많은 사람들이 이 공중전화의 번호를 누른다고 합니다. 아무도 받는 사람 없는 사막의 공중전화에다 사람들은 왜 전화를 거는 걸까요?

외로움 때문입니다. 이야기를 하고 싶어서입니다. 누군가 자신의 이야기를 들어주길 바라지만 들어줄 이가 아무도 없을 때 사막의 공중전화를 친구 삼아 인생사를 나누는 것이지요.

어디 그뿐인가요?

사람에게 말하면 다시 상처로 되돌아오지만, 사막에 홀로 서 있는 공중전화는 상처를 주지 않을 것이라고 확신한 것입니다. 게다가 사막에 혼자 서 있을 공중전화가 지금 자신의 처지처럼 외롭고 고독할 것 같은 동병상련까지 느낍니다.

어디 미국인들만 그럴까요?

휴대폰에 저장되어 있는 수많은 전화번호 중에서 힘들고 외로울 때 전화하려고 하면 막상 편하게 누를 수 있는 번호가 떠오르나요?

그러니 내 마음에다 먼저 공중전화를 설치해야 합니다. 고독에 몸 부림치는 누군가가 언제든 전화할 수 있는 대상이 되어야 합니다.

그러기 위해서는 내 마음이 사막에 서 있는 공중전화가 되어 길 잃은 나그네들에게 희망을 주고, 나 역시 외로운 밤을 보낼 때 다른 누군가의 마음에 전화를 걸 수 있어야 하지 않을까요?

그대는 누구인가?

우리는 무엇인가를 바라보는 존재입니다. 밤하늘의 별을 바라보며 견우와 직녀의 사랑 이야기를 하고, 오리온과 사자자리, 카시오페아처럼 수많은 전설을 만들어 내는 이야기꾼들입니다.

어디 그뿐인가요? 달 속의 토끼와 계수나무를 바라보며 꿈을 꾸다가 실제로 찾아간 사람들입니다.

그것만이 아닙니다. 우리는 밀랍 날개를 달고도 태양을 향해 솟구치는 이카루스입니다. 어린아이처럼 일곱 색깔 무지개를 찾아 동산을 헤매는 사람이기도 합니다.

그런데 고통을 바라보는 그대는 누구입니까?

부질없는 생각과 감정에 갇혀 고통의 잔치를 벌이고 있는 그대 말입니다.

그대는 본래 모든 걸 인식하는 존재입니다. 옳은 것과 옳지 않은 것을 단번에 느낄 줄 아는 존재입니다. 고통과 불안 그리고 물질의 욕망을 부추기고 있는 존재, 그대 안에서 그대인 척하는 정체불명의 그는 누구입니까?

그대는 누구입니까?

모든 걸 인식하는 그, 모든 걸 알기에 언제나 평화만 있는 그, 순수를 알고 사랑을 알고 부족함이 없는 그, 그가 진짜 그대입니다.

우리는 길을 가야만 한다

그대는 나그네입니다.
누군가는 별을 향하여
또 누군가는 태양을 향하여
길을 떠나야 합니다.
그대는 알고 있습니다.
다가갈수록 별은 멀어지고
태양은 사라진다는 사실을.
비바람이 칠 때마다 누군가는
그냥 집을 짓고 안주하자고 말하지 않았습니까?
결국 그대는 가던 길을 멈추고 말았습니다.
이제 더 이상 나그네가 아니라고 말합니다.
그리고 더 큰 집을 짓기 위해
다른 이들의 것을 빼앗기 시작했습니다.

그러나 누구도 가던 길을 멈출 수는 없습니다.
길을 멈추는 순간 생명이 다하는 것입니다.
그대는 너무 오랫동안 멈추고 안주했습니다.
이제 어디로 가야 할지 방향마저 잃었습니다.
가진 것이 너무 많아
그 모든 것들을 두고 떠난다는 것은
있을 수 없는 일이라고 생각합니다.

그러나 그대는 나그네입니다.
반드시 떠나야만 합니다.
안주한 자들은 죽음이 데려간다는 걸
눈으로 확인하고 있지 않습니까?
바보처럼 죽음을 기다려서는 안 됩니다.
나그네가 되어 낯선 세상으로 떠나는 것만이
살아남는 길임을 깨달아야 합니다.
영원이란 길을 가는 자들의 세계입니다.
밤하늘의 별 하나를 붙잡으십시오.
그것은 지혜입니다. 안내자입니다.
그대를 영원의 세계로 데려갈 것입니다.
뒤돌아보지 마십시오.
그대가 이루어 놓은 것들은
신기루처럼 사라지는 것들입니다.

어느 누가 그것들을 지킬 수 있겠습니까?

멀리 보이는 별 하나만 붙잡으십시오.

그대가 다가갈수록 별이 멀어지는 것은

날아나는 것이 아닙니다.

따라오라는 몸짓입니다.

우리는 가야 합니다.

그 어디에도 머물러서는 안 됩니다.

나그네가 사는 길은

끝없는 길을 가는 것입니다.

내일은 없다

그대의 오늘은 어제의 내일이었습니다.

어둠이 찾아온 지금 그대는 내일을 바라보고 있습니다.

조금 성급한 이들은 오늘은 이미 지나간 것처럼 생각합니다.

그러나 오늘은 아직 가지 않았습니다.

그대에게 묻겠습니다.

오늘은 정말 어제의 내일이었습니까?

혹시 어제를 그대로 붙들어 놓은 것은 아닙니까?

지금 그대가 기다리는 내일은 정말 오는 것입니까?

만일 내일이 새로 다가오는 것이 아니라 오늘이 내일로 가고 있는
것이라면 우리의 내일은 무슨 의미가 있을까요?

그대는 오늘을 아무 의미 없이 보내도

어김없이 내일이 온다는 걸 알고 있습니다.

그러나 오늘은 어제의 내일이 아니라

그대가 헛되이 보낸 오늘처럼 내일은 오늘의 반복일 뿐입니다.

오늘 죽은 사람에게 내일은 없다는 것을 그대는 이미 알고 있습니다.

그것이 어니 오늘 죽은 자들에게만 해당되는 것입니까?

내일이란 처음부터 없는 것입니다.

그러므로 오늘에 최선을 다하십시오.

오늘, 뜨겁게 사랑하고 아름답고 선한 행복을 누리십시오.

조금은 무료하다면 이유 없이 소리 내어 펑펑 울어 보십시오.

슬픔이 뭔지 알 수 없는 느낌으로 그대의 마음을 적실 때 마음의 눈이 뜨일 것입니다.

비로소 그때서야 진짜 내일이 보일 것입니다.

그대는 기쁨을 아는가

우리는 사람을 통해 기쁨을 얻으려고 합니다.

사람은 기쁨을 주기도 하지만 기쁨을 빼앗아 가기도 한다는 사실을 알아야 합니다. 간혹 그 사실을 잊은 채 기쁨을 앗아간 사람을 원망할 때가 있습니다. 원망의 대상은 언제고 뒤바뀔 수 있습니다. 인간이 주는 기쁨이란 본래 금방 사라지는 것이기 때문입니다. 기쁨의 성질이 그렇습니다.

기쁨은 선물을 잔뜩 실은 마차와 같습니다.

마차가 당도했을 때 사람들은 탄성을 지르지만, 선물을 모두 내려놓고 나면 쓸쓸히 돌아가는 빈 마차 같습니다.

선물을 실은 마차가 바로 우리가 알고 있는 기쁨 아닙니까?

그러나 그것은 욕망입니다. 욕망을 내려놓으십시오. 마부에게 시원한 물 한 잔을 건네고, 말에게 감사하십시오.

욕망을 내려놓은 말에게는 아직도 수레를 끌어야 하는 힘든 여정이 남아 있습니다. 인생이란 마부의 삶이 아닙니다. 우리는 '말'입니다. 어느 누구도 굴레를 벗어던질 수 없는 것이 우리 인생입니다. 그러니 마차에 가득 실은 선물은 우리의 등을 무겁게 할 뿐입니다.

기쁨이란 인간의 것이 아닙니다.

고난이 주어졌을 때 신 앞에 무릎을 꿇고 기도하듯이 기쁨도 그렇게 받는 것입니다.

그런 기쁨은 사라지지 않습니다. 지금 살아 있다는 것, 그 이상의 기쁨이 없기 때문입니다. 그러므로 고통과 슬픔에 몸부림칠 때에도 우리는 감사 기도를 해야 합니다. 기쁨으로 서로를 위로해야 합니다.

그대에게 바랍니다.

부디 채찍을 휘두르기 전에 말의 눈동자를 보십시오.

그 용맹과 충성 속에 슬픔을 간직한 눈을 보십시오.

우리가 바로 그 말입니다.

선물을 잔뜩 실은 마차가 오거든 가난한 자들을 불러 모으십시오. 그 순간 축제가 벌어질 것입니다. 마부가 춤추고 말이 춤추면 고아와 과부도 기쁨으로 춤출 것입니다.

어둠의 공간

어떤 공간에 들어서면 문득 공간이 던지는 질문을 느낄 때가 있습니다. 시장에 가면 뭔가 분주한 기운을 느끼며 나태한 내 삶에 질문을 던지게 됩니다. 교회나 성당 그리고 절간에 들어서면 자신도 모르게 엄숙한 질문 앞에 서게 됩니다. 공동묘지에 들어서면 살아 있는 것의 의미와 언젠가는 죽음으로 돌아가야 한다는 것에서 인생의 허무와 가치를 동시에 느낍니다.

이처럼 공간은 우리에게 질문을 던지고 때로는 침묵으로, 때로는 감사로 답하게 합니다.

인생을 알고 삶의 지혜를 깨닫게 하는 공간 중에는 어둠의 공간이 있습니다. 빛이 사라진 어둠 속에서 내면의 성찰을 하다 보면 환한 대낮에도 보이지 않던 것들이 많이 보입니다.

그래서 밤은 성찰의 시간입니다. 분주하던 일상의 흐름을 멈추고 모든 것이 내일을 위해 죽는 시간입니다. 잠자는 시간 또한 내일을 위해 오늘의 나를 죽여 내일의 소생을 깨닫도록 신이 마련한 시간입니다.

언제부턴가 사람들은 더 이상 어둠 속에서 자신을 성찰하지 않습니다. 어둠의 공간을 두려워하고, 어둠에 비친 자신의 존재를 외면합니다.
텔레비전을 보면서 드라마에 빠지고 밤새워 컴퓨터 게임을 합니다. 어둠을 잊은 도심은 화려한 조명 아래 낮처럼 시끌벅적합니다.
잠이나 자기 위해 어둠을 만들어 내고 있는 현대인들에게 어둠은 성찰의 공간은커녕 불청객으로 인식되고 맙니다.

이제 스스로 어둠의 공간을 마련할 때입니다.
조용히 인생을 돌아보고 지혜를 깨닫는 성찰의 공간을 내 삶의 공간으로 빚어 내야 합니다.
어둠 속에서 별빛을 보고 달빛을 느끼면서 반딧불이가 나는 것을 보아야 합니다. 어둠 저편에서 희망의 태양이 떠오르고 있는 것을 아는 내가 되어야 합니다.

깊은 침묵 속으로

언어는 스스로 일을 합니다.

내가 사용하는 언어가 내가 살아가는 세상을 만듭니다.

내가 아름다운 말을 하면 상대도 아름다운 말을 해 줍니다.

내가 친절한 말을 하면 상대도 친절하게 말합니다.

그래서 언어는 존재의 집이라고도 합니다.

살다 보면 쓰지 말아야 할 단어를 빈번하게 사용하기도 하고, 말로 혼돈을 빚기도 합니다. 그래서 가끔씩 우리는 언어의 세계가 아닌 침묵의 세계로 들어가야 합니다.

몇 년 전 개봉한 〈위대한 침묵〉이라는 다큐멘터리 영화가 있습니다. '카루투시오 수도원' 수도사들의 일상을 담은 영화입니다. 다큐멘터리 작가가 무려 16년 동안 부탁해서 겨우 허락을 받아 수도원의 생사랑의 흔적이 무엇입니까?

그대를 좋아하는 사람들이 많은 것입니다.

그대와 함께 있으면 많은 사람들이 행복한 것입니다.

그대는, 그런 사람인가요?

활을 찍을 수 있었다고 합니다. 내레이션이나 음향효과를 넣지 않고 수도생활 영상과 소리만으로 구성된 침묵의 다큐멘터리입니다.

침묵의 수도원에서 들려오는 소리라고는 사람들이 걷는 소리, 옷깃을 스치는 소리, 낙숫물 떨어지는 소리, 조리하는 소리들뿐입니다. 사람의 말소리가 빠진 소리 하나하나가 신비롭게 들려옵니다.

이쩌면 정말 지루할 수 있는 영화입니다. 그러나 때로 언어에 지쳤을 때 말하지 않고 살 수 있는 생활도 필요합니다. 그래서 막스 피카르트는 "침묵을 배경으로 하지 않는 말은 소음"이라고 했습니다.

우리는 너무나 많은 말들을 쏟아내고 삽니다. 그래서 힐링 명상이라는 것은 시간을 갱신하는 순간을 만드는 일입니다. 내 모든 삶을 원점에서 시작하는 혼자만의 침묵 속으로 깊이 들어가는 것입니다.

경험해 보지 않은 사람들은 고독할 것이라 생각하겠지만 그와 반대입니다. 침묵 속으로 깊이 들어가면 고요한 평화를 만나게 됩니다. 그러다 보면 어디선가 낯익은 존재를 만나게 됩니다. 모든 걸 인식하는 자기 자신입니다. 그가 얼마나 선하고 사랑을 품은 존재인지는 깊은 침묵 속으로 들어간 자만이 압니다. 자기 안의 그를 본 자는 악해질 수가 없습니다. 그는 사랑이기 때문입니다.

사랑을 찾아

그대는 사랑한다는 말을 합니다.

사랑은 꼭 말로 해야만 아는 것은 아니라며 표현하지 않는 사람들도 있습니다.

사랑이란 말도 아니요 침묵도 아닙니다.

단지 내면 깊은 곳에 흔들림 없이 서 있는 촛불처럼 인식하는 존재입니다. 마음은 바람에 요동치고, 생각은 파도를 만들어도 항상 그 자리에서 자신을 태우고 있는 존재.

사실 그대도 그 존재를 알고 있습니다.

화가 난 그대를 바라보고,

슬픔에 젖은 그대를 지키는 존재.

그는 있어 주기만 합니다.

분노와 가슴 아픈 고통에도 동요하지 않고 청정하게 기다리기만 합니다.

그는 열정이라는 사실을 잊지 마십시오.

언제나 불꽃 속에서 자신을 말하지 않으면 견딜 수 없고, 진실이 아니면 침묵으로 자신을 태웁니다.

자기 안에 있는 사랑을 발견한 사람은 목숨마저 내어놓을 수 있습니다. 그 길이 영원의 길이라는 사실을 스스로 인식하기 때문입니다.

그대 안에는 세상의 모든 가치를 알고, 모든 걸 인식하는 사랑이라는 존재가 있습니다.

그와 하나가 되십시오.

그 고결한 존재는 그대에게 끝없는 열정으로 말하고

죽음보다 더 깊은 침묵으로 기다립니다.

그를 만나십시오.

그대 안으로 들어가서 그와 하나가 되십시오.

사랑을 찾아 하나가 되십시오.

부정의 덫을 피하는 법

미국의 제16대 대통령 에이브러햄 링컨은 남북전쟁에서 승리하고 미국을 하나로 통일한 사람입니다. 승리의 비결을 묻는 사람들에게 그는 이렇게 말했습니다.

"내가 성공한 것은 내 주위의 부정적인 사람은 멀리하고, 긍정적인 사람을 가까이 두었기 때문입니다."

그렇습니다. 지금 내 주변에 어떤 친구가 있는지, 어떤 말을 듣고 어떤 글을 읽는지가 내 인생을 좌우하고, 내 미래에 영향을 미치는 것입니다.

늘 부정적인 사람과 가까이 있는 사람은 그 안 좋은 영향력에 이끌려 파멸에 가까워질 수밖에 없습니다. 누군가 나를 찾아와 다른 사람의 흉을 보면 듣기 싫을 때가 많습니다. 그럴 때는 딴생각을 하곤 합니다. 그런데도 그 찝찝함이 남는 걸 보면 어느 틈에 이미 내 안에 부정적인 영향력이 스며든 것이겠지요.

함께 흉을 보면 그 파괴력은 더 커집니다. 혈압을 상승시키고, 심전도 이상이 나타나는 것은 물론 모든 신체 기능을 안 좋게 만듭니다. 그런데도 사람들은 속이 후련하다느니, 스트레스가 풀렸다느니 말하곤 합니다.

하지만 남의 흉을 보며 소근거리는 것이, 그 부정적인 말과 생각이 어떻게 자신을 이롭게 할 수 있겠습니까? 그저 자기 스스로를 파괴하면서 흥분하고 좋아하는 것일 뿐입니다. 알코올 중독, 마약 중독 등 모든 중독들이 순간적으로는 쾌감을 주고 만족을 주어 행복한 것처럼 착각하게 만들지만 결국 자신을 망치고 마는 것과 같습니다. 부정한 영향력이야말로 자신에게 치명적인 독이며, 나아가 많은 사람들을 파멸시키는 행위입니다. 만일 누군가가 다른 사람을 핑계 삼아 부정적인 말을 하고 있다면 가능한 한 그 자리를 피하십시오.

반대로 그대가 누군가를 진심으로 사랑한다면 어떤 일이 벌어질까요? 그야말로 한 사람을 변화시키는 놀라운 기적이 일어날 겁니다.

그런데 혹시 이런 질문을 하고 싶은가요? 남편을 혹은 아내를 그렇게 하고 있는데 변화되지 않는 이유가 뭐냐고……

바로 그대가 그 이유입니다. 사랑이 뭔지 모르기 때문입니다. 농사를 짓는 방법을 알아야 열매를 맺게 할 수 있습니다. 사랑도 알아야 잘할 수 있습니다. 모르면 배워야 합니다. 세상의 어떠한 것도 습득하지 않으면 내 것이 될 수 없습니다.

이제 묻겠습니다.

언제 사랑을 배운 적이 있나요?

자신 있게 사랑은 이런 것이라고 말할 수 있나요?

많은 사람들이 아마 이렇게 대답할 것입니다.

사랑이 꼭 배워야 아는 것이냐고, 인간이라면 저절로 아는 것 아니냐고…….

아닙니다.

우리가 저절로 알고 느끼는 것들은 양심이 내는 깨달음의 소리들입니다. 사랑은 우리 안에 있는 내면의 목소리가 아닙니다. 사람과 사람 사이, 세상의 모든 것들 사이에 자신이 전해지기를 기다리는 것이 사랑입니다. 사랑을 내 안에 있는 내 것으로 착각해서는 안 됩니다. 사랑은 배우지 않으면 알 수 없고, 알지 못하면 사용할 수 없는 외국어와 같습니다. 하지만 또 세상에서 가장 쉽게 배울 수 있는 언어가 바로 사랑입니다. 우리는 절대적인 사랑으로 창조되었기 때문입니다.

이제는 부정적인 말로 소근거리지 마세요.

누군가의 귀를 잡아당겨 입김을 살짝 불면서 사랑한다고 말해보세요. 사랑이, 살아서, 움직이기 시작할 것입니다.

크로노스의 시간, 카이로스의 시간

시간을 의미하는 헬라 어 단어는 크게 두 가지가 있습니다.

하나는 크로노스입니다. 이것은 연대기적인 일 년 365일 흘러가는 시간을 말합니다. 또 하나는 카이로스입니다. 이는 의미가 들어 있어 충만한 시간을 말합니다. 크로노스를 양적인 시간이라고 한다면, 질적인 시간이 카이로스라는 것입니다.

모든 사람에게는 자신이 태어난 순간이 있습니다. 바로 그 순간부터 초시계는 눈 깜짝할 사이에 1초가 흘러가고 금세 1분이 됩니다. 한 시간은 또 어떤가요? 하루는요? 24시간은 하루라는 날로 합해져 단번에 지나갑니다. 한 달 역시 화살처럼 날아가 버리고 어느새 한 해가 다 가고 맙니다. 봄이 지나가고, 여름 해변에 한번 다녀와 가을 단풍 구경 한번 갔다 오면 눈이 내립니다. 그러다 보면 일 년이 지나고 사람들은 새해가 왔다고 환호성을 지르며 해돋이를 기다립니다.

인생이 참 허무하지 않습니까?

크로노스의 시간을 산다는 건 슬픈 일입니다. 어떤 시인은 인생이 짧기에 의미가 있다고 했지요. 그럴지도 모릅니다. 만일 우리가 천 년을 사는 존재라면 그래도 삶이 소중하다고 말할 수 있을까요? 사람들은 오히려 죽고 싶다고 노래할지 모릅니다. 이렇게 잠깐 사는데도 견디지 못하고 많은 사람들이 자살을 택하는데, 천 년을 산다면 어떻겠습니까? 그러니 오래 산다고 해서 꼭 행복한 것은 아닐 겁니다.

하루를 살아도 카이로스의 시간을 살아야 합니다. 어떻게 살아야 의미 있는 시간을 사는 것일까요? 의미라는 것도 알고 보면 지극히 개인적인 것일 수 있습니다. 자신에게는 의미가 되지만 다른 사람에게는 고통이 될 수도 있기 때문입니다. 그렇다면 절대적으로 의미 있는 카이로스의 시간이란 어떤 시간을 말하는 걸까요?

그건 다른 사람을 위해 기도하는 시간을 말합니다. 아무도 보지 않는 곳에서 타인을 위해 진실한 기도를 한다는 건 결코 쉬운 일이 아닙니다. 손오공이 주문을 외우듯이 중보기도를 하는 것이 아닙니다. 자신의 모든 걸 내려놓고 혼신의 힘을 쏟아 피땀 흘리며 기도하는 시간, 그것이 바로 카이로스의 시간입니다.

종교인이나 신앙심 있는 사람에게만 해당되는 것이 아닙니다. 누군가를 간절히 사랑하고 그를 위해 자신을 헌신하는 시간도 카이로스의 시간입니다. 누군가의 목숨을 구하고 죽는 사람은 영원한 카이로스의 시간 속에 다시 부활하는 것입니다. 카이로스의 시간 속에서 우리는 그렇게 사랑을 완성하게 될 것입니다.

미완의 법칙

아무거나 잘 먹는 사람을 보고 잡식성이라고 하듯이 배우는 것이라면 그게 무엇이든 잡식으로 배우려고 노력하며 살았습니다. 성격상 적당히 물러나지 않고 진리가 있다면 깊이 파고들어 끝을 보려는 경향이 있다 보니 남들보다 조금은 깊이 들어가 본 것들도 있습니다.

하지만 그럴 때마다 깨닫게 되는 것은 인간의 한계에 대한 것이었습니다. 자신의 부족함을 알게 되는 것이지요. 이게 어디 혼자만 느낀 한계일까요, 당대의 역사를 바꾼 영웅호걸이 그랬을 것이고, 천지만물의 조화를 깨달은 철학의 대가들이 그랬을 겁니다.

종교인은 어떤가요? 오랜 세월 고행으로 수도한 성철 스님이 입적하기 전에 남긴 열반송, 자신의 죄가 수미산보다 커서 지옥으로 간다는 말씀에서 인간의 한계를 다시금 느끼게 됩니다. 기독교 신앙을 가진 사람들은 또 어떻습니까? 어느 누가 스스로 구원을 받았노라, 영생을 얻었노라, 자신 있게 말할 수 있겠습니까? 그렇게 말하는 사람이 있다면 그 순간 자신의 무지를 드러내는 것밖에는 안 됩니다. 순전한 은혜가 아니면 그 어떤 인간도 극복할 수 없는 자기 한계가 있습니다.

인간의 가장 대표적인 자기 한계는 한 치 앞을 내다볼 수 없다는 사실입니다. 내일을 아는 인간은 아무도 없습니다. 결국 우리는 미완의 법칙 속에 존재하는 생명체임을 자인해야 합니다. 인간에게 완성이란 없습니다. 절대적인 논문도 상대적으로 깨지고, 상대적인 우위에 놓인 논문 역시 당대가 지나면 보잘 것 없는 것으로 전락하기 쉽습니다.

그렇다면 인간에게 완성이란 없는 것인가요?

모든 것이 미완으로 끝나야 하는 것일까요?

아닙니다.

인간이 완성할 수 있는 것이 딱 하나 있습니다. 그것은 바로 사랑입니다. 〈사랑은 미완성〉이라는 노래가 있지만 실은 그 반대입니다. 사랑에는 미완성이 없습니다. 왜냐하면 사랑은 처음부터 완성으로 우리 앞에 와 있기 때문입니다. 첫사랑을 경험한 사람들은 모두가 알고 있는 사실 하나가 있습니다. 내 존재의 사라짐! 나는 사라지고 오직 사랑의 대상만이 내 안에 살아 있던 걸 기억합니다.

왜 그럴까요? 사랑이란 도대체 무엇이기에 그 대상에 빠지면 그토록 고집스럽고 이기적이던 자아가 사라질까요? 그 어떤 위대한 힘이 그 안에 있기에 모든 걸 헌신하고 목숨까지 내던질 수 있게 만드는 것일까요?

사랑 자체가 목숨이기 때문입니다. 바로 생명이기 때문입니다. 사랑하는 순간 나 자신이 스스로 나를 버리고 사랑으로 승화되기 때문입니다. 그러므로 내가 가장 연약할 때 진짜 사랑을 발견할 수 있습니다. 자신의 내면이 강하면 강할수록 사랑은 멀어집니다. 사랑은 연약한 나를 강하게 하는 속성이기 때문입니다.

우리가 지금 이 삶을 살고 있는 건 사랑을 완성하기 위해서입니다. 내 한계를 알 때, 나 자신이 얼마나 부족하고 모자란 존재인지 깨달을 때 비로소 사랑의 완성은 시작됩니다.

여기서 중요한 것은 사랑의 완성이란 바로 나 자신의 완성이라는 걸 알아야 한다는 점입니다. 사랑은 결코 내가 될 수 없기 때문에 내가 사랑 안에 살 때 '사랑이 되는' 미완의 법칙입니다. 사랑이 나를 찾아오는 것이 아니라 내가 사랑 안으로 들어가는 것이 미완의 법칙입니다.

어쩌면 그 법칙을 인정하는 순간 세상에서 가장 힘없고 상처 받은 내 영혼이 세상의 그 어떤 악도 파괴할 수 없는 선으로 태어날 것입니다. 사랑은 우리 앞에 완성으로 우뚝 서 있는 절대 '선'이기 때문입니다.

똑똑…… 마음을 노크하는 사람

우리는 마음이 외롭거나 아플 때 누군가가 위로해 주기를 바랍니다. 내 마음을 알아주기를 바라지요. 그럴 때 사람들은 흔히 상대의 마음을 안다고 말합니다. 마음을 안다는 것, 마음 상태가 어떤지 안다는 뜻에는 두 가지가 있습니다.

하나는 슬픈지 행복한지와 같은 현재 감정을 안다는 것이고, 다른 하나는 마음의 모양 그러니까 마음이 어떻게 생겼는지를 마치 얼굴 생김새처럼 안다는 뜻입니다.

그대는 어떤 뜻으로 말하나요?

누군가가 내 마음을 안다고 말할 때 대개는 지금 내 기분을 안다는 뜻으로 이해하곤 합니다. 다른 사람의 마음을 이해한다는 건 사람에게 대단히 중요한 일입니다. 모든 인간관계가 상대의 마음을 아는지 모르는지에 따라 성공과 실패가 좌우되니까요.

특히 신뢰성의 문제가 개입되면 곤혹스러워지기도 합니다. 한쪽에서는 마음을 보여 달라고 조바심 내고, 마음을 보여 줘야 하는 쪽에서는 어떻게 자신의 마음을 보여 줘야 할지 전전긍긍하는 걸 종종 보게 됩니다. 그러다 보면 마음을 보여 주는 것이 곧 뇌물을 주거나 선물을 주는 것으로 왜곡되는 일도 있지요.

그런데 사람들은 정말 다른 사람의 마음을 아는 것일까요? 그러려면 타인의 마음을 알기 전에 당연히 내 마음은 어떻게 생겼는지 알고 있겠죠. 어떻게 생겼나요? 인간의 마음은 이렇게 생겼다고 말해 줄 수 있나요? 예를 들면 크기는 어느 정도이고, 색상과 모양은 어떤 형태를 띠고 있는지…….

마음은 그렇게 말할 수 있는 것이 아니라고요? 형이하학적으로 나타낼 수 있는 것이 아니라 뭐라고 쉽게 설명할 수 없다고요? 그럼 모순이네요. 이심전심 서로 상대의 마음을 잘 아는 것처럼 말해 왔으면서 정확히 마음이 뭔지 모른다는 건 이상하지 않은가요? 혹시 우리는 여태껏 그때그때의 생각을 마음이라고 혼동한 것은 아닌가요?

그렇다면 마음은 뭘까요? 내 안에 있는 어떤 것이 마음이라는 이름으로 존재하는 것은 분명한데 형체는 띨 수 없는 '그 무엇'이 마음 아닐까요? 여기서 말하는 '그 무엇'은 또 뭘까요?

그건 바로 정체성입니다. 다른 누군가에게 '나'라고 자신 있게 말하는 당당한 자아가 바로 마음입니다. 그렇다면 '아이덴티티가 마인드라는 말인가?' 하는 의문이 들 테니 먼저 정체성에 대해 알 필요가 있습니다.

정체성(아이덴티티: identity)은 E. H. 에릭슨의 정신분석적 자아심리학과 G. 올포트의 인격심리학 등에서 사용한 용어입니다. 사회에 둘러싸여 있는 개인으로서의 자신이나 집단으로서의 자신이 타자(他者)와는 다른 어떠한 고유의 의미를 갖는 존재인지 아닌지를 문제로 할 때 기초가 되는 개념으로, 자신이 어떠한 사람인지를 다른 사람에게 이해시킬 수 있는 형태로 나타내는 표지입니다. 계속성이 있는 신체적 특징이나 이름, 부모나 혈연집단과의 관계 명시, 그 외 사회가 중요하다고 생각하는 여러 집단·단체·조직에 귀속되어 있음을 명시하는 것 등이 표지로서 이용됩니다.

내가 아무개라고 이름을 말하는 것만으로는 정체성을 나타낼 수 없는 경우가 많기에 상대가 납득할 만한 아이덴티티를 제시하지 않으면 신뢰받을 수 없는 것입니다.

이렇게 정체성에 대한 설명을 살펴봐도 여전히 마음이 무엇인지 알기는 어렵습니다. 좀 더 쉽게 접근해 볼까요.

마음은 내가 좋아하는 것과 싫어하는 것 사이에 있는 원형 추와 같습니다. 다시 말하면 이리 갔다 저리 갔다 하는 것이죠. 그렇다고 변하는 것은 아닙니다. 원형 추는 그대로이고, 단지 상황에 따라 좋은 곳과 안 좋은 곳을 이동하는 것이지요.

여기서 중요한 것은 마음은 스스로 움직이지 못한다는 사실입니다. 꼭 상대나 상황에 따라 수동적으로 이동하기 때문에 내 의사와 상관없이 상처 받을 수 있습니다. '생각'은 내가 하는 것이라면, '마음'은 내 생각보다는 타인의 생각이나 상황에 따라 추상적으로 움직이는 것입니다.

그런데 여기서 정체성이 끼어들지 않으면 안 되는 것이 마음에도 정체성이 있기 때문입니다. 마음이란 놈의 정체성은 과거 지향적입니다. 첫사랑을 못 잊어 한다는 뜻입니다. 한번 어떤 곳에 이동하면 그곳이 좋은 곳이든 나쁜 곳이든 그곳으로만 돌아가려고 합니다. 새로운 환경이 주어져 현재가 행복한 상황인데도 어느 순간 불행했던 곳에 가 있는 것이 마음입니다. 그래서 마음이 상처를 받으면 치유가 어렵습니다.

그런데 알고 보면 인간의 마음처럼 다루기 쉽고, 언제든지 움직이게 할 수 있는 것도 없습니다. 사람의 마음은 아기와 같답니다. 눈을 마주치며 안아 주고, 먹을 걸 주고, 대소변을 받아주며 함께 놀아 주면 어느 순간 나를 따르며 좋아합니다. 이렇듯 마음은 엄마에 의해 달라지는 아기입니다. 그러니 누군가 내게 짜증을 내면 예쁜 아기가 젖 달라고 우는 것이라 생각하십시오.

마음이 우울하고 외롭고 아픈 것은 그리움 때문입니다. 나를 사랑했던 그리고 내가 사랑했던 세계를 그리워하는 아기가 울고 있기 때문입니다. 엄마라는 자리에 있어 본 사람들은 조금만 깨달으면 사람의 마음을 얼마든지 치유해 줄 수 있습니다.

내가 사랑 안으로 들어가야 하듯이 마음도 상대의 마음 안으로 들어가야 합니다. 내가 상대의 마음 안으로 들어갈 때 비로소 내 마음도 볼 수 있습니다. 마음은 내 눈으로 볼 수 있는 것이 아니라 오직 상대의 마음을 통해서만이 볼 수 있는 거울입니다.

죽기 전에 자기 마음을 본 사람은 깨달은 사람입니다. 상대를 통해 자신의 마음을 볼 수 있는 지혜를 가진 사람이 얼마나 될까요?

거짓과 허영을 버리고 아기처럼 순수하게 보채십시오. 보잘 것 없는 자만과 이기적인 마음을 버리고 아기처럼 순수하게 떼쓰십시오. 인간의 마음이 가장 아름다울 때는 아무런 저항 능력이 없는 아기처럼 울 때입니다. 순수로 채워지는 순간이기에 그렇습니다.

우리는 가장 연약할 때 진짜 사랑을 받을 수 있습니다. 사랑은 나약하고 연약할 때 우리 마음속에 들어와 소리 없이 피는 꽃입니다. 누군가를 사랑한다면 그가 강할 때 들어가지 마십시오. 아무도 찾는 이 없이 외로운 사람이 되어 있을 때 희망의 꽃이 되어 주십시오. 만일 그가 수줍어한다면 똑똑 노크를 하고 "나 들어가도 돼요?" 하고 물어보십시오. 그는 약간 어색한 미소를 띠면서도 마음의 문을 열어 줄 것입니다.

죽음에 대하여

지금 이 시대를 살아가고 있는 사람들은 백여 년 후면 모두 죽고 없을 것입니다. 우리 모두가 죽을 것이기 때문에 지금 무슨 일을 하든 모두 의미 없는 것이라고 생각할 수 있습니다. 이것은 인간만이 할 수 있는 참 특이한 생각입니다. 백 년 후에 우리가 죽는다는 사실이 왜 지금 하는 모든 것이 모두 부질없는 일에 불과하다는 것을 의미하는지 분명하지 않기 때문입니다. 그 생각이 의미하는 바는 아마도 우리가 삶 속에서 거둔 성취가 영원한 것일 때만 의미를 가진다고 여기는 것이겠지요.

그러나 우리의 성취는 찰나적인 것입니다. 어떤 경우에도 우리는 불멸을 바랄 수 없습니다. 불멸성의 작은 일부조차도 바라기 힘듭니다. 만약 우리가 하는 일이 외적으로 볼 때 덧없는 것이라면, 우리는 그 의미를 우리 삶의 내부에서 찾아야 합니다.

그러나 이런 철학적 사고의 완성은 매우 어려운 일입니다. 우리가 살아 있는 동안에 하는 대부분의 일에는 그것이 크든 작든 정당한 이유나 설명이 있게 마련이지만, 그 어떤 것도 인생 전체의 의미를 설명하지는 못하기 때문입니다.

사람들은 죽음을 생명이 끝나는 것으로 생각해 두려워하거나 무서워하며 논하기를 꺼립니다. 물론 죽음에 대한 정확한 정의를 내리기는 쉽지 않습니다. 다만 죽음에 대해 무지한 탓에 공포나 두려움을 갖기보다는 죽음을 올바르게 이해하여 생명의 우연성(왜 태어나야 하는가?)과 유한성(왜 죽어야 하는가?)을 인식할 필요가 있습니다. 그 인식을 바탕으로 현재의 삶을 잘 파악하여 생명의 시간을 낭비하지 말고보다 높은 정신적 삶의 가치와 진정한 행복을 찾아야 합니다.

죽음에 대한 탐구는 좁은 의미로는 죽음학이지만 넓은 의미로 보면 생사학이라고 할 수 있습니다. 생명의 의미, 삶의 의미, 죽음의 의미는 무엇인가에 모두 관심을 갖기 때문입니다.

갑자기 찾아온 죽음 앞에서 사람들은 당혹해합니다. 그러나 시간이 지나면 오늘의 이 죽음들은 자신과 상관없는 죽음이 되어 잊혀집니다. 아무리 많은 사람들이 죽어도 자신만 죽지 않으면 되는 것인 양실제로 천년만년 살 것처럼 오만해집니다.

사건 사고가 날 때마다 그곳에 바로 나 자신이 있다거나 소중한 가족이 있다고 공감할 줄 알아야 합니다. 진정으로 죽음을 이해함으로써 왜 우리가 서로 사랑하면서 살아야 하는지 깨달아야 합니다.

소크라테스가 독배를 마신 이유

소크라테스가 살았던 당시 아테네 사람들을 보면 오늘날의 한국 사람들과 너무도 닮았습니다. "인간은 자아를 인식할 때 행복해질 수 있다."라는 소크라테스의 말은 당시 사람들에게 전혀 통하지 않았습니다. 왜냐하면 당시 아테네도 지금의 한국처럼 상업사회였고 모두가 자신이 잘났다고 떠들어대던 시기였기 때문입니다. 한마디로 내면의 자아가 상실된 겉모습만 치장하던 시대에 '너 자신을 알라!'며 인문학적인 주제 파악을 하라니 아테네 사람들이 화가 난 것입니다.

아이러니한 것은 사형을 언도받은 소크라테스의 죄목입니다. '젊은이들의 영혼을 유혹한 죄!' 납득하기는 어렵지만 조금만 비틀어 생각하면 그 죄는 얼마든지 성립될 수 있고, 당시 민중들을 헷갈리게 할 수 있었던 기가 막히게 절묘한 죄목 아닐까요?

소크라테스는 그냥 좌충우돌하면서 막살던 사람들에게 일종의 인문학 뇌 만들기를 시도한 것입니다. 무엇이 선이고 악인지 구분하지

못하고 무조건적인 자유 속에서 방종한 아테네 청년들에게 질문을 던졌다는 것은 당시의 체제를 뒤엎는 것이었습니다.

어느 시대건 민중이 깨닫는 걸 가장 불안해하는 사람들은 기득권자들입니다. 기득권자들 입장에서는 민중은 무지해야만 하고, 지식인은 악법이라도 만들어 굴복시켜야 했습니다. 오늘날의 권력이 가진 무소불위의 횡포도 그 시대와 하나도 다르지 않습니다.

'너 자신을 알라!'는 말은 무지에서 벗어나야 한다는 뜻도 있겠지만 무절제한 자유와 방종에서 차분히 자신을 돌아보라는 의미이기도 합니다. 자기성찰을 통해 인간이 어떻게 살아야 하는지 길을 찾으라는 명제를 던진 것입니다.

시대적인 배경을 고려하면 그런 소크라테스의 주장은 가히 혁명적이라 할 수 있습니다. 그러므로 영혼을 유혹한 죄라는 형이상학적인 죄목으로 소크라테스의 추종자들까지 반론하지 못하게 했던 것이지요.

소크라테스는 간수를 매수해서 얼마든지 아테네를 탈출할 수 있었지만, 친구와 제자들의 권유를 거절하고 "악법도 법이다."라는 말을 남기고 독배를 마십니다. 그는 자신이 죽음을 피하여 도망친다면 지금까지 자신이 주장했던 모든 것이 가짜가 된다고 말했습니다.

그런 그의 선택적 죽음을 통해 아테네의 민주주의가 발달합니다. 민주주의를 말하는 데모크라티스(democratic)에서 데모는 민중이고, 크라티스는 통치한다는 뜻입니다. 이 말은 민중이 스스로 통치한다는 뜻으로 주인의식을 말합니다.

오늘날 우리 사회는 진정한 자유가 아닌 방종의 자유를 자신들이 누려야 하는 권위나 특권 의식으로 해석하고 물질이면 모든 것이 해결된다고 여기는 물질 만능주의가 만연하고 있습니다. 그러나 '꽃을 꺾는 자유가 아닌 꽃을 심는 자유'만이 아테네의 타락에서 벗어날 수 있습니다.

스스로를 정당화하고 합리성을 내세우면 모두가 나 잘났다고 소리치며 삿대질하게 됩니다. 스스로를 비판할 수 있는 비판적 합리성을 가질 때 우리 사회는 아름다워질 수 있습니다.

사랑은 나를 부인하는 것에서 시작됩니다.

그저 바라볼 수만 있어도

'그저 바라볼 수만 있어도', 이것은 유익종이 부른 노래 제목입니다. 그가 이 노래를 만들게 된 데는 특별한 사연이 있습니다.

어느 날 새벽, 집전화로 한 통의 전화가 걸려와 그의 아내가 잠결에 수화기를 들었습니다. 젊은 여자였습니다. 유익종의 팬이라며 남편을 바꿔 달라고 했습니다. 아무리 팬이라고 해도 가정집에 새벽에 전화를 걸어 대뜸 바꿔 달라는 그녀나 두 말 없이 바꿔 준 아내나 대단한 사람입니다.

이윽고 유익종이 전화를 받았습니다. 전화 속 그녀는 흐느끼며 말했습니다. 사연인즉 자신은 사랑하는 남자에게 실연을 당했고 지금 강릉으로 죽으러 가는 중인데 팬으로서 마지막 목소리를 듣고 싶어 전화했다는 것입니다. 유익종은 당황했지만 어떻게든 그녀를 살려야 했기에 오랜 시간 대화를 하며 사랑은 꼭 가까이 하지 않더라도 바라만 보아도 좋은 것이라고 말해 주었습니다.

결국 그녀는 유익종의 말에 설득되어 죽지 않았고 두 사람은 며칠 후 함께 커피를 마셨지요.

이 곡은 바로 그녀가 죽겠노라고 전화하던 날 곧바로 작사를 하고 작곡한 노래입니다. 유행가 가사지만 의미 있게 들어 볼 만합니다. 그녀의 실연이 히트곡을 남긴 셈입니다.

사실 실연당해서 죽고 싶다고 말하는 여자처럼 불쌍하고 유치한 여자가 없습니다. 그깟 남자가 뭐라고……. 내가 유익종이었다면 아마 다르게 말했을 겁니다. 당신은 사랑한 것이 아니라 그 남자를 좋아한 것이라고……. 잠시 뇌가 착각해서…….

왜냐하면 내가 아는 사랑은 적어도 비극이 당연하기 때문입니다. 남녀의 사랑으로는 〈로미오와 줄리엣〉이 최고이며, 〈타이타닉〉이 두 번째이고, 〈메디슨 카운티의 다리〉가 세 번째입니다.

뇌가 만들어 내는 세상, 뇌를 통제할 수 있는 나

그대가 지금 무엇인가를 보고 있다면 그건 그대의 눈을 통해 뇌에 나타난 현상입니다. 인간은 뇌로 받아들여진 시각, 청각, 촉각 등의 정보로 세상을 인식합니다. 오감이 인식한 정보는 마치 세상의 모든 것을 아는 것처럼 착각합니다.

따라서 사람들은 뇌의 생리적 작용이 만들어 낸 세계를 현실로 인지합니다. 이 말은 시간과 공간, 빛, 색 등이 우리 뇌가 착각으로 만들어 낸 물질세계일 수 있다는 뜻입니다.

그러므로 인문학 뇌 만들기는 질문이며 비틀어 생각하는 습관입니다. 훈련을 통해 인지 능력을 향상시켜 새로운 세계를 사유하며 뇌를 확장하는 데 그 의미가 있습니다. 이러한 질문과 생각을 다루는 세계가 '인문학 뇌 만들기'입니다.

그렇다면 잠깐 사유를 통해 인문학 뇌 만들기를 해 볼까요.

그대 앞에 다른 사람이 있다면 그건 그대의 눈을 통해 뇌에 나타난 현상입니다. 뇌로 그를 인식한 것이며, 그 존재를 우리의 뇌가 어떤 존재라고 이름을 붙이고 나름대로 인식을 통해 주관합니다. 실제의 사물은 우리가 알 수 없습니다. 단지 우리가 보고 느끼는 대로 사물을 재구성한 창조로 봅니다.

멋진 나무 한 그루를 봅니다. 우리가 물질적인 면을 보고 성분을 분석한 다음 단풍나무라고 말하지만 단풍나무 자체는 알 수가 없습니다. 과학적으로 분해해 보면 분자나 원자 혹은 소립자로 나오겠지만 결국은 사라집니다.

우리 눈에서는 절대적으로 소멸했지만 인식상에는 상대적으로 존재합니다. 상대적 관점에서 보면 단풍나무를 경험적으로 우리가 보고 만질 수 있으므로 단풍나무는 분명히 존재합니다. 그래서 우리는 이름을 붙이고 정의합니다.

보기에 아름답고 멋진 나무이지만 이런 인식은 뇌의 편의적 인식입니다. 이것은 단풍나무에 우리가 부여하는 의미입니다. 실제의 단풍나무는 그냥 거기에 있을 뿐이고, 인간만이 거기에 좋거나 나쁜 의미를 부여합니다. 단풍나무는 그냥 나무로 있으며, 작거나 크지 않고, 열등하거나 우월하지 않으며, 쓸모 있거나 쓸모없지 않고 그냥 나무 자체로 있을 뿐입니다.

이렇게 인간의 뇌는 뭔가를 창조합니다. 따라서 단풍나무는 인식상으로는 존재하지만 나무에 대한 판단은 우리의 창조(허구)입니다. 뇌의 생리적 작용으로 이루어진 세상은 인간이 그렇게 만든 인간만의 뇌의 세계입니다. 어쩌면 세상은 다른 차원에서 있는 그대로(상대적)의 세상이 있을지 모릅니다. 그 세상에 뇌가 사물을 분리시키고 이름을 붙여서 세상을 창조합니다.

그대가 있습니다. 뇌는 그대를 '좋다, 싫다'로 판단합니다. 그대는 그냥 싫고 좋음 없이 중립으로 존재하는데 내가 그대를 좋거나 나쁜 사람으로 이미지화합니다. 그대가 누군가를 사랑한다면 뇌가 인식하기 전에 재빠르게 사랑해야 합니다. 왜냐하면 사랑은 존재 자체이며 이미 창조된 것이기에 새로운 창조가 되어서는 안 되기 때문이지요.

그대가 바로 사랑이라는 사실은 뇌가 침범할 수 없는 하나의 세계입니다. 영원 전부터 존재한 영원은 오직 사랑뿐이고 우린 그 안에서 뇌로 살고 있습니다. 뇌를 통제할 수 있는 또 다른 '나'가 있음을 알아야 합니다.

인문학적 사랑의 본질

젊은 시절 연인을 죽도록 사랑해 본 경험이 있는 사람들은 자신을 망각하고 상대에게 나를 내어주던 기억 하나쯤은 있을 것입니다. 이렇게 세월이 지나서야 그때 그 순간이 조금은 어리석었음을 시인하고 인식하게 됩니다. 하지만 당시에는 어느 누가 그렇게 인식할 수 있단 말입니까.

사랑의 본질은 나를 다른 그 무엇에 주는 것인 동시에 나 자신을 망각하면서 스스로를 인식하는 것입니다. 조금 어려운 말이지만, 만일 그대가 누군가를 사랑한다면 자신의 모든 것을 내어주는 동시에 자기 자신의 존재 자체를 생각할 수 없어야 합니다.

물론 거기까지는 누구나 할 수 있습니다. 다만 그와 동시에 자신이 지금 그런 상태라는 것을 인식하는 것은 다른 문제입니다. 대부분의 사람들은 오직 사랑이라는 감정의 세계에 갇혀 자신을 인식하지 못합니다. 그러다 보니 사랑을 보지 못하고 알지 못하며 이해하지 못한 채 사랑하고 있습니다.

그렇게 사랑하게 되면 이기적 자아 안에 갇히게 되어 무책임하게 사랑을 판단하게 됩니다. 나아가 사랑을 조정할 수 있다거나 통제할 수 있어야 한다고 믿게 됩니다.

결국 주관적인 자기 딜레마에 빠지게 되고 혼란을 겪게 되면서 망각했던 자기 존재를 발견하게 됩니다. 허망한 심리와 뭔지 모를 자기 비판으로 혼란을 겪으면서 새로운 사랑을 갈망하게 됩니다. 쉽게 말하면 자신이 들어갔던 사랑의 세계가 가짜였다고 인식하게 됩니다. 때늦은 인식을 통해 빠져나오지만 시간이 한참 흐른 뒤에야 깨닫게 됩니다.

따라서 누군가를 사랑한다면 나를 타인에게 던지고 망각한 자기 자신을 동시에 인식하는 올바른 자기 신념이 필요합니다. 그러기 위해서는 마음이 무엇이고, 생각이 무엇인지 그리고 사랑이 무엇인지를 알아야 합니다.

6장

외로움과 맞서는 법

깊은 슬픔이 주는 행복

사람들은 기쁨을 추구합니다.

인생이 본질적으로 슬픈 것이기 때문입니다.

슬픈 존재가 기쁨을 추구하기 위해서는 순리를 역행해야 할 때가 많습니다. 내가 기쁨을 얻기 위해서 타인의 기쁨을 빼앗거나 슬픈 존재를 더 슬프게 합니다. 잘못된 기쁨은 욕망을 키우고 급기야는 자기 자신까지 힘들게 합니다.

많은 이들이 더 큰 기쁨을 얻기 위해 악을 수단으로 동원하는 것을 보면서 기쁨의 가치가 이제는 마치 악한 이들의 축제처럼 느껴집니다.

역설적이지만 이제는 기쁨보다는 슬픔으로 나를 다스리는 방법을 알아야 합니다. 인간의 감정 중 슬픔처럼 원초적인 것도 없기 때문입니다.

슬픔이 깊어지면 타인을 인식하던 것이 나로 이동합니다. 그것도 에

고에 둘러싸여 있는 나를 만나게 됩니다. 나를 인식하게 되면 타자도 사라지고 나를 슬프게 하는 수많은 이유들도 사라집니다. 그냥 슬픈 존재인 나만 남았을 때 우리는 가장 순수한 정직 앞에 서게 됩니다.

사람들은 사랑하는 사람을 잃었을 때 가장 비통한 슬픔을 느낀다고 말합니다. 그러나 알고 보면 그건 두 번째 슬픔입니다. 여전히 나는 존재하고 살기 위해 혹은 잊기 위해 망각이나 기억 상실 장치를 작동시킵니다. 사랑하는 사람과 사별하면 당장은 죽을 것처럼 견딜 수 없어도 곧 잊히고 맙니다. 그건 내가 존재하고 있고, 존재는 과거 지향적으로 살 수 없고 미래를 살아가기 때문입니다.

세상에서 가장 슬픈 일은 내가 이 세상에서 사라지는 것입니다. 내 존재가 사라진다는 것은 사랑의 대상들과 헤어지는 것이자 세상에서 관계의 단절을 의미합니다.

망각이 아닌 실존의 소멸을 인식하게 되면 슬픔이 밀려옵니다. 그것도 깊은 슬픔에 직면하게 되는데 그 슬픔을 만나게 되면 이상하게도 행복한 느낌이 듭니다. 그것은 소중한 것들이 눈에 보이고 그 가치들이 알 수 없는 가치를 만들기 때문입니다. 깊은 슬픔을 만난 사람들은 아름답게 사랑할 수 있습니다. 끝을 안다는 것은 시작도 아는 것이기에 새로운 시작 앞에 서 있는 나를 발견하게 될 것입니다.

양심의 다섯 가지 재료

우리 동이족은 고대부터 하늘이 준 섭리를 깨달은 깨어 있는 정신 문명을 가지고 있었습니다.

동이족의 정신문명 가운데 절정은 인의예지신(仁義禮智信)이라 말할 수 있습니다. 이는 사람이 항상 갖추어야 하는 다섯 가지 도리(道理)를 말합니다. 어질고, 의롭고, 예의 있고, 지혜로우며, 믿음이 있어야 한다는 것인데, 이것을 오상(五常)이라고 합니다.

그들은 하늘이 양심이라는 인간 본성을 주었다고 믿었습니다. 인간의 본성은 스스로 만들 수 있는 것이 아닙니다. 하늘이 부여한 것입니다. 하늘이 부여한 인간의 본성은 선(善)합니다. 나쁜 것은 없고 모두 좋다는 것입니다.

그런데 인간은 하늘이 부여한 본성만으로는 인간이 될 수 없습니다. 본성은 형체를 부여받기 이전 단계입니다. 따라서 형체가 없는 본성만으로는 인간이 될 수 없습니다. 즉 4차원에서 3차원이라는 세계로 진입하기 위해서는 그에 따른 옷을 입어야 합니다.

그래서 하늘은 또 다시 기(氣) 혹은 생명을 통해 인간에게 형체를 부여합니다. 인간은 본성과 형체를 하늘로부터 부여받은 후 구체적인 사람이 됩니다. 사람이란 살아 숨 쉬고 활동하는 개별적 인간을 의미합니다.

여기서 오상 혹은 오덕(五德)이라고 하는 인의예지신은 본성에 속합니다. 다시 말해 양심은 인간이 태어날 때 원래부터 가지고 있는 성품입니다. 그래서 인의예지신은 우리가 보고 느낄 수 없는 것입니다.

인(仁)은 어질다 혹은 사랑한다는 것을 말합니다. 인의 단서는 측은지심(惻隱之心)입니다. 맹자는 우물에 빠지려는 어린아이를 보고 측은하게 느끼는 것으로 인의 예를 들었습니다.

모든 사람이 우물에 빠지려는 아이를 보고, 그러면 안 된다고 느끼면서 마음 아파하는데, 그것은 사람이 인을 지녔기 때문이라고 하였습니다. 그래서 인이라고 하는 것은 측은지심에서 느낄 수 있는 어진 사랑입니다.

의(義)의 단서는 부끄러워하는 마음인 수오지심(羞惡之心)입니다. 부끄러워한다는 것은 내가 무엇을 잘못하였기 때문에 느끼는 것입니다. 의라고 하는 것은 당연히 하여야 하는 옳은 것을 말합니다.

예(禮)의 단서는 사양할 줄 아는 사양지심(辭讓之心)입니다. 사양한다는 것은 양보하는 것입니다. 예라고 하는 것은 양보하는 마음으로 겸손하게 최소한의 예절을 지키는 것을 말합니다.

지(智)의 단서는 옳고 그른 것을 아는 시비지심(是非之心)입니다. 지라고 하는 것은 사리를 판단할 수 있는 것을 말합니다.

신(信)이라고 하는 것은 믿는 것입니다. 말한 것을 실천하였을 때 믿을 수 있는 것이기에 신이라고 하는 것은 거짓을 말하지 않고 진실한 것만을 말하는 것이며 인의예지를 성실히 이행하는 것입니다.

양심이란 그 재료가 한 가지라도 빠지면 가짜가 되며 지킨다고 해도 결국 자신을 위한 욕심으로 작동하게 됩니다.

그대가 만일 사랑을 아는 사람이라면
그대는 이미 유토피아에 살고 있는 사람입니다.

사랑의 흔적

사랑은 계절과 같습니다.

낙엽이 떨어지면 겨울이 오고 눈이 내리면 봄이 오는 것처럼 꽃이 지면 여름이 옵니다. 어느 누가 그 차가운 겨울을 깨트리고 봄을 꺼내 올 수 있습니까? 계절이 제 스스로 가고 오듯이 사랑도 밀물처럼 왔다가 썰물처럼 갈 것입니다. 밀물과 썰물이 모두 소금물이며 바다를 벗어나지 않듯이 사랑도 마찬가지입니다.

인생이 사계절 안에서 도는 것처럼 사랑도 언제나 그대 가슴 안에 있습니다. 그대의 가슴은 무한입니다. 끝없이 저쪽으로 갔다가 끝없이 이쪽으로 올 수 있는 경계 없는 세계를 가진 존재가 그대입니다.

어느 누가 사랑을 공간에 가둘 수 있습니까?
어느 누가 사랑을 시간으로 붙잡을 수 있습니까?
그렇듯 사랑은 그대와 함께 있지만 존재하지 않습니다.

그대는 사랑을 받으려고만 합니다. 지혜를 통해 사랑은 주는 것이라고 알면서도 탐욕의 자아가 허용하지 않습니다.

눈이 부신 봄날, 살아 있다는 것이 무엇입니까?

먼저 간 이들의 무덤을 보고 있는 것 아닙니까?

무엇이 그대들을 사랑하지 못하게 합니까?

사랑하십시오.

두려워하지 마십시오.

사랑만이 푸른 별에 남길 이야기입니다.

사랑은 흔적입니다.

별이 되고 싶다

그대는 목말라 합니다.

무엇에 갈증이 나는 것입니까?

그대의 이유 없는 갈망은 무엇인가를 향해 가면서도 왜 가는 것인지 모르는 데서 생기는 것입니다.

부와 권력과 명예를 찾아서입니까?

소박한 꿈을 위해서입니까?

달려가는 길을 알고 가는 것처럼 행복한 길은 없습니다.

그러나 그대들 중에 누가 자신의 길을 말할 수 있습니까?

그대는 바다를 항해하는 배입니다.

나침반이 방향을 말해 주고 별빛이 희망을 대신해야 합니다.

어느 누구도 안전하게 항구에 도착할 수 있다고 장담할 수는 없습니다.

등대를 볼 수 있는 사람은 소수입니다. 인생이란 흔들리는 배 안에서 기도하는 것이기 때문입니다.

　나는 알고 있습니다.

　그대는 실패를 통해 사랑을 완성해 가는 존재입니다.

　사랑이 도달하지 못할 곳이 없기에 세상의 그 어떤 것도 그대를 막을 수는 없습니다.

　그대는 영원을 향해 달려가는 빛입니다.

　비록 항구는 보지 못할지라도 불멸의 존재로서 별이 되는 것입니다.

　나 역시 별이 되고 싶습니다.

　그래서 언제까지나 그대 곁에 머물고 싶습니다.

　그러나 떨어지면서 더 빛나는 별이 있습니다. 누군가는 멀리서 그 별을 보고 사랑의 소원을 빌지만, 떨어지는 별은 사랑 그 자체입니다.

　사랑은 자신을 태워 모든 걸 내던지는 별입니다.

사랑하는 친구들이여!

오직 가시밭길을 지나온 자만이 돌밭을 거닐며 감사를 드릴 수 있습니다. 칠흑 같은 어둠 속에 서 있는 자만이 별빛을 볼 수 있고 새벽을 볼 수 있습니다.

그대의 봄날은 언제입니까?

눈보라 속에 맨발로 서 있는 자만이 봄날을 맞이할 수 있습니다. 지난 청춘을 돌아보지 마십시오. 그대의 마음에 꽃비가 흩날리는 날이면 언제나 봄날입니다.

우리는 길을 걸어왔습니다. 수많은 역경들이 가로막을 때마다 몸부림치면서 새로운 길을 만들었습니다. 천 길 벼랑에 서 있을 때에도 제발 바람이 불어 건너갈 수 있기를 기도했습니다.

그 떨리는 두려움 앞에서도 용기를 내라는 그 한 사람이 있었기에 견디지 않았습니까? 진정한 용기는 두려움 속에서 나오는 것이라는 걸 그대는 알고 있습니다. 단지 누군가가 함께 있기를 바랄 뿐입니다.

그러나 그 누군가가 바로 그대 자신이어야 합니다. 그대 한 사람이 누군가에게 누군가가 되어 줄 때 세상은 변할 것입니다. 소중한 그 한 사람을 만나려고 수없는 밤을 눈물로 지샌 이가 어디 한둘입니까?

사랑을 기다리지 마십시오. 그대가 움직여야 합니다.

누군가를 향해 가는 그대가 바로 사랑이기 때문입니다. 그대의 가슴에 하염없는 꽃비가 내리기를 소망합니다.

영혼의 언어

이 세상에는 두 개의 언어가 있습니다.

하나는 사람과 사람이 주고받는 말이라는 소통의 언어가 있고, 다른 하나는 영혼의 언어입니다.

말은 소통의 수단으로 감동을 주기도 하지만 상처와 고통을 주는 이중성을 가집니다. 따라서 사람이 사용하는 일반적인 언어로 이루어진 사회는 그 언어로 인해 충돌이 일어날 수밖에 없습니다.

알고 보면 인간의 삶은 언어의 공간 속에서 언어가 만들어 내는 긍정과 부정의 지배를 받고 있습니다. 특히 말의 언어는 오감, 생각, 감정의 개연성으로 관계를 형성하고 있습니다.

예를 들면 시각을 통해 고양이를 호랑이로 잘못 보았다면 그에 따른 생각도 틀린 상태에서 확장될 것이고, 감정 역시 불안과 공포를 느낄 것입니다.

이처럼 오감에서 만들어지는 언어나 생각과 감정은 엉터리로 작동할 때가 많습니다. 그러다 보니 모든 사람이 같은 것을 보고도 다른 말을 하는 것입니다.

그러나 영혼의 언어는 인식의 세계입니다. 오감, 생각, 감정이라는 에고가 배제된 인식 그대로의 아는 것입니다. 여기서 안다는 것은, 선이면 선 악이면 악 그대로 드러나는 것을 말합니다. 속일 수 없는 것, 거짓과 가식이 필요 없는 것이 영혼의 언어입니다.

엄마들은 아이들을 보면서 구태여 말이 필요 없는 그 무엇인가가 마음에서 생겨나고 침묵 속에서 깊어지는 걸 느낍니다. 약간 슬픈 듯 짠한 감정 속에서 생겨나는 언어가 바로 영혼의 언어입니다.

형이상학인 영혼의 언어 중에서 가장 잘 표현되고 공감을 자아내는 것은 무엇일까요? 대표적인 것이 바로 음악입니다. 음악은 모든 인간과 동식물 등 현상계에 있는 만물이 소통할 수 있는 언어입니다. 1퍼센트의 불순물도 허용되지 않는 순수만이 음악의 재료로 사용됩니다. 그래서 인간이 자유의지를 내려놓고 음악을 듣는 순간은 곧 신의 정원으로 초대되는 순간이기도 합니다.

인간만이 음악을 만들어 내는 것은 아닙니다. 새와 바람과 온갖 생명체들은 태곳적부터 조화를 이루는 영혼의 언어로 소통하고 있습니다. 먹고 먹히는 맹수의 세계에서부터 개미들의 행진까지 멜로디로 영광과 향연이 펼쳐집니다.

오감에 의지하지 말고 생각에서 벗어나 감정에서 자유롭게 되면 말의 언어가 사라지고 영혼의 언어가 들려옵니다. 영혼의 언어를 들을 줄 알고 사용하는 사람만이 사랑이 무엇인지 알게 됩니다. 사랑이란 1퍼센트의 불순물도 개입할 수 없는 순수한 백 퍼센트의 노래이기 때문입니다.

그래서 우리는 노래 부르는 걸 좋아하나 봅니다. 노래 부르는 순간만은 생각, 감정, 오감이 사라진 가장 순수한 나에게 몰입하게 되는 순간이니까요.

안 보이는 간절함으로부터 사랑은 시작된다

사랑은 눈에 보이지 않는 세계에서 태어나 눈에 보이는 존재로 삽니다. 그래서 눈에 보이지 않는 것들을 사랑하는 것이 사랑의 속성인데, 스스로 눈에 보이는 존재로 나타난 사랑은 눈에 보이는 것이 사랑이라고 믿어 버립니다.

속성을 잃어버린 사람들!

자신이 눈에 보이지 않는 세상에서 온 것을 잊고, 눈에 보이는 사랑을 찾아 헤맵니다.

사랑은 사랑에 빠진 사람을 특별한 존재로 만듭니다. 사랑은 온 세상을 다 가진 것처럼 마음을 부유하게 만듭니다. 눈에 보이는 그 어떤 것도 공간을 다 메울 수는 없습니다. 오직 눈에 보이지 않는 것들만이 가득 찬 풍요입니다.

혼자가 아니라는 것, 사랑하고 사랑받을 수 있는 누군가가 있다는 것, 그런 소중한 감정을 가지고 살고 있나요?

그리스 신화에서 에로스는 아프로디테의 아들입니다. 아프로디테는 미(美)의 여신으로 시각적인, 그러니까 육체적인 아름다움을 상징합니다. 그의 아들인 에로스는 에로틱(erotic)의 어원이 되는 이름에서도 알 수 있듯이 육체적인 사랑을 상징하지요.

그 에로스(육체)와 프시케(영혼)가 만나서 그러니까 다시 말해, 육체적인 사랑과 정신적인 사랑이 만나서 진정한 사랑이 된다는 것을 신화는 말하고 있습니다. 눈에 보이는 욕망 가득한 육체만의 사랑이 진정한 사랑이 아니듯 순수한 교감으로만 이루어진 정신적 사랑 또한 완벽한 사랑이 아닙니다.

사랑은 눈에 보이지 않는 세상에서 와서 눈에 보이는 것으로 살다가 다시 자신이 태어난 곳으로 돌아가야 합니다.

파스칼은 현대인이 외로워할 줄 모르는 데서 문제가 시작된다고 말했습니다. 외로움을 모르는 광포한 이 시대에 사는 사람들은, 안 보이는 것들을 아예 없다고 생각합니다.

눈에 보이지 않는 것들을 믿지 않고, 없는 거라고 생각하며, 척도화된 것들만 중요하게 여기는 허상의 믿음.

조금만 달리 생각하면 사실 중요한 것은 다 안 보이는 것들에 있습니다. 가시화되지 않는 것들, 안개 속에 가려져 있는 세계, 누군가는 그것을 위해 목숨을 걸기도 하고, 누군가는 평생의 삶과 모든 것을 바치기도 합니다. 그런 사람들이 바로 보이지 않는 곳에서 온 사랑입니다.

우리가 불행한 이유 중에는 마음을 얻지 못해서 오는 불행이 가장 많습니다. 그 역시 안 보이는 것들입니다.

안 보이는 사랑의 세계!

눈에 안 보이는 것을 믿을 수 있을 때 희망이 커집니다. 보이는 것을 믿으면 그것만 없어져도 무너집니다. 안 보이는 것을 믿는 사람들은 쉽게 무너지지 않습니다. 스스로 깨트리지 않는 한 누구도 부술 수 없습니다.

안 보이는 것들!

행복, 신념, 믿음 같은 간절한 것들이 사랑으로 연결됩니다. 간절한 건 안 보일수록 더 간절합니다. 위대한 사랑의 리더는 그 안 보이는 것을 가늠하고, 그곳을 엿보려고 하는 믿음이나 신념이 있는 사람들입니다.

신의 정원

그대는 새들이 하늘을 날아다니는 것을 보면서 무슨 생각을 합니까?

마치 그대들이 만든 한정된 정원에 새들이 갇혀 있다고 생각하지 않습니까?

그러나 조금만 인식을 바꾸면 새들이 그대들보다 훨씬 자유롭게 사는 것이 보입니다.

어디 그뿐인가요? 이 세상은 그대들이 만든 그대들의 정원이 아니라는 걸 알게 될 것입니다.

새들은 숲에서 사랑을 나누며, 산을 넘고 바다를 건너갈 수 있는 용기와 힘이 있고, 언제고 남쪽과 북쪽을 오갈 수 있는 지혜와 자유가 있습니다. 어쩌면 그대들보다 훨씬 더 현명한 존재들일지 모릅니다. 자신들의 정원을 오히려 아낌없이 내어줍니다.

그대는 어떻게 살고 있습니까?

언제나 선을 그어 놓고 타인이 넘어오지 못하게 하고 있습니다.

그대는 땅에도 선을 긋고 마음에도 담장을 높이 쌓고 있습니다.

왜 스스로를 가두면서 살고 있습니까?

세상은 넓고 마음의 세계는 무한입니다.

어느 누가 이 세상에서 저 세상으로 땅을 옮길 수 있으며, 닫힌 마음으로 다음 세상을 볼 수 있습니까?

파라다이스는 그대들이 마음의 문을 열 때 보입니다. 욕심과 탐욕에서 벗어나야 비로소 나타나는 세계입니다.

가끔 그대들 중의 누군가는 이곳에서 영원히 살 것처럼 말하고 당당히 주인이라고 말합니다. 그건 가장 비천한 믿음입니다.

당대의 왕들과 위대한 스승들은 모두 어디 갔습니까? 그대들보다 훨씬 더 많은 부와 명예를 가지고 지혜까지 겸비한 사람들도 모두 빈손으로 돌아갔습니다.

우리는 단지 여행객일 뿐입니다. 신이 만든 아름다운 정원으로 잠시 여행을 온 것입니다. 그대는 무엇으로 이곳에 흔적을 남기려 애쓰고 있습니까? 이름입니까? 호랑이는 가죽을 남기고 사람은 이름을 남긴다는 말을 믿지 마십시오. 이름 없이 사과나무 한 그루를 심고 가는 이야기를 남겨야 합니다. 그것이 그대들을 이곳으로 여행 보낸 이의 목적입니다. 그 이야기가 바로 사랑이며, 우리가 살아가는 이유인 까닭입니다.

그대들의 그 뜨거운 삶의 열정을 아무 부질없는 곳에 사용하지 마십시오. 오직 사랑만이 그대들을 신의 정원으로 인도할 것입니다.

사랑은 서로에게 채워 주는 것.
나는 너에게, 너는 나에게……

외로움과 맞서는 법

사람은 혼자 왔다 혼자 간다고 느낍니다. 그래서 태생적으로 인간은 외로운 존재입니다. 그런데도 파스칼의 말처럼 외로움이 무엇인지 모르는 사람이 있다면 그는 사막처럼 가슴이 메마른 인간일 확률이 높습니다.

외로움의 사전적 정의는 '홀로 되어 쓸쓸한 마음이나 느낌'입니다. 사회적 동물인 인간이 타인과 소통하지 못하고 격리되었을 때 느끼게 되는 감정이지요. 예를 들면 낯선 곳에 혼자서 적응할 때나 사랑하는 사람과 이별 후 그야말로 혼자라는 생각이 찾아올 때 외로움을 느낀다고 할 수 있습니다.

외로움의 어원은 하나를 뜻하는 '외'와 '그러함' 또는 '그럴 만함'의 뜻을 더하고 형용사를 만드는 접미사 '~롭다'를 붙여서 만들어진 것으로 추측합니다.

내성적인 사람은 다른 사람과 어울리기보다는 혼자 있는 것이 편하다고 생각하지만 그렇다고 외롭지 않은 것은 아닙니다. 또 외향적인 사람은 다른 사람들과 같이 있는 것을 즐기기 때문에 주위에 사람들이 많지만, 이 역시 군중 속의 고독처럼 문득 외로움이 찾아옵니다.

정신적으로 외로움을 오랫동안 겪다 보면 우울증으로 이어지는 수도 있습니다. 사회적 소외감을 느끼고 주변 사람들로부터 격리되었다고 느낄 때 실제로 뇌의 통증을 느끼는 부분이 활성화되어 이유 없이 아픕니다. 병원에서 진단을 해도 원인을 알 수 없는 건 혹시 우울함이나 외로움으로 인한 것은 아닌지 생각해 볼 일입니다.

여러 사람이 한 사람을 심리적·사회적으로 소외시켜 외롭게 만듦으로써 심리적 고통을 주는 행위는 강제로 고립시켜 괴롭히는 것이라는 사실을 인식해야 합니다.

최근 홀로 사는 사람들이 늘어나면서 고립감, 우울증, 외로움, 고독 등과 같은 사회심리학적 문제들 역시 커지고 있습니다. '내 가족의 웰빙'이 최근까지의 사회적인 관심사였다면, 앞으로의 시대에는 어떻게 해야 혼자서 잘 살 수 있는 것인지 '셀프 웰빙'이 화두로 떠오르고 있는 것입니다. 먹고사는 문제야 첨단 물질문명의 혜택을 받는다 쳐도, 정신적인 문제까지 과학문명이 해결해 줄 수 없는 까닭입니다.

셀프 웰빙을 향유하기 위해서는 자신만의 영역인 마음의 건강이 필수입니다. 이는 비단 '나홀로'족에게만 해당되는 문제는 아닙니다. 우리 모두는 '죽음'이라는 실존적 명제 앞에서 누구나 평등하기 때문입니다.

홀로 왔다가 홀로 사라지는 것이 인간의 숙명이라면 외로움 속에 스스로를 가두고 신음하며, 몸부림치기보다는 외로움과 정면 승부하고 그 속에서 꿈을 향한 창조의 비결을 찾아내야 합니다.

외로움(Loneliness)을 고독력(Solitude)으로 승화시키는 자만이 '나 홀로 인생'이라는 파도와 당당히 맞설 수 있습니다.

사실 외로움의 감정을 갖는다는 것은 나쁜 것은 아닙니다. 왜냐하면 삶의 교만에서 내려온 자리가 외로움의 자리이기 때문입니다. 인간이 가장 낮은 자리에 서 있게 되면 외로움을 느끼게 되고 그 순간에야 비로소 작은 것들이 보이기 때문입니다.

그래서 외롭지 않다는 건 오직 오만과 자만에 사로잡혀 있을 확률이 높습니다. 인간이 외로움에 처해 있을수록 진정한 자아를 만날 수 있고, 깨달음도 이룰 수 있습니다.

황금률

우리는 인문학 뇌 만들기를 통해 잃어버린 마음 찾기 운동을 하고 있습니다. 뇌를 알아야 마음이 어디 있는지 알고, 뇌를 알기 위해서는 뇌과학을 포함하고 있는 인문적 사유를 해야 합니다.

인문적 사유를 하게 되면 반드시 작동하는 것이 양심의 법칙입니다. 양심이란 우리 인간을 구성하고 있는 가장 핵심적인 소프트웨어입니다. 양심이 하늘의 순리대로 돌아가면 누구나 깨닫는 진리가 있는데, 바로 황금률(Golden Rule)입니다.

예수님의 산상수훈 가운데서 '남에게 대접을 받고자 하는 대로 너희도 남을 대접하라.'는 가르침을 말합니다. 이는 사람이 세상을 살아가면서 다른 사람들과의 관계에서 가장 염두에 두어야 할 원칙입니다. 보석으로 치면 마치 황금과도 같은 만고불변의 진리라는 뜻에서 학자들 사이에 이런 축약된 의미를 부여한 것으로 보입니다.

동서양을 막론하고 이와 유사한 금언들이 있습니다. 외경(外經,

Apocrypha) 《토빗(Tobit)》이나 《탈무드(Talmud)》에도 있습니다. 《논어(論語)》에도 '네가 하기 싫은 일을 이웃에게 강요하지 말라(己所不慾勿施於人)'는 내용이 있습니다.

그런데 《성경》 외의 교훈들이 '하기 싫으면 ~하지 말라'는 부정적 의미의 교훈을 제시하고 있는 반면에 《성경》은 '~하고자 하는 바를 먼저 하라'는 긍정적인 의미로 가르침을 주고 있습니다. 그런 상황에 닥쳤을 때 마지못해 타인을 대접하지 말고 적극적으로 네 이웃을 사랑하라는 메시지가 담겨 있습니다.

긍정적이면서 적극적으로 타인을 사랑하는 것이 쉬운 일은 아닙니다. 그러나 인문학 뇌 만들기를 통해 사랑의 메커니즘을 알게 된 사람들은 이해할 것입니다. 다른 사람을 사랑하는 것이 바로 나를 사랑하는 것이라는 사실을 알기 때문입니다. 황금률만 제대로 인식해도 사랑의 본질을 깨닫게 됩니다.

니체가 말하는 사랑

인간은 자기가 타고난 세계의 크기만큼만 생각하고 볼 줄 압니다. 저마다 살아온 습관처럼 익숙한 곳에서 생각을 시작하고, 그 안에서 결론을 찾아냅니다. 그러다 보니 어떤 범주 안에 머물며 낯선 것들을 두려워하고 무조건 거부하게 됩니다.

그래서 사유를 통해 그동안 전혀 접해 보지 않았던 분야의 이야기를 새롭게 듣게 되면 새로운 해결법 속에서 뜻밖의 또 다른 지혜의 답을 얻을 수 있습니다.

우리에게 그런 뜻밖의 기회를 마련해 주는 사람 중에 니체가 있습니다. 그는 우리가 알고 있는 사랑을 그건 사랑이 아니라고 전부 부정해 버립니다. 그에 따르면 사랑은 철저한 독선적 이기주의입니다. 그리고 사랑에서 소유는 곧 도둑질이라는 프랑스의 무정부주의 사상가 프루동의 사상과도 일맥상통하는 듯합니다. 그에 따르면 태초에 도둑질이 있었기에 인간의 소유의 개념을 신성화할 필요가 없다는 것입니다. 니체 역시 철학자들이나 지도층이 도둑질을 은폐하려고 정체성이 어쩌고저쩌고를 끼워 넣는다고 말합니다.

그러다 보니 본질과 상관없이 허상이 신비화된다는 것이며, 사랑을 소유라고 생각하는 것은 자기 식으로 관점화시킬 뿐이라는 것이 니체의 관점입니다.

또한 많은 사람들이 사랑은 헌신적인 것이고 이타적인 것이라고 말하고 있는 점을 지적하며, 니체는 경제적인 것과 비유해서 만일 사랑이 모두 이타적이라면 그 이익은 누가 보는지에 대해 의문을 제기함으로써 사랑은 원래 이기적이라고 주장합니다.

요즘 사람들이 사랑을 대하는 걸 보면 니체의 말은 상당한 설득력이 있습니다. 그러나 니체가 말하는 사랑은 어디까지나 그의 사상이나 경험적인 입장에 치우친 듯합니다.

순수를 찾아서

〈인생은 미완성〉이라는 노래가 있습니다. 김지평 작사에 이진관 작곡입니다. 이 노랫말처럼 긍정적으로 인생과 공동체를 대신할 미사여구가 떠오르지 않습니다.

"인생은 미완성, 쓰다가 마는 편지
그래도 우리는 곱게 써 가야 해.
사랑은 미완성, 부르다가 마는 노래
그래도 우리는 아름답게 불러야 해.
사람아 사람아, 우린 모두 타향인 걸.
외로운 가슴끼리 사슴처럼 기대고 살자.
인생은 미완성, 그리다가 마는 그림
그래도 우리는 아름답게 그려야 해.
친구야 친구야 우리 모두 나그넨 걸,

그리운 가슴끼리 모닥불을 지피고 살자.

인생은 미완성, 새기다 마는 조각

그래도 우리는 곱게 새겨야 해."

이 노래를 한번쯤 불렀거나 들어 본 사람은 이 노랫말을 그냥 읽을 수는 없습니다. 자기도 모르게 곡조가 들어갔을 것입니다. 그것이 인식입니다. 그래서 인식은 처음부터 진짜여야 합니다.

이 노랫말이 말해주듯이 예전에 우리들 마음속에는 순수함이 들어 있었습니다. 감성으로 공감하고 금방이라도 눈물짓던 소년 소녀가 가슴에 살았습니다.

그런데 갑자기 이상해져 버렸습니다. 기차를 타고 고향을 떠날 때는 순수하던 순이가 서울 가서 완전히 변해 버린 느낌입니다. 사람들은 어느샌가 적개심을 가지고 타인을 바라보고 물질을 극대화하기 위해서는 수단 방법을 가리지 않으려 합니다.

산업사회라는 기차가 너무 빨리 달려서일까요? 아니면 정보화 사회가 우리를 헷갈리게 만든 것일까요?

아무튼 사람들은 이전처럼 순수하지 않습니다.

물질은 더 풍부해지고 문명의 혜택은 많아졌지만 사람들은 더 힘들다고 말합니다. 그건 인간이 빵으로만 사는 것이 아니라는 걸 단적으로 보여 주는 것이며, 선진국은 돈으로만 세울 수 있는 것이 아닙니다.

지적 사유 없이, 인문적 고민 없이 경제력으로만 밀어붙인 결과가 우리 사회 전반에 걸쳐 부작용으로 나타나고 있습니다.

미완성이 아름다운 것은 완성을 향해 달려가던 모습에 아쉬움이 남아서입니다.

진정한 만족은 완전히 채워지는 것이 아니며 채워지고 넘쳐서도 안 됩니다. 항상 부족한 그 무엇이 있어야 합니다. 그 부족함과 아쉬움을 사랑으로 채울 때 우리 마음에 순수가 남습니다.

순수란 부족하고 모자란 모습으로 남아 있는 '나'입니다.

그런 나로 다른 사람을 만날 때 관계가 이루어지고 서로 채워 주려고 하는 것이 사랑입니다.

사랑은 서로에게 채워 주는 것.

나는 너에게, 너는 나에게 부족함을 채워 주는 것.

오직 순수만으로 우리가 하나 될 수 있습니다.

'인문학 뇌 만들기'는 순수를 찾아 떠나는 삶의 여정입니다.

사랑은 바로 그 자리에 멈춤이다

집이란 어떤 공간입니까?

사랑을 나누고 가족들이 모이는 곳이며 휴식을 취하는 곳이지요. 삼대가 한 집에서 오손도손 살았던 때가 있었습니다. 아련히 잊혀진 그런 시간이 우리에게 있었습니다.

지금 그런 집은 어디에도 없습니다.

사람들은 떠나고 혼자 있는 공간만 더 넓어지면서 그대 역시 더 작아지고 말았습니다.

그대는 이제 지난날처럼 살 수는 없습니다.

오직 영혼의 안식을 통해 새로운 삶을 살아야 합니다.

인식의 세계를 위해 그대들 자신을 떠나 빛과 나무와 공기 그리고 바람 속으로 들어가십시오.

가장 좋은 휴식은 시간으로부터, 나 자신으로부터 떠나는 것입니다.

눈에 보이지 않는 무엇인가가 그대들을 부르는 곳으로 다가가 무아지경에 빠져 보십시오. 무심코 지나치던 나무 한 그루 앞에 서서 이름을 지어 주고 의미를 부여해 보십시오.

그 순간부터 그대들에게 나무가 말을 걸어 올 것입니다.

만일 나무가 부르는 소리를 듣지 못한다면 일상으로 복귀하지 마십시오. 낯선 느낌으로, 나무의 세계로 좀 더 들어가야 합니다.

그대들에게 필요한 것은 영혼의 안식입니다.

가능한 그대로 순간에 멈추십시오.

영혼의 세계는 시간도 공간도 아닌 사랑으로 사는 것입니다.

사랑은 지금 눈에 보이지 않는 바로 그 자리에 멈춤입니다.

사색으로 나를 만나다

사색이란 안개 속으로 들어가 나를 만나는 것입니다. 그 나는 심연의 깊은 곳에서 또 다른 나를 만나고, 또 그 나는 세상에 함께 공존하는 모든 사물을 만납니다. 그리고 언젠가 내 기억 속에 남아 있는 그때 그 순간들이 시간을 거슬러 현재를 만듭니다.

몇 살 때인지 정확히 알 수 없는 기억 속의 나에게는 많은 가족들의 흔적이 남아 있습니다. 그중 하나가 할머니를 많이 닮았던 큰고모에 대한 기억입니다. 잔칫날이었는지 제삿날이었는지, 누구인지 모르는 낯선 남자에게 고모는 어린 내가 보는 앞에서 애정표현을 숨기지 않았습니다. 주변 눈치를 보며 그 남자의 입에 먹을 것을 넣어 주던 고모의 애교스럽던 모습이 되살아납니다.

그리고 곧이어 앞니가 유난히 튀어나온 할머니와 곱슬머리 외할머니, 그 외할머니 흉을 보던 아버지와 술이 취해 객사한 삼촌 등 지금은 모두 다른 세상으로 떠나 버린 사람들의 흔적이 남아 있습니다.

그들은 나와 어떤 인연으로 왔다가 슬픔이라는 그림자만 남기고 갔을까요. 그들이 웃고 울었던 형이상학의 흔적만 남아 있는 이유는 무엇일까요.

그렇습니다. 그들은, 우리는, 형이상학에서 왔다가 잠시 형이하학을 남기고 형이상학으로 돌아갑니다.

사색.

20세기 철학자 화이트헤드가 "서양철학은 플라톤의 주석에 불과하다."라고 했듯이 서양철학 2500년의 정점에 있는 인물이 플라톤입니다. 그 플라톤에게 사색을 가르친 사람이 소크라테스이니 "플라톤은 소크라테스의 주석에 불과하다."라는 말도 틀린 말은 아닐 것입니다.

그렇다면 소크라테스는 어떻게 사색을 했을까요? 그는 육체의 한계를 초월해서 사색으로 들어갔습니다. 영혼의 세계로 들어가 육체의 존재를 느끼지 못했습니다.

"인류의 99퍼센트가 사색하는 1퍼센트 밑에서 노동합니다."라는 피터 드러커의 말처럼 인문적 사유도 그러합니다. 사색을 통해, 사유를 통해 나를 만나는 사람들이 세상을 이끌어갑니다.

사색하는 자만이 이타적 사랑 앞에서 자신을 낮출 수 있습니다.

생각과 사유 사이

한 사람이 있습니다.

그는 가끔 시간 안에서 자신이 유한하다는 것에 깊이 빠집니다. 바로 그 순간부터 생각의 깊이가 사라지고 본능이 모든 자유를 빼앗아 버립니다. 그래도 그는 잠시 사유한 사람입니다.

한 사람이 있습니다.

그는 그 많은 사람들이 죽음으로 사라지는데도 자신과는 상관없다고 믿습니다. 그 무지막지한 세뇌 속에서 살아 있는 자신을 무덤에 가둡니다. 그는 전혀 사유하지 않은 사람입니다.

또 한 사람이 살고 있습니다.

한 개의 씨앗 속에 열매가 무한하듯이 삶도 무한하다는 걸 아는 사람, 그는 자신의 경험과 지혜가 부족한 것을 사유하면서 사랑의 무한함에 자신을 맡깁니다.

세상에 변하는 것은 없습니다. 단지 우리 마음에 그렇게 보일 뿐이며, 실제로 변한 것처럼 보이는 것들도 처음으로 돌아갑니다.

시작과 끝은 다르다고 생각하겠지만, 시작은 미약하다고 말하면서 끝은 창대하다고 말하겠지만, 미약한 것은 결코 창대해질 수가 없습니다. 시작과 끝은 같은 것이며, 하나이고, 창대한 시작만이 창대한 끝을 만듭니다.

그러니까 처음으로 돌아가는 것.

미약한 것은 처음이 아닙니다. 시작이라고 말하지만 잠시 멈추었다가 움직이는 중간 정도, 그것을 시작이라고 말하는 순간 창대함은 사라지고 미약함만 남습니다.

그래서 우리는 처음부터 창대했으며 끝도 창대합니다. 왜냐하면 우린 태어나는 순간 무한으로 가는 씨앗이며 사랑이기 때문입니다.

모든 것은 변한다고 말하는 사람.

변하는 것은 아무것도 없다고 말하는 사람.

둘 사이에는 인문적 사유의 비밀이 있습니다. 생각한다는 것은 존재하는 것이고, 사유한다는 것은 존재의 이유를 아는 것입니다. 인문적 사유의 비밀은 항상 한 가지만 아는 사람과 두 가지를 알고 사는 사람 사이에서 세 가지를 아는 것을 말합니다.

행복도 훈련받아야 한다

철학자 니체는 행복도 훈련받아야 한다고 말했습니다. 여기서 훈련
이란 반복된 경험일 수도 있지만 니체가 말하는 훈련은 행복이 뭔지
모르는 사람들에게 던지는 질문을 뜻합니다.

행복이 무엇인지 모르는 사람이 행복할 수 없다는 것이 니체의 말
에 들어 있습니다. 행복의 파랑새가 날아왔지만 그냥 잡아먹어 버리
는 사람들과 행복의 파랑새가 자신에게 날아왔었는지도 모르는 사람
들에게 행복이란 만나본 적 없는 어떤 것일 뿐입니다.

누구에게나 행복은 찾아옵니다.

그러나 행복이 찾아왔을 때 그것이 행복인지 아는 사람은 거의 없
습니다. 행복이란 화려한 것이 아니기도 하지만 행복을 본 적이 없기
때문에 알아보지 못해서이기도 합니다. 그래서 니체는 훈련이라는 단
어를 통해 반복적으로 깨닫지 않으면 체험을 한다 해도 알 수 없는 것

으로 인식한 것입니다.

이처럼 행복이란 금방 알 수 있는 것이 아니며 확연하게 자신을 드러내지도 않습니다. 어쩌면 행복의 파랑새가 우리들 어깨 위에 잠시 머물렀던 흔적을 느끼는 순간이 행복이 아닐까 싶습니다. 그때 그 순간에는 모르다가 어느 날 문득 그날 그 순간을 떠올리며 눈물짓는 것이 아닌지 모르겠습니다.

그런데 이상하게도 한번 놓친 파랑새는 다시 날아오지 않는 느낌이 드는 걸 보면 여전히 행복을 모르며 사는 것 같습니다. 아니 어쩌면 인간에게 행복은 결코 온 적 없는 기다림이 아닐까요. 기다리다가 죽을 수밖에 없는 인생들이 만들어 낸 노래이기에 행복은 훈련처럼 힘들게 습득해야 하나 봅니다.

사랑하는 연인을 기다리는 순간이 행복이며, 막상 연인이 눈앞에 다가왔을 때는 이미 행복은 사라지고 마는 것 아닌지 가슴 저편 어딘가에 그런 기억들 아니 흔적들이 남아 있습니다.

지금 그대는 행복한가, 만일 누군가 이렇게 묻는다면 조금은 어색하지만 그대가 있어 행복하다고 말할 수 있나요? 우리는 여전히 아니 어쩌면 영원히 행복이 무엇인지 모른 채 기다릴지 모릅니다. 사랑이란 근본적인 탐구이며, 삶을 선물하는 것이기에 사랑을 기다리는 것 말고 우리에게 행복이 있을까요?

사랑은 동그라미

말없이 사랑을 표현할 때 손으로 하트 모양을 만듭니다. 사랑한다는 말 대신 사용하는 무언의 언어입니다. 누군가 심장의 뜨거움을 상징화해 놓은 것이겠지요.

가끔 나에게도 사랑은 어떻게 생겼냐고 묻는 사람들이 있습니다. 그럴 때마다 나는 사랑은 하트가 아니라고 말합니다. 하트는 심장을 상징하는 것이고, 심장은 마음이기 때문입니다. 마음은 하나가 아닙니다. 상황에 따라 여러 개로 나뉘는 것이 마음의 속성입니다.

어디 그뿐인가요? 마음은 항상 움직이며 외부 자극에 금방 반응합니다. 좋은 자극에는 좋은 반응을 하고, 안 좋은 자극에는 안 좋은 반응을 보입니다. 이처럼 마음은 변화무쌍하면서도 단순하게 그때그때의 감정으로 반응합니다. 그래서 마음과 사랑은 전혀 다릅니다. 그런데도 사람들은 마음 안에서 누군가를 사랑한다고 생각합니다. 마치 마음이 사랑인 것처럼 착각하는 것입니다.

어떤 이는 하트가 사랑의 상징이 아니라면 도대체 어떤 게 사랑의 상징이냐고 묻습니다. 꼭 형체를 통해 사랑의 상징을 말한다면 나는 동그라미라고 말합니다. 사랑은 심장 그러니까 우리 마음을 감싸고 있는 동그라미입니다. 원은 영원입니다. 그리고 아라비아 숫자 0은 완전수입니다. 움직이지 않았지만 존재하고, 보이지 않지만 살아 움직이는 형체입니다. 그래서 사랑은 동그라미라고 말할 수 있습니다.

어떤 숫자도 완전하게 되고, 어떤 사람도 평화를 느끼는 세계가 사랑의 세계이자 동그라미 세계입니다. 태양도, 화성도, 지구도 아니 온 우주가 동그라미 세계입니다. 사랑은 인간의 태초이자 완성입니다. 우리가 머물고 있는 시간도 원 안에서 돌아가고, 인간의 탄생과 죽음도 그렇습니다. 사랑은 시작입니다. 그리고 다시 처음으로 돌아가는 동그라미 세계입니다.

누군가 사랑한다며 하트를 그릴 때 그대는 동그라미를 그리십시오. 꼭 왼쪽 심장이 있는 곳에 동그라미를 그리세요. 마치 심장을 가운데 두고 원을 그리듯이 검지를 이용해 동그라미를 그리면 됩니다.

이제 약속한 겁니다.

우리만의 사랑한다는 표현은 동그라미입니다.

나는 진짜인가 가짜인가

우리나라 사람들은 참 대단합니다. 이상한 사이비 집단을 만들어 놓고 교주로 등극하는 능력이 전 세계 그 어느 나라 사람보다 탁월한 것을 보면 말입니다. 특히 요즘에는 힐링 열풍이 불면서 각종 명상들이 판을 치고 우후죽순으로 퍼지고 있습니다.

마치 신이라도 된 양 높은 경지의 이야기들을 떠드는 걸 보면 신플라톤주의가 떠오릅니다. 플로티누스로부터 시작된 철학사조로, 인간은 철학적 신비 명상을 통해 신과 합일할 수 있다고 가르쳤던 사상입니다.

결국 이런 사상에 심취한 사람이나 자기 스스로 높은 경지에 살고 있다고 착각하는 사람은 악마의 유혹에 빠질 수밖에 없습니다. 악마는 자신을 스스로 높인 자입니다. 또한 자신이 사랑인 것처럼 행사하고, 사랑을 필요로 하는 사람들에게 자신을 추앙하도록 합니다. 어리석은 자가 악마를 추앙하는 순간 노예로 종속되는 속성을 악마는 너무나 잘 알고 있는 것입니다.

사랑은 속일 수 있는 것이 아닙니다. 또한 사랑은 유일하게 반대적 개념이 없는 절대성을 지니고 있습니다. 악마는 자신을 따르는 추종자를 사랑하는 척하거나 스스로를 광명의 천사로 위장하는 상대성을 보이지만, 사랑은 온전한 하나이며 일방적입니다.

'스토리텔링으로 힐링하라' 프로그램을 진행하는 중에 멤버 한 분이 사랑의 반대말이 뭐냐고 묻더군요. 사실 이런 질문은 처음 받았지만, 오래전부터 사랑에는 반대말이 없다고 생각해 왔습니다. 사람들은 배신이나 증오와 같은 애증을 사랑의 반대말로 생각하겠지만, 결코 그렇지 않습니다. 사랑은 오직 사랑일 뿐입니다.

만일 누군가가 사랑하다가 사랑하지 않는다고 말한다면 그건 처음부터 사랑의 공식에 해당하지 않는 것입니다. 왜냐하면 사랑은 하다가 마는 것이 아니기 때문입니다. 그렇다고 스토커를 상상해선 안 됩니다. 그 역시도 사랑의 공식에 반하는 행동이기 때문입니다.

사랑이란 절대성을 지녔으며, 완전수이기에 그렇습니다. 원수까지도 사랑할 수 있는 것이 사랑의 속성입니다. 사랑은 상대를 죽이는 것이 아니라 나를 죽이는 것이기에 반대라는 개념이 있을 수 없습니다. 반대는 언제나 상대적 개념에서 좋고 나쁨이 존재하지만, 사랑은 나쁨이 없지요. 거짓 없는 진실일 뿐입니다. 그래서 사랑은 가짜가 통할 수 없습니다.

그대가 누군가를 사랑하려면 진짜가 되고 나서야 비로소 사랑의 대상을 정할 자격이 주어집니다. 따라서 내가 누군가를 사랑한 적이 있는지 스스로에게 묻기 전에 단 한 번이라도 내가 진짜인 적이 있는지 물어야 합니다.

'절대적인 사랑'을 뜻하는 말인 아가페(agapē)는 사랑의 본성인 신의 인류에 대한 조건 없는 사랑을 가리키는 말입니다. 그러니까 모든 걸 내어주는 일방적이며 절대적인 사랑입니다. 같은 그리스어인 '에로스'가 대상의 가치를 추구하는 이른바 자기 본위(판단이나 행동에서 중심이 되는 기준)의 사랑을 의미하는 데 비하여, 대상 그 자체를 사랑하는 타인 본위의 일방적 사랑을 나타내는 말이 아가페적인 사랑입니다. 물론 다른 의미에서는 과부나 고아를 대접하기 위하여 각 가정에서 베풀던 만찬의 뜻도 있습니다.

그러나 인간에 대한 신의 사랑과 인간이 신을 사랑하는 것 그리고 인간이 인간을 사랑하는 것은 아가페적인 사랑과 에로스가 하나일 때만 가능해집니다.

인간은 시작과 끝을 알지 못합니다. 따라서 진짜인 척하며 자신을 조금이라도 드러내는 순간 가짜가 될 확률이 높습니다. 그러므로 낮은 자리에 서 있지 않으면 언제든 더 깊은 나락, 벗어나기 어려운 절망적인 상황으로 떨어질 수 있습니다.

좌뇌가 우뇌를 만날 때

인간은 남자와 여자로 구분됩니다. 생물학적인 면에서 뇌는 남자의 뇌, 여자의 뇌 둘로 구분됩니다.

연구자들은 이 둘의 존재가 인문적으로 혹은 심리학이나 뇌신경학 혹은 뇌과학적으로 무엇이 다를까 관심이 많습니다. 많은 연구에도 불구하고 문자 인식 능력이나 단어 사용 능력과 관련해서는 남녀의 뇌가 거의 차이를 보이지 않았다고 합니다. 그러나 몇몇 연구자들은 이야기를 듣고 이해하는 데 여성은 좌뇌와 우뇌를 모두 사용하지만, 남성은 좌뇌만을 사용한다는 차이를 발견했다고 합니다. 그렇다고 해서 여성의 이해력이 남성보다 우월하다는 것을 의미하는 것은 아니라는 견해도 함께 밝혔지요. 남녀의 이야기 이해력을 다른 방식으로 테스트했을 때에는 그 차이가 보이지 않았기 때문이라고 합니다.

남녀의 뇌 차이에 대한 또 다른 연구가 있습니다. 2007년 고르벳(Gorbet)과 세르지오(Sergio)는 화면을 보고 조이스틱이나 마우스를 움직이는 것처럼 시각적으로 안내된 운동(visually guided movement or visuomotor response)에서 남녀의 뇌가 어떤 차이를 보이는지 연구했습니다.

연구 결과 대부분의 실험에서 여성의 뇌는 남성의 뇌에 비해 좌측 일차 감각운동 피질(the leftprimary sensorimotor cortex), 우측 전운동 피질(the right dorsal premotor cortex), 우측 상두정소엽(right superior parietal lobule) 부위에서 더 높은 활동성을 보였다고 합니다. 반면 남성의 뇌는 눈에 보이는 것과 반대 방향으로 조이스틱을 움직이는 실험같이 복잡한 실험을 수행할 때 여성보다 더 높은 활동성을 보였다고 합니다.

이러한 실험 결과에 대해 《사이언스 데일리》는 세르지오의 말을 인용하여 이렇게 보도했습니다.

"여성의 뇌에서 주로 세 개 부위가 시각안내운동에 관여하며, 대부분의 실험에서 뇌의 양쪽 모두가 활성화되었다. 반면, 남성의 뇌는 복잡한 운동을 실행할 때만 활성화되었다."

많은 실험에서 여성의 뇌는 양쪽 뇌 모두가 활성화됨에 비해, 남성의 뇌는 한쪽만 활성화되었던 것입니다.

언어에 대한 남녀 뇌 영상과 시각반응운동 뇌 영상을 비교해 보면 "뇌 영상에서 밝게 빛나는 부분이 무엇을 의미하는가?"라는 문제에 대해 흥미로운 시사점을 얻을 수 있다고 합니다.

BOLD 방법에 의하면, 밝게 빛나는 뇌 부위는 그 부위가 다른 부위에 비해서 더 많은 산소를 소비함을 의미한다고 합니다. 여성이 남성보다 독서 능력에서 더 뛰어나다고 해석될 수 있는데, 남성의 뇌는 한쪽 뇌만이 밝게 활성화된 데 비해 여성의 뇌는 양쪽 모두가 밝게 나타났기 때문입니다.

물론 동일한 작업을 할 때 여성의 뇌가 남성에 비해 더 많은 부위가 사용되고 따라서 더 많은 에너지를 소모하므로, 여성의 뇌가 남성의 뇌보다 같은 작업을 더 힘겹게 수행한다고 해석할 수 있다고 합니다.

실제로 이러한 해석은 여성은 남성보다 상황을 이해하는 이해력이 뛰어나고 공간 지각력이 부족하다는 남녀 차이에 대한 기존의 관념과 일치하고, 미디어 보도를 접한 독자들이 자연스럽게 내릴 수 있는 해석이기도 합니다.

(이상은 《뇌 속의 인간 인간 속의 뇌》(홍성욱, 2010)에서 부분 발췌한 내용임.)

인간의 전체 뉴런 중 10퍼센트만이 태어날 때부터 연결되어 있고, 나머지 90퍼센트 이상은 가족이나 교육, 문화, 사회적 환경에 의해 나중에 연결된다고 합니다. 어쨌든 많은 여성들이 우뇌 활성화가 활발한 반면에 남자들은 소수만이 우뇌를 사용하는 것으로 밝혀진 것은 그냥 지나칠 일이 아닙니다. 바야흐로 여성들의 리더십이 세상을 바꿀 때가 온 것입니다.

그러나 자신이 얼마나 뛰어난 여자라는 걸 모르는 것이 문제입니다. 수컷의 힘의 논리에서 벗어나는 여성들만이 인식을 바꿀 수 있습니다. 우뇌가 부족한 남성들은 여성들과 인문적 사유를 함께 나누고 공감하면서 두 배로 노력해야 할 것 같습니다.

좌뇌는 우뇌를 만나야 합니다.

사냥과 번식에만 집착하는 남자의 뇌는 오직 사랑으로 공간이 가득 차 헌신하는 여성의 뇌에 편입되어야 합니다. 알고 보면 세상이 부계 혈통으로 이어지는 것이 아니라 모계 혈통으로 이어집니다. 세상 도처에서 전쟁과 살육이 일어나고 있는 것은 아직은 남성 좌뇌 중심 물질의 시대라는 증거입니다.

그러나 이제 공감의 시대가 오고 있습니다. 타인의 불행이 내 것인 것처럼 아파하는 정신문명이 급속히 다가서고 있습니다. 이러한 시대에는 여성의 뇌, 사랑으로 가득 차 있는 그 헌신의 뇌가 세상을 평화롭게 바꿀 수 있습니다.

하지만 중요한 한 가지는 인문적 사유가 없는, 그래서 자신이 누구인지 모르는 여자의 뇌는 유혹에 약하다는 점입니다. 감미로운 속삭임에 모든 걸 내주어 노예로 전락되는 일이 얼마나 많았습니까?

유혹은 가짜 사랑이 진짜로 느껴지게 하는 것입니다. 자기 안에 진짜 사랑을 가진 여자의 뇌가 유혹에 약한 이유가 뭘까요?

몰라서입니다. 알 것도 같은데, 배운 적도 가르치는 사람도 없이 대물림된 사랑이라는 이름의 유혹에 속아 살아온 여성들. 그런 여성의 뇌가 드디어 저항하기 시작했습니다. 다이아몬드 대신 사랑을 찾으려는 여자들의 뇌가 가정을 해체시키면서까지 사랑을 찾고 있습니다.

곧이어 세상은 사유하는 여자들이 주도할 것이고 남자들은 저항하는 남자와 순응하는 남자로 양분될 것입니다.

그 둘을 알아보는 방법은 어렵지 않습니다.

저항하는 남자의 뇌는 여자의 몸치장을 좋아하고, 순응하는 남자의 뇌는 뇌 치장을 좋아합니다. 나는 반반인 걸 보면 저항하면서 순응해 가는, 가장 힘들게 변해가는 유형이 아닌지 모르겠습니다.

그래도 사유하는 여자를 만나는 건 행복한 일입니다. 뇌가 섹시한 여자가 사랑을 말할 때 열정과 평화가 동시에 느껴집니다.

사랑은 문, 증오는 벽

"사랑과 증오는 같은 것입니다."

독일의 법학자 한스 그로스의 말입니다. 그는 법학자로서 증오로 인한 범죄에는 전문가였습니다.

그런데 정말 사랑과 증오는 같은 것일까요?

세상을 지배하는 두 가지 힘이 있다면 바로 사랑의 힘과 증오의 힘입니다. 사랑을 잘 모르거나 사랑에 실패한 사람들은 '사랑의 열정'과 '증오의 광기'를 같은 것이라고 생각합니다.

그러나 사랑은 문입니다. 유토피아나 에덴처럼 궁극적인 이상의 세계로 들어가는 유일한 문입니다.

반면 증오는 벽입니다. 자신과 타인 사이의 벽이며, 자아를 가두는 감옥입니다.

사랑은 풍요와 평화, 나눔과 축복, 만족과 자유의 세계를 만듭니다.

반면 증오는 폭력과 전쟁, 살육과 약탈, 저주와 착취, 혐오감과 분노를 느낄 때 나타납니다. 싫은 감정과 비난하려는 의도가 중첩된 것입니다. 역겨움이나 분노는 순간적인 감정이지만, 증오는 오래오래 지속되는 것이기 때문에 외부 자극에 대한 일시적 반응인 일반 감정과는 다릅니다.

증오는 상대에 대한 공격적인 충동이 오랜 기간 쌓인 복잡한 감정으로, 주된 기능은 상대를 파괴하는 힘을 제공하는 것입니다. 따라서 적을 향한 증오는 보복이나 복수하려는 강력한 힘을 제공하기 때문에 전쟁에 꼭 필요하다고 믿는 정치 지도자들이 많습니다.

자신이 협력했을 때 상대방도 협력하면 우리 뇌에서 보상 회로인 의지핵, 꼬리핵, 앞띠이랑, 배안쪽이마(ventromedial frontal) 등이 활성화됩니다. 보상 회로가 활성화된다는 것은 상호 협력 행동이 쾌락이라는 보상을 가져다 준다는 것을 의미합니다.

인생을 살다 보면 자기 이익을 위해 신뢰를 저버리는 사람이 있습니다. 게임에서 배신한 사람을 처벌하기로 결정할 때 처벌자의 뇌를 촬영해 보면 보상 회로가 활성화되는 걸 알 수 있습니다. 이 영역의 활동이 활발할수록 처벌 수준이 강했고, 자기 이익을 희생하면서까지 상대를 처벌하려 했습니다.

그러니까 처벌은 일종의 복수이고, 복수와 같은 행위도 보상 회로를 통해 인간에게 쾌감을 주는 것입니다. 자신의 희생을 감수하면서까지 상대를 응징하려고 합니다. 악당들에게 피해를 입은 나약한 사람이 나중에 악당들을 하나하나 쓰러뜨리는 복수 장면이 관객들의 마음을 후련하게 하는 것도 이 원리입니다.

보복 욕구는 개인 간의 관계에서만이 아니라 집단이나 국가 간에도 나타납니다. 집단적으로 형성되는 증오심은 대상 집단을 경멸하고 악당으로 규정합니다. 그러면 동정과 연민이라는 인간의 포용력이 없어지고, 자신이 아무리 무자비한 행동을 하더라도 죄책감을 느끼지 않게 되는 이른바 정의를 착각하는 뇌가 됩니다.

죄책감을 느끼지 못하기 때문에 증오감은 고통을 동반하지 않으며, 증오를 느끼는 대상의 기쁨은 나의 고통이 되고, 상대의 고통은 나의 기쁨이 되는 것입니다. 인류 역사에서 많은 학살은 이렇게 증오의 합리화로 일어났습니다.

여기에 참여하는 사람들은 고통이나 죄책감을 전혀 느끼지 못합니다. 오히려 자신이 당연한 임무를 수행한다고 생각하고 만족감과 기쁨을 느낍니다. 물론 역사가 바뀌면 죄책감에 빠져 평생을 괴로움에 시달리는 것이 증오의 벽입니다. 삐뚤어진 만족과 기쁨은 제일 먼저 자신을 파괴합니다.

오늘은 그대들의 영원이다

그대들이 사랑에 대하여 알고 싶다면, 다른 이들보다 조금 일찍 일어나 떠오르는 동해를 바라보십시오.

그대들이 만일 사랑의 모습을 보고 싶다면 하던 일을 멈추고 황혼으로 물드는 서해를 바라보십시오.

그대들이 인생에 대해 알고 싶다면 그대들보다 먼저 죽은 이들의 이름과 얼굴을 떠올려 보십시오.

그대들이 만일 인생의 의미를 찾고 싶다면 누군가에게 의미가 되어 주십시오.

그대들은 오늘이 가면 내일이 온다고 말합니다.

오! 그대들이여, 그 말에 속아서는 안 됩니다. 내일이란 없습니다. 얼마나 많은 사람들이 내일을 보지 못하고 죽었습니까?

그대들 역시도 어쩌면 늘 익숙한 오늘, 이 세상을 떠날지도 모릅니다. 그러므로 언제나 낯선 오늘을 만드십시오. 역동적인 삶이란 주어지는 것이 아니라 찾는 것입니다.

만일 그대들 중 누군가가 내일의 태양에 대해 말하는 이가 있다면 어제의 태양은 어디 갔는지에 대해 물어 보십시오. 어쩌면 그는 게으른 시인이거나 언어적 유희를 남발하는 작가일 것입니다.

우리에게는 항상 오늘만 있습니다. 그러나 오늘은 항상 새롭고 낯선 오늘이라는 걸 명심해야 합니다. 그대들이 한 가지 꼭 알아야 하는 것은 오늘은 무한히 주어지는 것이 아니라는 사실입니다. 그대들 중 누군가는 사용해야 하는 날보다 이미 사용한 날이 많은 오늘을 가지고 있을 것입니다.

오! 그대들이여,
다시 오지 않는 오늘을 사는 그대들이여,
오늘은 그대들의 영원입니다.

그대들 중 누군가가 사랑을 말하지만 사랑은 말할 수 있는 그 무엇이 아니라 오늘 안에 가득 찬 나입니다. 그래서 사랑은 오직 오늘로써 모든 생명을 다하는 마지막 불꽃입니다.
사랑은 본래부터 내일은 없는 불멸의 오늘로 사는 것입니다.
오늘……

사랑은 내 안에서 날아가는 파랑새이다

그대들 중 누군가가 사랑에 대해 궁금해 한다면 나는 이렇게 말하고 싶습니다. 지난날 누군가에게 던진, 그리고 오늘과 내일 던지게 될 돌멩이라고 말입니다. 그 돌멩이가 크든 작든 맞은 사람에겐 상처가 되어 삶의 무게를 느끼며 살고 있을 것입니다.

나 역시 많은 돌멩이를 던지며 살았습니다. 때로는 그 돌멩이를 정의라고 말했으며, 지식이라고 합리화했으며, 이기적인 자아를 상대에 대한 배려로 행하는 것이라며 우겨대곤 했습니다. 이처럼 우리 마음에서 나오는 무수히 많은 것들이 사랑으로 내던져지고 있습니다. 그 돌멩이들이 날아올 때마다 함께 받아치는 사람들이 늘고 서로 난타전을 벌이는 시대가 되고 말았습니다. 온 세상에서 서로 다른 모양의 사랑을 말하면서 호수를 향해, 개구리를 직접 겨냥해 돌멩이들을 무차별적으로 내던지고 있습니다. 그것이 사랑이 아니라 우리 안에 있는 부정의 화(火)이며 분노의 독이라는 걸 깨닫기까지 저 역시 오랜 시간이 걸렸습니다.

돌멩이를 던지면 돌멩이가 날아옵니다. 내 안에서 거침없이 나오는 것이 있다면 그건 사랑이 아닙니다. 사랑이라는 것은 꼭 정화의 과정을 거쳐야 합니다. 슬픔의 바다를 지나 엄마 아빠의 강을 건너 시냇가에서 물장구치는 아이들의 세계를 건너야 합니다. 정화는 다름 아닌 사유입니다. 우리는 반드시 인문의 강을 지나 사유의 세계를 거쳐야 합니다.

사랑은 그렇게 정화되어 날아가는 파랑새입니다. 누군가에게 행복을 주지 않는 것이 어찌 사랑이겠습니까?

나이 하나 들어 가면서 고집 두 개가 늘고, 경험 하나가 늘어 가면 오기 세 개가 늘고, 지식 하나가 쌓이면 아집 네 개가 늘어 가는, 당신은 누구입니까?

사랑은 혼잡스러운 것들로부터 나를 구별하는 것입니다.

그대는 꽃이다

비가 바람한테 말했다.

"너는 밀어붙여. 나는 퍼부을 테니까."

……꽃들은 화단에 무릎을 꿇고 쓰러졌다.

로버트 리 프로스트의 글입니다. 지난 20세기 미국 최고의 국민 시인으로, 자연을 맑고 쉬운 언어로 표현한 그는 자연을 통해 인생의 깊고 상징적인 의미를 찾으려 하였으며, 전후 4회에 걸쳐 퓰리처상을 수상했습니다.

그는 거센 비바람에 힘없이 쓰러진 꽃들이 어떻게 느꼈을지 안다고 말했습니다. 힘 있는 강자들에 의해 아무런 저항도 못하고 무릎을 꿇으며 그것을 운명이라고 말하는 사람들. 제국주의가 그랬고, 군국주의가, 공산주의와 독재와 자본주의가 그랬으며, 남자들은 힘으로 꽃을 꺾었습니다.

꽃들이 어떻게 느꼈을지 전혀 모르고 비바람이 되어 무자비하게 꽃을 꺾는 사람들과, 또 꽃들이 어떻게 느꼈을지 아는 데 오랜 시간이 걸리는 사람들이 있습니다. 그리고 또 어떤 사람들은 자신이 어떤 존재인지, 왜 상처를 받는지 전혀 모르는 채 살고 있습니다.

이상하게도 상처에는 내성이 생기지 않습니다. 거센 비바람에 저항해 보지만 힘없이 무너질 때마다 더 깊게 파인 가슴을 부여잡게 됩니다. 그렇게 몸부림칠 때마다 강해지는 것 같아도 상처에 민감한 것은 우리가 꽃이기에 그렇습니다.

그래요……
우린 꽃입니다. 늘 상처에 약한 꽃입니다.
그래도 아름답게 피어나야 합니다. 시드는 것이 꽃의 운명일지라도, 비록 비바람에 주저앉아 흐느껴 울지라도……

꽃으로 불리는 그 순간 이미 행복이 주어집니다.
어쩌면…… 꽃은…… 그 단 한 번의 행복을 위하여 살고, 사랑으로 바라보는 그 한 사람을 만나기 위해 피어나는 것은 아닐까요.

사람은 마음으로 산다

인간이 자신을 나타내는 언어 중에 '마음'이라는 단어를 대신할 수 있는 언어가 있을까요?

사실 마음이란 우리가 사용하고 있는 대표적인 형이상학의 세계입니다. 마음은 볼 수도, 만질 수도 없는 오직 육감(sixth sense)으로만 느낄 수 있습니다. 그래서 아이러니하게도 나와 가장 가까운 내 안의 세계이면서도 알 수가 없는 미지의 영역입니다.

사람들은 모두 자신의 마음을 상대가 알아주기를 바랍니다. 그렇다면 자기 자신은 마음에 대해 알고 있을까요? 여기서 알 수 있는 것은 대부분의 사람들은 생각과 마음을 혼동한다는 사실입니다. 현재의 생각을 마음으로 착각합니다. 그것도 가장 집착하고 있는 현재의 생각을 마음으로 알고 그렇게 믿고 있으며 표현하고 있습니다.

마음은 결과물이 아니라 결과물을 만들어 내는 바탕입니다. 우물 속의 샘물이 아니라 우물 자체가 마음입니다. 그러므로 사람이 본래

부터 지닌 성격이나 품성일 수도 있고, 다른 사람이나 사물에 대하여 감정이나 의지, 생각 등을 느끼거나 일으키는 작용 혹은 태도일 수도 있습니다. 또 다른 말로 하면 생각, 감정, 기억 따위가 생기거나 자리 잡는 공간이나 위치라고도 할 수 있습니다.

흔히 마음의 눈을 '심안(心眼)'이라고 하는데 이는 사물을 살펴 분별하는 능력을 말합니다. 인문적 사유를 통해 인식의 문이 열리면 이 심안이 열리게 되어 많은 지혜를 얻게 됩니다.

실제로 마음이란 뇌와 밀접한 관계가 있지만 최근에는 심장과도 연관이 있음이 조금씩 밝혀지고 있습니다. 심장도 뇌처럼 스스로 생각할 수 있고, 마음이 어디 있냐고 물으면 가슴을 가리키는 것을 볼 때, 어쩌면 마음은 심장이 만들어 내는 인식의 세계인지도 모릅니다.

사람은 마음으로 삽니다. 그런 마음이 아프다는 것은 나를 이루고 있는 세포 하나하나가 전부 아프다는 뜻입니다. 그래서 마음이 아프면 온몸이 아픈 것이고, 마음이 행복하면 육체는 물론 정신까지도 건강한 것입니다. 마음앓이를 치유할 수 있는 유일한 묘약은 사랑밖에 없습니다.

사람은 마음으로 살고 마음은 사랑으로 삽니다. 사랑하면 가끔씩 마음이 아픈 것은 사랑과 마음 둘 중 하나가 자기 자리를 내어 주려 하기 때문입니다. 누군가를 사랑하면 내 마음을 잃어야 하고, 내 마음을 잃지 않으려면 사랑을 잃어야 하는 불가분의 관계입니다. 그런데도 사랑과 마음이 관계를 이룰 수 있는 것은 서로가 서로에게 양보하면서 만들어 내는 진실이기 때문입니다.

마음은 우리 내면의 위대한 정원입니다.
꽃을 심지 않으면 잡초만 무성할 뿐입니다.

무지개 속의 사랑

만일 사랑의 형체가 어떻게 생겼는지 보고 싶다면 무더운 여름을 기다려야 합니다. 가끔 가까운 지역에서도 이곳은 비가 오고 저곳은 비가 내리지 않는 신비함을 경험했을 것입니다. 갑자기 소낙비가 한바탕 쏟아지고 나면 우연히 하늘에 떠 있는 무지개를 발견할 때가 있습니다. 이처럼 사람들에게 있어 무지개는 우연히 느껴지고 눈에 보이는 신비로운 자연현상입니다.

사랑도 그렇습니다. 무지개가 일곱 색깔이 하나가 되어 자신의 형체를 보여 주듯이 나 자신도 알 수 없는 내 안에서 나도 모르게 만들어 내는 순수들이 모여 사랑이라는 모습으로 나타납니다. 그리고 더욱 신비로운 것은 무지개는 항상 저 멀리 가까운 것 같으면서도 붙잡을 수 없는 거리에서 자신을 보여 준다는 사실입니다.

그대들이 느끼는 사랑도 그렇지 않습니까? 알 것 같으면서도 모르고, 보이는 것 같으면서 보이지 않고, 내 안에 있으면서도 숨어 버리는 나조차 확인할 수 없는 모습이 사랑 아닌가요?

그것만이 아닙니다. 무지개는 다가갈 수 없는 세계입니다. 다가갈수록 멀어지고 어느 순간 사라져 버립니다. 이느 누구도 무지개 안으로 들어갈 수는 없습니다. 그대들의 사랑도 마찬가지입니다. 가까이 다가가 형체를 확인하려는 순간에 사라져 버립니다. 어느 누구도 사랑 안으로 들어갈 수는 없습니다.

사랑은 그대들이 마음대로 흔들 수 있는 그 무엇이 아닙니다. 그냥 나를 내어 맡길 때에 사랑이 그대들을 수용하게 될 것입니다.

무지개는 어딘가에서 어딘가로 건너갈 수 있는 아름다운 아치형 다리처럼 느껴집니다. 저쪽 너머에는 무엇인가가 있을 것 같은 생각을 하게 합니다. 마치 눈에 보이는 세상에서 눈에 안 보이는 세상 너머를 말해 주는 약속 같아 보입니다.

그대들의 사랑도 그렇습니다. 눈에 보이는 것들과 눈에 보이지 않는 것들을 연결시켜 주는 환상의 약속 같은 것입니다.

그대들이 만일 사랑의 형체를 보고 싶고 알고 싶다면 인문적 사유의 세계로 들어가십시오. 그리고 조용히 침묵으로 기도해야 합니다.

어느 순간 그대 안의 무한의 세계가 열리고 영원의 안식으로부터 그대들의 영혼이 날아가는 것이 보일 것입니다. 사랑을 향하여 사랑의 품으로 말입니다.

'인문학 뇌 만들기'로 사랑 찾기

사람들은 인간의 삶의 목적이 복을 받는 데 있다고 생각합니다. 복이란 잘 먹고 잘살면서 물질이 풍요로운 것을 말합니다. 사실 그런 삶은 무당 종교적인 바람입니다. 왜냐하면 사람들이 원하는 그 복을 받기 위해서는 생태적이든 물리적이든 꼭 뭔가를 파괴하지 않으면 안되는 까닭입니다.

그런 현상적인 순환과정이 생산성이라는 경제학으로 그럴듯하게 포장되어 있긴 하지만, 스테이크를 먹기 위해서는 반드시 소를 잡아야 합니다. 그러니까 무엇인가는 파괴되어야 하고, 생명이 죽어야만 이 사람들의 복 받는 원리가 충족됩니다.

그런가 하면 무당에게 찾아가 누군가를 저주하는 굿판이나 주술을 구해도 금방 답을 줍니다. 이처럼 사람들이 찾고 구하는 복은 착하게 전인적으로 사는 것과는 아무 상관이 없습니다.

그런데 인생을 산다는 것은 그렇게 잘 먹고 잘사는 복을 받는 이야기가 아닙니다. 우리가 왜 태어났으며, 어디로 갈 것인지를 알아 가는 과정입니다.

누군가 이런 말을 했지요.
"성경은 한 번도 인간의 생각에 동의한 적이 없습니다."
기독교인들 중에서도 제대로 읽어 본 사람들은 맞는 말이라고 동의할 것입니다.

좋은 책이란 우리의 생각에 무엇인가 도움이 되는 게 아니라 우리의 생각을 완전히 무너뜨리는 책이어야 합니다. 그러니까 정말 좋은 것은 우리의 생각에 도움이 되는 것이 아니고 우리가 가지고 있는 생각을 무너뜨려 버리고 전혀 새로운 생각을 세워 주는 것을 말합니다.

우리가 지금 진행하고 있는 인문학 뇌 만들기나 우리가 개발한 힐링법 역시 기존의 것을 부정하고 새로운 생각을 넣어 주기 위한 것입니다. 인문학 뇌 만들기의 시작은 간단합니다. 기존에 내가 알고 있는 것들에 '왜'라는 의문을 가지면 됩니다.

사람들이 제일 바꾸기 어려워하는 것이 바로 자신이 옳다고 여기고 맞다고 생각하는 것에 '왜'라는 질문을 던지는 것입니다. '왜'는 우리가 믿고 살았던 자기 합리화적인 가치들을 '정당한가?'라고 되돌아보게 합니다. 그리고 지금까지 의미 없이 생각해 온 것들을 비틀어서 새로운 모양으로 바꾸거나 부정함으로써 창조적인 긍정을 탄생시킬 수 있습니다.

인문학 뇌 만들기는 결국 자신을 성찰하게 하고, 타인을 인정하는 뇌의 혁명입니다. 왜냐하면 인간의 뇌는 다른 인간의 뇌를 결코 인정하지 않습니다. 인정하는 순간 존경해야 하고 사랑해야 하기 때문입니다. 그런데 원래 우리의 뇌는 자연은 물론 다른 인간의 뇌와 릴레이 관계를 맺도록 설계되어 있었다는 걸 알아야 합니다. 적어도 에덴에서 살 때만 해도…….

현대인의 뇌는 마치 고장난 시계처럼 제멋대로 가다가 갑자기 멈춰 버립니다. 문제는 건전지가 모두 소진될 때까지 아무 의미 없고 전혀 맞지도 않는 시간으로 돈다는 데 있습니다. 사람들은 그 엉터리 시계처럼 고장나고 망가진 뇌로 살고 있습니다. 한마디로 우리의 뇌는 아픕니다. 슬픔의 시간에서 포악해지는 시간으로 달려가고 있습니다.

아무때나 종소리를 울리는 인간의 뇌를 원래대로 돌리는 노력이 인문학 뇌 만들기 프로젝트입니다. 우리의 뇌가 다른 사람의 뇌를 인정하게 되는 바로 그 순간 사랑을 깨닫게 됩니다. 따라서 인문학 뇌 만들기는 결국 사랑 찾기이며, 잃어버린 마음 찾기입니다. 그래서 사랑과 마음은 동의어입니다.

인문학, 사랑을 비틀다

1판 1쇄 인쇄 2015년 11월 13일
1판 1쇄 발행 2015년 11월 20일

지은이 · 안하림
펴낸이 · 주연선

책임편집 · 이진희
편집 · 심하은 백다흠 강건모 이경란 오가진 윤이든 강승현
디자인 · 이승욱 김서영 권예진
마케팅 · 장병수 김한밀 정재은 김진영
관리 · 김두만 구진아 유효정

(주)은행나무
121-839 서울특별시 마포구 양화로11길 54
전화 · 02)3143-0651~3 | 팩스 · 02)3143-0654
신고번호 · 제 1997-000168호(1997. 12. 12)
www.ehbook.co.kr
ehbook@ehbook.co.kr

잘못된 책은 바꿔드립니다.

ISBN 978-89-5660-952-2 03810

· 마인드 트리(mind tree)는 은행나무 출판사의 명상 & 자기계발 브랜드입니다.